YOUR FORMA
Electronic Investigator Echika and the Return of the Nightmare
菊石まれほ
MAREHO KIKUISHI
【插畫】—野崎つばた
Illustration
Tsubata Nozaki
記憶縫線
電索官埃緹卡與
聖彼得堡的惡夢
Kadokawa Fantastic Novels

YOUR FORMA

Electronic Investigator Echika and the Return of the Nightmare

CONTENTS

記憶縫線 YOUR FORMA 4

電索官埃緹卡與聖彼得堡的惡夢

菊石まれほ

[插畫]——野崎つばた

Kadokawa Fantastic Novels

流浪阿米客思慘遭殺害——「聖彼得堡的惡夢」重演？

26th, October 01:12 PM

本月25日，有民眾在莫斯科夫斯基地區的莫斯科勝利公園發現流浪阿米客思的「屍塊」。此事對於朋友派已是令人震驚的消息，而殺害現場酷似「聖彼得堡的惡夢」的情報，更是對許多市民帶來衝擊。

[照片說明] 損壞的阿米客思被人發現的莫斯科勝利公園圓形廣場。

聖彼得堡市警局以偵查不公開為由，尚未公布案件詳情。「聖彼得堡的惡夢」是發生於2022年的連續殺人案的俗稱。這起重大懸案實際上已經停止偵辦，由於本次案件的發生，可望重啟調查。

Amicus　Return of the Nightmare

To read further story

序章——贖罪

他並不想用仇恨之類的膚淺詞彙來概括自己對那個人的「後悔」或「贖罪」。

那間地下室非常陰暗。連一點光線都無法穿透天花板的縫隙，室內雜亂地放著老舊的農具。濃烈的血腥味蓋過了泥土的霉味——如果哈羅德的系統沒有錯，時間差不多到了傍晚，雖然令人難以置信。

世界上彷彿只有這裡被永遠的黑夜籠罩了。

即使如此，他仍然沒有放棄掙扎。哈羅德一扭動，被綑綁在柱子上的機體便發出噪音。嵌進頸部的繩子好像變得更緊了。他想摸索手腕上的穿戴式裝置，固定在背後的雙手卻完全無法動彈。

假如自己再也無法重見天日。

假如自己和他都只能繼續沉入泥沼之中。

視線前方——索頌被綁在椅子上，嘴裡咬著口銜，反覆發出喘氣聲。亂掉的黑髮垂掛在滲著汗水的額頭上。原本能看穿一切的眼光幾乎就要熄滅——他的右手被殘酷地剁下，已經過了不知道幾分鐘。

他的手掉在地上，就像想抓住什麼一樣朝地面彎曲手指。

人類無法修理，他會死。再這樣下去，自己會眼睜睜看著他死去。

「接下來是左腳。」

極度低沉的聲音透過廉價的變聲器響起——那個男人體格高大，就像一團熊熊燃燒的黑影。他戴著徹底遮掩長相的面具，身穿足以融入黑暗的雨衣。他單手拿著的電鋸吸食了血液，帶著濕潤的光澤。

男人的手輕鬆地拉倒了椅子。

索頌的身體狠狠摔在堅硬的泥土地上。

口銜因此稍微鬆開。

「——我的搭檔……一定會……逮到你。」

他擠出一絲氣息。

「就算逮得到，溫柔的機械(阿米客思)連替我上銬都沒辦法。看看他現在是什麼德性吧。」

哈羅德咬牙切齒——為什麼自己會允許這種情況發生？太大意了。自己明明是來救索頌的，卻被這個黑影輕易地制伏。

因為敬愛規範，哈羅德無法反抗。

——尊敬人類，乖乖聽人類的命令，絕不攻擊人類。

某種難以言喻的巨大矛盾從剛才開始就不斷灼燒著系統。

基於敬愛規範，自己無法為了反抗而毆打黑影。不論受到多麼殘酷的對待，自己都不能採取傷害人類的行動。自己除了乖乖被綁在這根柱子以外，別無他法——可是也因為如此，索頌即將在自己眼前喪命。簡而言之，自己間接助長了傷害他的行為。不知道，自己不知道該如何處理這個矛盾。應該有答案才對。不快點找到的話，一切就太遲了。可是思緒往四面八方分散，難以凝聚——異常的景象與狀況只會一再堆起數量龐大的警告與錯誤。

必須拯救索頌。

只有這一點是確定的。

然而，緊緊綑綁的繩子阻礙了自己。逃不了——不，就算逃得了，也沒有方法能阻止那個黑影。不行，自己又再次陷入了矛盾。

「怎麼樣，阿米客思，你能逮到我嗎？」黑影回過頭。他的眼睛究竟看著哪裡？

「你們只會遵守程式，就算看著主人被肢解，你們也沒有任何感覺。」

因為你們只是空殼。

黑影拋下的這句話被夜視功能所看穿的黑暗吞沒了。

——沒錯，自己確實是空殼。

正因如此，現在才會這麼無力。

「來吧，看仔細了。把這幅景象烙印在你那顆空洞的腦袋裡吧。」

電鋸在黑影的手中復甦，刺耳的運作聲貫穿了聽覺裝置。

住手。

拜託你住手。

不要再繼續傷害他了。

黑影揮舞電鋸。

目標是仍連接在身體上的索頌的左腳。

在黑暗之中，人類的紅色血液也跟循環液一樣黑。

*

〈本日最高氣溫：二十度／服裝指數D：早晚可能需要穿著外套。〉

聖彼得堡西部——彼得霍夫是個遠離城市喧囂的寧靜地區。雖然屬於觀光勝地的彼得霍夫宮附近很熱鬧，但一踏入住宅區，就能見到零星的住家與略帶憂愁的晚夏天空。

哈羅德駕駛的拉達紅星在鋪設不完全的住宅區小徑上慢慢前進。

「啊啊……還是不行，我好緊張。」

副駕駛座的達莉雅做了不知道是第幾次的深呼吸。她把栗色頭髮捲得比平常還要整齊，身上穿著平常很少穿的洋裝。

「哈羅德，我們上次回索頌的老家是什麼時候，你還記得嗎？」

「根據我的記憶，是去年的聖誕節。」哈羅德握著方向盤，瞥了她一眼。她一臉不安地摩擦雙手手掌。「當時還是應該拜託人家用郵寄的方式吧？」

前天，住在彼得霍夫的索頌的弟弟打了一通電話來。據他所說，他的母親在整理房間的時候找到了幾件哥哥的遺物。達莉雅當場回答「我要過去拿」，可是——

「也許我真的應該請人家寄過來。」她好像到了現在才後悔，無力地垂下頭。「可是，我覺得不去見他們倆……好像很失禮。」

「我很尊敬妳這麼看重情義的特質，但既然會感受到壓力，其實妳可以交給我去辦的。」

「那可不行。」達莉雅緩緩抬起頭。「我還比較擔心你呢，哈羅德。你真的應該留下來看家的。」

從昨天到今天，她已經說了幾十次同樣的臺詞——從自己的角度來看，讓達莉雅一個人前往充滿索頌回憶的地方，更令人放心不下。不過，她似乎就是不明白。

「難得的假日，一個人窩在房間裡不符合我的個性。」

「你也可以去別的地方吧，沒跟冰枝小姐有約嗎？」

「不，她今天好像跟比加……跟朋友約好一起出去。」

哈羅德嘴上這麼回答，內心卻感到意外。這表示在達莉雅的眼裡，自己與埃緹卡是相當親近的「朋友」。實際上的確是如此，但這讓哈羅德有種奇妙的感覺。

「總之達莉雅，妳不必擔心我。覺得難受的時候，請隨時跟我說。」

最後，拉達紅星停在一棟民宅前面——這棟房子有著灰綠色的三角屋頂，外觀類似山中小屋。寬敞的庭院裡放著被墊子蓋住的柴火、用不到的家具和汽油桶等雜物，稱不上有好好整理。不知名的落葉樹用即將枯萎的表情俯視著兩人。

這裡就是索頌出生的家。

跟先前造訪的時候相比，看起來似乎更冷清了。

哈羅德走下拉達紅星，跟達莉雅一起穿過半腐朽的木門。庭院的泥土略帶濕氣，使鞋底往下一沉。哈羅德踏進門廊，按下生鏽的門鈴——達莉雅的肩膀很僵硬，於是哈羅德輕輕把手放到她的背上。

過了一陣子，玄關門打開了。

「——大嫂、哈羅德，歡迎你們來。」

從門後現身的是保有純樸氣息的黑髮青年——索頌的弟弟尼古拉。與哥哥不同的圓潤眼睛顯得很可愛，微笑時會露出明顯的虎牙。

「好久不見了，尼古拉。」達莉雅的肩膀明顯放鬆了。「你今天一個人在家嗎？」

「我媽也在。有遺族會的人來拜訪，所以她現在抽不開身。」

「遺族會？不知道是不是我也認識的人。」

「是擔任代表的阿巴耶夫先生。」

達莉雅與尼古拉一邊交談，一邊用擁抱打招呼。哈羅德也跟他握了手——由於雙親都是機械派，尼古拉似乎是在沒有阿米客思的環境下長大，但仍會用友善的態度對待索頌視為「家人」的哈羅德。

「哈羅德，你是不是長高了？」

「是啊。」當然是開玩笑的。「也許長高了一公分左右呢。」

一踏進家中，裝飾在玄關的鏡子便映入眼簾。鏡子變得比以前模糊，恐怕是沒有好好打掃的關係。尼古拉的母親跟訪客談話的聲音隱約從客廳傳了過來。

「我哥的遺物都整理到二樓了，我們上樓吧。」

尼古拉這麼說，帶領哈羅德與達莉雅前往二樓的一個房間——索頌的房間。這是他就職前住的房間，現在已經化為單純的倉庫。沒用到的置物架擋在窗戶前面，壁紙到處都有捲起的痕跡。

哈羅德已經好久沒有踏進這個房間了。

上次來這裡，應該是索頌第一次帶他造訪這個家的時候吧。

「前陣子，我媽突然開始整理房間。」尼古拉挪開散亂在地上的垃圾袋和箱子，拉開衣櫃。「她還特地把我哥留在各處的東西集中起來呢。如果有什麼想要的東西，你們就拿回去吧。」

他拿出透明的收納箱，放在地上。一打開蓋子，ＨＳＢ等儲存裝置、舊相簿、童書便出現在眼前——達莉雅彷彿被深深吸引，望進箱子裡頭。

「這本書，我小時候也看過呢。我都不知道原來索頌也有。」

「他都只看紙本書。我媽也一樣，真不知道他們為什麼那麼喜歡傳統的東西。」

「媽為什麼要突然開始整理房間？」

「我也不知道，老實說有點可怕。我平常都會陪她去看醫生，應該不是因為發現了什麼大病。」

「她……情況怎麼樣？」

「情緒波動還是一樣大。她上次有試過YOUR FORMA的醫療用ＨＳＢ調理匣，可是不太適合。現在的口服藥效果雖然好，卻容易讓她的記憶變得模糊——」

哈羅德一邊聆聽兩人的對話，一邊暗中觀察達莉雅的狀況。她表現得很平靜，但這個家有許多索頌的回憶。萬一她有什麼異狀，就必須設法帶她離開——就連這麼想的自己也無法壓抑襲捲而來的懷念感。哈羅德挪動視線，試圖調整情感引擎。

忽然間，目光停留在一個被塞進透明垃圾袋的信封上。正面印著看似公司名稱的西里爾字母。

【創傷照護公司「得瑞沃」】。

哈羅德想起失去索頌後不久，也有人向達莉雅推薦過這類服務。

所謂的創傷照護公司，就是為了幫助人們面對親友過世的傷痛，提供各項服務的一種企業。有些公司會由ＡＩ或人類實施心理諮商，也有公司會提供模擬逝者人格的數位複製人，或是整理遺物、協助保管充滿回憶的物品等等。

「哦，那個啊。」尼古拉好像注意到哈羅德的視線了。「以前主治醫生有推薦幾次。我想說或許能幫上媽的忙，就要了一份紙本的資料。」

「卻要丟掉了嗎？」

「因為她歇斯底里的老毛病又犯了。我本來希望能有所突破……到頭來，果然行不通。」

他這麼說道，定睛注視著信封。

需要幫助的人明明不只是他的母親。

「我想她一定明白你的心意。」哈羅德慎選說出口的詞彙。「對令堂來說，現在就連讓兒子擔心都令她難受吧。」

「就是啊。」達莉雅附和。「畢竟自事發以來，只過了兩年半的時間嘛。」

「話說回來，已經兩年半了啊。」尼古拉深吸了一口氣。「感覺就像是昨天才發生的事……」

氣氛銳利得可怕，幾乎要劃傷兩人的臉頰。也許他們早就被劃傷，只是哈羅德的視覺裝置無法辨識罷了。

看來還是換個話題比較好。

「這應該是我的東西吧？」哈羅德努力用柔和的語氣說道，朝箱子裡伸出手，拿起一條色彩鮮豔的領帶。「原來在這裡啊，我還以為弄丟了呢。」

尼古拉與達莉雅重新啟動暫停的呼吸。

「啊啊……我想起來了。」尼古拉放鬆表情。「那是哥哥第一次帶你來的時候，我送給你的東西吧。因為你沒帶走，我還以為你不喜歡別人用過的東西呢。」

「沒那回事。我還記得這是你在高中的畢業典禮用過的領帶。」

「沒錯，大家都笑我土呢。我可要聲明，這不是我挑的，是我叔叔挑的。」

「真的嗎？」

「不要糗我啦。」他伸手拍了哈羅德的肩膀。「我覺得你繫起來應該很好看。」

「好，我今天就打這條領帶回去吧。」

「別鬧了啦。」達莉雅也露出微笑。太好了。「這對你來說也太花俏了。」

所幸，接下來的氣氛都很和諧。達莉雅帶著平靜的神情挑選遺物，決定帶走索頌看過的書和用過的筆。哈羅德自己也決定帶走尼古拉的花俏領帶，就算不繫，也能拿來當作裝飾吧。

當他們離開房間的時候，樓下忽然有清晰的對話聲傳了過來——哈羅德等人走下階梯時，遺族會的阿巴耶夫剛好結束會面，正要離開。他是個有著淺黑色皮膚與纖瘦身材的中年男子，披在身上的大衣比他的肩膀寬了一點。

然而——目送他的索頌母親背影卻比他還要骨瘦如柴。

「艾琳娜——」阿巴耶夫用關心的語氣對她說話。「總之妳別想太多，好好吃藥，專心在治療上，好嗎？」

「你已經說好幾次了。我沒事的。」

阿巴耶夫走出家門。玄關門憂鬱地緩緩關閉——哈羅德下意識地考慮帶著達莉雅返回二樓。可是在那之前，艾琳娜當然就回過頭來了。

「…………妳來了啊。」

艾琳娜板起臉的表情看起來簡直衰老得不符合六十三歲的年齡。刻著細密皺紋的雙頰明顯僵住了。她將頭髮綁成一束，過短的雜毛落在太陽穴上。

艾琳娜·阿爾謝芙娜·車諾瓦。

索頌的親生母親。

「而且妳竟然……」她一看見哈羅德的身影，眼神立刻變得刺人。「我可沒聽說妳要帶那個東西過來。妳還沒拿去報廢嗎？」

這個反應一如預料，哈羅德並不特別驚訝。

「是我請他們來的。」尼古拉靠近母親。「媽，別這樣。」

「達莉雅是可以踏進家門，但我可不想看到那東西在家裡晃來晃去。」

「非常抱歉。」哈羅德盡量用溫和的態度道歉。「我們已經要告辭了——」

「不要對我說話，沒用的東西！你明明就對那孩子見死不救！」

艾琳娜突然破口大罵，大概有三滴口水噴了出來——她原本就是機械派，而自從索頌過世，她對哈羅德的態度就明顯變得更暴躁了。

當時明明就在犯案現場，卻沒能救出心愛兒子的瑕疵品。

她當然也知道阿米客思由於敬愛規範，無法反抗人類。

話雖如此——這就是艾琳娜對哈羅德的評價。

當然了，哈羅德一次也不曾對她動怒。人類社會非常重視親情，艾琳娜會有這種態度也很正常。而且——

那天的自己確實是「沒用的東西」。

「對不起，媽。」達莉雅顯然慌了。「那個……」

「達莉雅，妳也半斤八兩。妳到底要讓這個『破銅爛鐵』穿著索頌的衣服到什麼時候？」艾琳娜仍然用深惡痛絕的眼神瞪著哈羅德。「如果妳覺得這種機械能代替那孩子，妳也沒資格踏進這個家！」

「媽，拜託妳。」尼古拉有些煩躁地推著母親的背。「妳回客廳去，吃平常的藥吧。快點。」

「馬上把那兩個人趕出去，趕出去！」

尼古拉把仍在大罵難聽字眼的母親推進客廳，硬是把門關上。艾琳娜還在大吵大鬧，咒罵聲從裡面傳了出來。

哈羅德緩緩扛起陷進系統的負荷。

——就連感受到負荷都顯得厚臉皮。

「抱歉，最後還發生這種事……」尼古拉一臉尷尬地搔著頭髮。「總之，你們別放在心上。她不是真心那麼說的，都是因為生病。」

「別擔心，我們沒事的。」

達莉雅努力擠出平靜的聲音。

結果，哈羅德與她一起逃也似的離開了這個家。

一走到屋外，溫暖的風便洗去沾黏在背部的緊張——走在身邊的達莉雅臉色很糟。

一穿過庭院的木門，她便慢慢停下腳步。帶著漂亮波浪的栗色頭髮柔軟地搖晃著，毫無防備。

「達莉雅，妳還好嗎？」

哈羅德這麼問道，同時感到後悔。果然不該帶她過來的。

達莉雅一語不發，撥開擋住臉頰的頭髮。她一邊撥頭髮，一邊仰望哈羅德——那雙眼睛迷惘地游移著，帶著緊繃的罪惡感。哈羅德對她的思緒瞭如指掌。因為沒能阻止哈羅德來到這裡，她正感到自責。

系統產生沉重的負荷。

「哈羅德，我……真的把你當作親弟弟看待。」

「謝謝妳。我也把妳當家人看待。」

這句話發自真心，達莉雅卻難過地搖搖頭。她的嘴脣放鬆，闔上，再張開。

「……拜託你，不要把媽說的話當真。」

哈羅德感到心痛。

「很抱歉。我今天不該穿索頌的衣服，應該穿自己的衣服來的。」

「我也沒有反對。但不是的，我不是那個意思。」達莉雅害怕似的補充說道。

「你……不是索頌的替代品，我希望你別誤會。你就是你。」

「我當然明白。」

「所以老實說，你可以穿自己喜歡的衣服。那輛車（拉達紅星）也舊了，就算買新的也沒關係。而且你其實不用住在索頌的房間，可以回自己的寢室——」

「達莉雅。」

她看起來像是快哭出來了，於是哈羅德輕輕觸碰她的肩膀。哈羅德注視達莉雅的臉，她便回以笨拙的深呼吸。她也很明白自己並不冷靜吧。

不管是衣服、車子還是房間。

自從索頌死後，達莉雅就把這一切都給了哈羅德。身為阿米客思的他並不知道她這麼做是出自對亡夫的思念，還是想藉著關愛剩下的家人來療癒心中的傷痛——不論是何者都無所謂。哈羅德決定穿上索頌的衣服、駕駛拉達紅星、住在沒有他的房間。

什麼方法都好。

只要這麼做能夠填補家中產生的空白。

最重要的是，為自己沒能拯救索頌的過失向達莉雅贖罪。

哈羅德明白。

能夠如此輕易洗刷的罪過根本不存在。

只不過是自我安慰。

可是，這樣也好。

如果沒有自我安慰就喘不過氣。

——從出生到現在，明明一次都沒有真正呼吸過。

「我只是因為自己喜歡才這麼做的。我跟索頌的喜好相同，特別是拉達紅星，我對它情有獨鍾，所以還不想換車。」

「別說了……」

「是真的。就算妳嫌它不好坐，我也想繼續駕駛它。」

達莉雅始終低著頭。扶著她肩膀的手感受到微微的顫抖與哽咽——哈羅德只好將唯一的家人擁進懷裡，撫著她瘦小的背表達安慰。她因淚水而溫熱的吐息滲進了胸膛。

無意間，哈羅德低頭望著穿在自己身上的索頌的夾克。

夾克的縫線明顯鬆脫，就好像想說自己已經差不多要壽終正寢了。
不過，還不夠。
自己還沒有償還眼睜睜看著他死去的罪過。
必須逮到那個「黑影」，給予他應得的制裁。
那才是唯一的……
——『我們回去吧，哈羅德。』
無法封鎖的記憶漸漸滲出。
眼前達莉雅的髮旋被緩緩侵蝕，然後消失。
回過神來，自己已經被拖回重播了幾千次的「那一天」。

自己還記得索頌的呻吟。
還記得手臂掉落時的聲響。
還記得斷腿時的聲音。
還記得頭被砍下時，血液飛濺的樣子。
直到現在，自己還能清晰地想起犯人的可恨背影。
阿米客思的記憶很完美，只要哈羅德願意，隨時都能回到那個瞬間。

所以……

直到現在——那個地下室仍然是哈羅德的一切。

第一章——惡夢的腳步聲

1

十月下旬，聖彼得堡很早就開始進入漫長的冬季。

『自從我們查到亞倫．傑克．拉塞爾斯，已經過了整整三個月。』

電子犯罪搜查局聖彼得堡分局——正在召開國際會議的會議室充滿了極為沉重的氣氛。牆上的軟性螢幕以總部的十時課長為首，各國分局的特別搜查組都到齊了，而所有人的臉上都掛著正經八百的表情。

當然了，深深坐在椅子裡的埃緹卡本身也不例外。

『案情也差不多該有進展了吧。』十時嘆了一口氣。『那麼，最後輪到聖彼得堡分局報告。「TOSTI」的回收工作做得怎麼樣了？』

「後來我們鎖定了兩個新的個人使用者，都已經回收完畢。」回答的人是佛金搜查官。他的深褐色捲髮很整齊，表情卻略顯疲憊。「同時，我們也正在調查引進分析AI的企業。交友軟體經營公司、創傷照護公司、零件製造的相關企業、醫療機構……都已經徹底調查過了，但目前沒有收穫。」

TOSTI——就是在夏天透過匿名論壇「TEN」在歐洲各國掀起一陣騷動，同時也是陰謀論者〈E〉之真面目的分析型AI。它具備的超高性能已經違反了國際AI運用法。儘管如此，TOSTI卻一度成為開源軟體，處於任何人都能安裝的狀態。換句話說，除了當時犯案的羅賓電索官兄妹，應該也有其他在不知情的狀況下安裝了TOSTI的使用者存在。

案發後過了約三個月——電子犯罪搜查局的各國分局正忙著找出四散各地的TOSTI，並將其回收。

『好吧。我想配合其他分局的步調，所以請在今年內解決。』十時斷然說道。『接下來請所有分局注意。我想大家應該知道，不只是TOSTI的回收工作，請繼續專注在拉塞爾斯的調查上。』

拉塞爾斯——就是自稱為TOSTI開發者的亞倫・傑克・拉塞爾斯。

他的存在是虛構的「亡靈」。拉塞爾斯的個人資料記錄在YOUR FORMA的使用者資料庫，甚至在英格蘭東南部的弗里斯頓有一棟自己的房子，但他本身並不存在。換句話說——目前搜查局認為「拉塞爾斯」有可能是犯人所準備的假身分。

而且犯人不惜這麼做的動機也仍然不明。

『那麼下週再見。期待各位的好消息。』

十時說完，會議便宣告結束。

螢幕一暗下來，佛金搜查官立刻虛脫。坐在位子上的搜查組成員紛紛站起，只有他無力地趴到桌上——畢竟這幾個月都沒有像樣的進展，就像是忙著從芬蘭灣找出大小相當於沙粒的寶石，也難怪他會這樣。

埃緹卡正要向他搭話的時候——

「他好像感受到相當大的壓力。」坐在身旁的哈羅德將肩膀湊了過來。「十時課長為什麼要請佛金搜查官擔任特別搜查組的組長呢？」

阿米客思那張藝術作品般端正的臉龐浮現擔心的神色。可能是因為這週的天氣明顯轉涼了，他已經換上套頭毛衣——埃緹卡事到如今才心想，自己從來沒見過哈羅德穿專為阿米客思大量製造的服裝。

「佛金搜查官隸屬的搜查支援課已經偵辦〈E〉的案子好幾年了。課長應該是考慮到他的資歷，覺得差不多可以交辦重要的工作給他了吧？」

「可是看他的樣子，今天早上應該只吃了三塊鬆餅。」

埃緹卡很傻眼。「食慾那麼好就夠了吧。」

「我聽到了。」佛金有氣無力地抬起頭。「而且不是三塊，是兩塊。你不是什麼都知道嗎？」

「你真愛說笑。我確實具備高性能，但任何事都沒有所謂的完美。」

電子犯罪搜查局與國際ＡＩ倫理委員會（IAEC）達成協議，為了盡速回收TOSTI並搜索拉塞爾斯，在各國分局設立了特別搜查組——正如哈羅德所說，佛金搜查官被提拔為聖彼得堡分局的組長。組內共有約二十名的成員，電索課也派出埃緹卡與哈羅德前來支援。

埃緹卡個人還以為既然已經取回電索能力，自己今後應該不會再跟佛金一起工作了——不過，他們又以意想不到的形式成了合作的夥伴。

「別用高性能來形容自己好嗎？」埃緹卡瞇起眼睛這麼說，哈羅德便沉默地仰望天花板。「不說這個了，佛金搜查官，TOSTI的原始碼又要重新分析了嗎？」

「是啊……課長說這是第三次了。因為不管調查幾次，原始碼都不符合其性能。」

TOSTI的原始碼已經在案發後被交給里昂總部的分析團隊。可是相對於其性能，使用到的程式語言和語言處理軟體都很常見，頂多只能歸類為平庸的分析ＡＩ。

換句話說，TOSTI用某種手段隱藏了真正的原始碼。

「希望能盡早找到通往原始碼的『暗門』。」哈羅德從椅子上站起身。「聽說不只是總部的分析團隊，連外部專家都束手無策呢。」

「沒錯。搞不好『門』根本不存在。」

「這可不是魔法，其中一定有什麼機關。」

「啊啊，可惡。如果像真的門一樣，可以輕易找出來毀掉就輕鬆了。」佛金靠到椅背上，看著埃緹卡。「就像妳那個時候一樣，把門……」

埃緹卡不禁歪頭。「你在說什麼？」

「妳不是在火場裡準確地射中了門的鉸鏈嗎？那種事可不是誰都辦得到。」

埃緹卡想起國際刑事警察組織（INTERPOL）總部在夏季夜晚遭到〈E〉信徒襲擊的事——藉著十時的愛貓被帶進總部的爆炸裝置將整個配電室都炸毀了。自己與哈羅德受困在防火鐵捲門內，就連逃生門都被堵住，差點命喪火窟。

後來經過現場勘驗，發現逃生門的鉸鏈已經被徹底破壞。似乎就是多虧如此，哈羅德才能將昏倒的埃緹卡帶出去。那個時候，她在濃煙的遮蔽下胡亂射擊，好像成功命中了目標。

「那只是碰巧罷了。或許是情急之下激發的潛力吧。」

「妳就別謙虛了。」佛金的眼球轉了一圈。「對了，年底的市集（ярмарка）有打靶的攤子，妳有沒有興趣？獎品有冰淇淋（Мороженое）吃到飽喔。」

這個邀約是很吸引人，不過……「既然想多吃一點，直接買不是比較快嗎？」

「拜託，那樣就沒有樂趣了啊。」樂趣？

「冰枝電索官。」

埃緹卡聽見這聲呼喚而回過頭，發現哈羅德正低頭看著穿戴式裝置。

「比加傳了訊息過來，她好像剛好來到分局前。」

埃緹卡眨了眨眼。「她今天不是要參加學院的研習嗎？」

「應該是想見路克拉福特輔助官吧？」佛金靠著椅背伸懶腰。「你能讓人家這麼死心塌地，我實在很佩服。」

「不敢當。」

埃緹卡推了哈羅德的側腹部一下。「不對，他沒有在誇你。」

「不管怎麼樣，幫我跟比加問聲好。」佛金在這個時候刻意聳了肩膀。「明天也要繼續回收TOSTI，大家加油吧。」

於是埃緹卡與哈羅德向佛金道別，離開了會議室。埃緹卡穿上大衣，跟哈羅德一起前往入口大廳。現在的他正把圍巾圍到脖子上——視線一對上，他便回以一如往常的微笑。

該怎麼說呢？

「對『朋友』這麼說好像不太好，但我有時候真的很想揍你。」

「不只有時候，而是隨時都想吧？」確實。「妳要跟佛金搜查官去玩打靶嗎？」

「是他誤會了，我的槍法只有平均的程度。」

而且——埃緹卡心想。

那個時候，自己確實瞄準了門的鉸鏈，試圖逃離危機。可是，自己只開了不到兩三槍就因為頭痛而癱坐在地，失去了意識——大腦的記憶不像YOUR FORMA的機憶那麼準確，所以或許只是自己這麼以為吧。

埃緹卡走著，瞄了一眼身旁的阿米客思。

不論如何——他們倆都從那場爆炸中活了下來，這樣就夠了。

〈現在氣溫：六度。服裝指數B，請注意禦寒。〉

走到戶外時，過了下午六點的天空太陽早已下山。這幅景象讓埃緹卡無意間想起第一次造訪聖彼得堡的去年年底——在提早到來的夜晚氣息中，比加就站在路燈下方。她穿著可愛的大衣，單手提著鼓起的紙袋。

「啊，哈羅德先生、冰枝小姐！」

「辛苦了。」哈羅德走向她。「今天的研習怎麼樣？」

「有點難受，因為要看一些案發現場的血腥照片——」

經過〈E〉的案件，比加身邊的環境也有了很大的變化。由於身為生物駭客的父親被捕，她本身也放棄了家族事業，跟表姊妹李一起從凱於圖凱努搬到了聖彼得堡。

三個月前，比加在機場迎接了從英格蘭歸來的埃緹卡與哈羅德。

『請問我能不能不當民間協助者，請搜查局正式僱用我呢？』

那一天，她除了皮箱以外，還提著一個大大的波士頓包。她的三股辮比平常還要毛躁，纖瘦的身軀好像快要被重量壓垮了。李在她的背後，一臉擔心地看著她。

但比加的堅定眼瞳彷佛盈滿了燃燒的蜂蜜，比以往更加鮮明。

埃緹卡與哈羅德替她向聖彼得堡分局長交涉。結果，她以「顧問」的頭銜，進入搜查支援課任職。現在她在工作上發揮身為前生物駭客的經驗，並且每週花費約一半的時間到電子犯罪搜查局在各地設立的學院參加研習。

「我記得今天有特別搜查組的國際會議吧，情況怎麼樣？」

「佛金搜查官要我們跟妳問聲好。」埃緹卡說道。「多虧妳的貢獻，我們才能從那個個人使用者手上回收TOSTI。他應該很感謝妳吧。」

沒錯——比加運用自己身為顧問的靈活立場，曾多次協助特別搜查組。埃緹卡認為她的嶄新視野可以派上用場，於是向十時推薦了她。

前幾天，比加建議碰到瓶頸的搜查組成員針對從事醫療業的使用者進行重點調查。搜查組參考這個意見，便找到持有TOSTI的護理師，還發現該護理師與生物駭客有所關聯。

「因為光靠我們很難想到有人會用TOSTI來分析患者的病歷，再把蒐集到的統計資料賣給生物駭客。」

「身體上的特徵和疾病的統計數字其實很重要。不只是肌肉控制晶片，像是操弄視力或聲音的小手術也會參考那些資料。」

不論如何——雖然經歷了一番波折，比加已經找到新的道路，真是太好了。

她想必還會在夜深人靜時因遠在他方的父親而陷入煩惱，即使如此——

「呃，不說這個了。」比加忽然忸忸怩怩地舉起紙袋。「其實我在回程的路上跟李約好，去了一趟百貨公司。」

哈羅德對她微笑。「李的工作也是今天休假嗎？」

「是的，她正在停在那裡的車子裡等我。」

「有YOUR FORMA很方便吧。」埃緹卡也露出微笑。「當場就能完成付款了。」

「就是啊！真的很厲害，雖然我一開始還不太習慣——」

比加原本是未植入YOUR FORMA的機械否定派（盧德分子），可是既然要正式進入搜查局工作，就無法避免植入YOUR FORMA——雖然她是出於必要才接受手術，或許是因為過去常以生物駭客的身分接觸各種機件，並沒有太強的抗拒感。

「呃，其實我是想快點把這個送給哈羅德先生。」她從紙袋裡取出的東西是一個包裝得很漂亮的包裹。「不知道你會不會喜歡……」

他好像很訝異。「謝謝妳這麼費心。我可以打開嗎？」

「當然可以！還有……」比加再次把手伸進紙袋。「這個是要給冰枝小姐的。」

她遞出的東西是裝在透明盒子裡的能量果凍組合。這好像是只在百貨公司販售的商品，包裝比埃緹卡平常買的品牌還要高級——真是突如其來的驚喜。

「我可以收嗎？」

「因為我受你們兩位這麼多照顧，卻什麼也沒有回報……雖然有點晚了。」

埃緹卡坦然感到高興，於是心懷感激地收下，不過——

「順便問問冰枝小姐，妳應該吃得出果凍的味道差異吧？」

比加用非常認真的表情目不轉睛地盯著埃緹卡。感動都泡湯了。

「妳到底把我當成什麼？」

「因為妳上次吃三明治，不是把裡面夾的火腿誤認為起司嗎？就是我們去博物館的時候！」

埃緹卡這才想起來——夏天快結束時，埃緹卡在比加的邀請下，去了一趟艾米塔吉博物館。以前也曾跟哈羅德一共三個人一起去過，但當時逛得不夠徹底，所以熱愛美術的她似乎一直放在心上。埃緹卡覺得那種地方去一次就夠了，卻還是決定陪她去。

「我就說了，那明明是起司。」

「不，那真的是火腿啦……」

「嗯。」請不要用那麼同情的表情看著我。「呃，總之，謝謝妳。」

埃緹卡尷尬地別開目光——這時候，哈羅德正好打開包裹。典雅的包裝紙裡面是一條折疊整齊的圍巾。就像用滴管滴下海洋的色彩擴散開來，是深邃又柔和的海軍藍。

「好漂亮的圍巾。這個應該很貴吧。」

「不會！一點也不會！」比加使勁搖搖頭。「因為你上次說現在的圍巾有點脫線，我想說剛好可以替換……呃……」

「非常謝謝妳，我會珍惜的。」

哈羅德露出打從心底感到高興的微笑，很自然地擁抱了比加。就算她緊張得跳了一下，哈羅德也沒有收手。以不好的方面而言，他的這種個性一點也沒變。

「我、我、我才要謝謝你！」

「李還在等妳吧。回去的路上請小心。」

「好的！我會小心的！明天見！」

比加過度挺直背脊，用生硬的步調離開——埃緹卡一臉不悅地瞪著阿米客思。他擺出那張令人吃不消的笑容，歪頭回應埃緹卡。

「你知道比加的心意吧。」埃緹卡基於道義這麼告誡。「你不該這樣玩弄人家。」

「我只是表達感謝之意。言語難以表達的心意，用行動來表達是最好的。」

這麼說是很好聽沒錯。「你是從什麼時候開始變成這種狂妄的性格？」

「妳怎麼對朋友說出這麼過分的話呢？請說我是善於社交。」

「如果『善於社交』的定義是以你為標準，我一定會每天窩在家裡。」

「如果味覺是以妳為標準，我也一定會足不出戶。」

「少囉嗦。」

就算埃緹卡痛罵，哈羅德也完全當作耳邊風。他小心翼翼地重新包好比加贈送的禮物──他圍在脖子上的黑色圍巾確實有點脫線。現在回想起來，他以前圍過的格紋圍巾或酒紅色圍巾好像也都用了很久。

「輔助官，我以前就在想了，你的……」

突然間，哈羅德的穿戴式裝置發出了來電鈴聲。埃緹卡立刻閉上嘴巴──在黑暗中開啟的全像瀏覽器顯示著憂．十時課長的名字。

會議剛剛才結束，她會有什麼事呢？

『──啊啊，你們果然在一起。看來打給輔助官是正確的決定。』

哈羅德一接起電話，全像瀏覽器便顯示出十時的臉。她一看到旁邊的埃緹卡，鐵面具般的表情立刻混入鬆了一口氣的神色。

「什麼？」埃緹卡忍不住反問。「『果然在一起』？」

哈羅德說道：「在值勤時間，我們基本上都在一起吧？」

「現在可不是值勤時間。」

「那麼，就當作我們隨時都在一起吧。」

「『那麼』你個頭。」

『這次無關特別搜查組的工作。』十時對兩人的談話充耳不聞。『雖然很突然，你們明天早上能去一趟聖彼得堡市警局總部嗎？』

埃緹卡與哈羅德對望了一眼——說到聖彼得堡市警局，就是他以前所屬的單位。如果沒記錯，哈羅德直到轉調至電子犯罪搜查局以前，都是在市警局的強盜殺人課工作的阿米客思。

『關於某起案件，市警局好像想找路克拉福特輔助官談談。不過因為你現在是隸屬於電子犯罪搜查局（我們這裡），我希望冰枝也能一起出席。』十時用一如往常的平淡語調說道。『我也沒有聽說詳情，但這對輔助官來說是很重要的案件。』

那是什麼意思？

埃緹卡不禁望著他。哈羅德也不掩飾自己的困惑，挑動眉毛。

十時的表情非常冷靜，語氣中卻帶著些微的氣憤。

『——聽說「去世的索頌刑警打了電話到市警局」。』

2

聖彼得堡市警局總部面向莫伊卡河，是一棟古色古香的新古典主義建築。它與其他建築相同，巧妙地融入了歷史悠久的街道，從旁看不出這裡是警政機構。

「請在這裡稍等，我去叫巡官過來。」

待客阿米客思輕輕低頭行禮後離去——埃緹卡與哈羅德被留在無人的會客廳。內部裝潢與外觀完全不同，相當現代化。擺放在室內的沙發吸收了寂靜而膨脹。排列在牆上的相框收藏著俄羅斯警方的歷史——〈一九九二年的疫情爆發以前，舊蘇聯並沒有獨立的警政機構，皆隸屬於內務部。警員採用與軍隊相同的階級，長年的貪汙問題……〉

據說當時的警方內部非常腐敗，遺失案件資料或恐嚇民眾都是家常便飯，疫情期間也沒有發揮組織應有的功用。結果，警方無法壓制因為治安惡化而成為暴徒的一部分國民，導致國內陷入混亂。此後經過大規模的組織改革，警政機構便脫離了內務部的管轄。到了現在，警方已經是一個獨立的機構。

枯燥乏味的知識過目即忘，進不到腦袋裡。

埃緹卡用手指梳開頭髮，將目光轉回哈羅德身上。他脫下大衣，坐在沙發上。帶著義務性色彩的ＬＥＤ照明在他的腳邊投下了深深的影子。

——『聽說去世的索頌刑警打了電話到市警局。』

埃緹卡現在才發覺，十時知道「聖彼得堡的惡夢」與哈羅德的關係。大概是在他從市警局轉調過來的時候聽說的吧。

「輔助官，叫你過來的人是索頌刑警以前的上司嗎？」

「是的。他當時是強盜殺人課的課長，我在這裡工作的期間也曾受他照顧。」

「這話怎麼說？」

「因為課裡只有他和索頌知道我是次世代型泛用人工智慧（RF型）。」

現場漸漸恢復寂靜。埃緹卡舔了下唇。嘴唇有點乾燥脫皮——沒錯，自己真正想說的並不是這種事。

「那個……」埃緹卡戰戰兢兢地問道。「你還好吧？」

「請別擔心。」阿米客思微微放鬆了表情。「我知道那是別人。」

他的意思是，打電話到市警局的人並不是索頌本人。

實際上，他說得一點也沒錯。畢竟索頌已經在兩年半前被捲入「聖彼得堡的惡夢」，慘遭殺害。所以除非相信幽靈之類的東西，否則按照常理判斷，死者不可能打電話給活人。

應該假設有人冒充了索頌的身分。

——「聖彼得堡的惡夢」。

兩年半前發生在聖彼得堡市內，使四名朋友派喪命的連續殺人案。

被害人中的三個是一般民眾，另一人是負責偵辦案件的刑警索頌。犯案手法極其殘暴，每一具遺體都遭到分屍。除此之外，現場並沒有留下任何有用的痕跡。即使聖彼得堡市警局大舉投入搜查，終究還是沒能找到與犯人有關的線索——當時的國際社會本來就面臨朋友派與機械派的對立，各國皆發生了多起傷害案。其中「惡夢」特別殘暴，所以在全世界都有大篇幅的報導，就連當時生活在里昂的埃緹卡也曾聽說這則新聞。

警方實際上已經停止搜查，殺人魔至今仍然在逃。

這就是世人所知的「聖彼得堡的惡夢」全貌。

正因如此，不論目的為何，這通電話都非常惡質——根據埃緹卡以前從哈羅德的家人達莉雅口中聽說的情況，索頌在辦案的時候被犯人綁架，因此下落不明。哈羅德獨自查出索頌的所在地，試圖營救，但他本身也被囚禁，最後索頌遭到虐殺而死。

對哈羅德來說，光是想起這段過去應該就令他感到痛苦。即使打電話的對象不是索頌本人，他也會無可避免地回憶這起案件。

埃緹卡對犯人萌生明確的煩躁感。

「——嗨，哈羅德。抱歉一早就叫你過來。」

過了不久，一名壯年男性出現在會客廳——抹上髮蠟的頭髮混合著部分的白髮，下垂的柔和眼睛給人溫厚的印象。他的體格結實但高挑，身上穿著警方指定的工作外套，皮鞋擦得很乾淨。

〈庫普里揚．瓦倫京諾維奇．拿波羅夫。四十歲。隸屬於聖彼得堡市警局總部，刑事部強盜殺人課，階級為巡官……〉

這個人就是索頌的上司吧。

「好久不見了，拿波羅夫課長。」

「我現在不是課長了。」拿波羅夫微笑。「我已經申請降職，你忘了嗎？」

「失禮了，『巡官』。」哈羅德這麼更正，然後與他握手。「在那之後，你還有找到新的伴侶嗎？」

「輕鬆的單身生活也不錯。」巡官轉移焦點似的聳了肩膀，看著埃緹卡。「冰枝電索官，歡迎妳來。請代我向十時搜查官道謝。」

拿波羅夫伸出手，於是埃緹卡也跟他握了手。他的手掌又大又柔軟。

「妳知道哈羅德的經歷嗎？」

「我知道。」

「那就沒問題了。」

拿波羅夫請埃緹卡與哈羅德坐下，於是兩人在沙發上坐了下來。巡官將手上的平板電腦放在矮桌上，讓螢幕朝向哈羅德——看來他打算在這裡談論關於案件的事。

「大概在兩週前，我接到索頌打來的第一通電話。電話是打到市警局的裝置。」

「兩週前？」哈羅德問道。「為什麼直到現在才告訴我呢？」

「因為我覺得是惡劣的惡作劇。實際上只有一次，而且也沒造成什麼損害。」拿波羅夫邊說邊操作電腦。「但是昨天，他又打了第二通電話過來……讓情況變得有點不容忽視。」

「你有錄音嗎？」

「有。總之你聽聽看吧，先從第一通電話開始——」

拿波羅夫這麼說著，按下錄音檔的播放鍵。

劣質的喇叭傳出些微的雜音。

埃緹卡側耳傾聽。

『——你好嗎？好久不見。』

順暢中帶點銳利沉穩的男性嗓音傳來——埃緹卡可以感覺到身旁的哈羅德屏住了呼吸。他目不轉睛地盯著螢幕。

光是看到這個反應，埃緹卡就明白了。

原來如此，這就是索頌的聲音。

就算知道是冒牌貨，聽到他的嗓音，肯定還是令人五味雜陳。

『……索頌？』拿波羅夫的聲音反問。『不對，這不可能。你是誰？』

『就跟你猜想的一樣，我是索頌。你還記得我，我很榮幸。』

『我怎麼可能忘記？可是你已經……』

『事發到現在已經過了兩年半呢。』

『你到底是誰？有什麼目的——』

『我的目的，你也很清楚吧。我想逮到犯人。』

一瞬間的沉默。

『可是我已經無法如願了，所以請你替我逮到他。拜託你——』

錄音檔到此為止。

埃緹卡只轉動眼球，確認哈羅德的情況——這時的他正好鄭重地眨了一次眼睛。他的模擬呼吸又重新啟動了。不過，他很顯然受到了衝擊。

「這通電話來自指定通訊限制範圍的公共電話。」拿波羅夫說道。「有很多人都會用這種方法來隱藏身分，算是很老套的手段。」

埃緹卡問道：「不能從電話附近的監視器來鎖定犯人的身分嗎？」

「很遺憾，對方巧妙地挑選了周圍沒有監視器的公共電話。」

「原來如此。」也就是說，不能指望影像紀錄了。

「你說他昨天打了第二通電話吧。」哈羅德終於張開沉重的嘴巴。「『情況變得有點不容忽視』又是什麼意思呢？」

「就是這個意思。」

拿波羅夫的手指再次點擊畫面。

滋滋滋，訊號中斷的些微雜音傳了出來。

『——拿波羅夫巡官，為什麼你到現在都還沒有逮到犯人？』

索頌的聲音跟剛才截然不同，帶著一點悲痛的語調。

『我知道你是從哪裡的公共電話打來的。』拿波羅夫的聲音說道。『我們沒有在那裡埋伏，算你撿回一條命。』

中間有短暫的停頓。

『……你竟然對部下如此冷淡，我很遺憾。你們總有一天會再作一場惡夢。』

『你說什麼？』

他還沒有回答，錄音檔便停止播放，冰冷得無情。

堵塞一個個毛孔的寂靜滲入全身。

——『你們總有一天會再作一場惡夢。』

埃緹卡靜靜地感到毛骨悚然。索頌的聲音在耳朵裡繞著圈子，逐漸墜落——說到「惡夢」，當然就讓人聯想到「聖彼得堡的惡夢」。

也就是說，這通電話算得上明確的恐嚇。

「也許他只是虛張聲勢。」拿波羅夫說著，搓揉自己的眼頭。「但基於恐嚇市警局的行為，我們也不得不展開調查。就是因為這樣，我們才會叫你過來。」

「原來如此。」哈羅德瞇起眼睛。「使用在電話裡的索頌的聲音跟我的記憶對照之下，正是本人的聲音。請問你們有分析聲紋資料嗎？」

「鑑識課把檔案拿到個人資料中心比對過了，確定是本人的聲音。」

個人資料中心——管理YOUR FORMA使用者資料庫的各國機構。除了資料庫的公開情報，其中也記錄了每位使用者的聲紋、掌紋、虹膜等有關生物認證的個人資料，是調查機構不可或缺的好夥伴。

「只不過，如你們所知，索頌已經死了。」拿波羅夫煩惱地扶著額頭。「打電話的犯人大概是用某種手段取得了索頌的聲音資料。既然對話成立，就表示這不太可能是用深偽技術製造的錄音檔。」

「也就是說，犯人即時轉換了自己的聲音嗎？」

「前提是真的有那種方法……總之打電話的人基於某種理由，想讓我們想起『惡夢』事件。這一點是可以確定的。」

就算如此，認為這件事是「聖彼得堡的惡夢」的犯人所為，還是言之過早。這一點連埃緹卡也明白——「惡夢」的犯人就是以不留任何線索聞名。即便裝成索頌的聲音，直接聯絡市警局也太輕率了。這通電話來自犯人本身的可能性當然不是零，但現在就縮小選擇範圍還太早了。

埃緹卡看著拿波羅夫。「舊案重提會有誰得利呢？」

「我能想到幾個假設，但現在仍處於必須考量任何可能性的階段。只不過，有機會取得索頌的聲音資料的人很有限。」

「即使如此，達莉雅等人也跟此事無關。」哈羅德靜靜地斷定。「我實在不認為她或尼古拉等人能做出這種褻瀆索頌的行為。」

「我當然也這麼希望。」拿波羅夫從鼻子吐氣。「哈羅德，你自己有沒有頭緒？」

他搖搖頭。「很遺憾，關於這件事，我毫無頭緒。」

「這樣啊。」巡官好像很失望。「我會再主動聯絡達莉雅小姐，問問他們有沒有把索頌的資料交給誰……」

這個時候，拿波羅夫的目光忽然飄向半空中。這是YOUR FORMA接到聯絡時的舉動，本身並不稀奇——但他的表情明顯愈來愈凝重。

「拿波羅夫巡官？」

「……我們好像徹底晚了一步。」

他在說什麼？

埃緹卡與哈羅德不約而同地對望。

卻不知道拿波羅夫接下來說出口的話會讓全身凍結。

「——聽說馬上就有『被害人』出現了。」

＊

「屍塊」出現的地點是聖彼得堡市內的莫斯科勝利公園。

兩人跟拿波羅夫一起趕到圓形廣場時，鑑識課已經抵達現場，用全像封鎖線封鎖了周圍的區域。路過的行人不時停下腳步圍觀，又在警衛阿米客思的催促下離去——矗立在廣場中央的是過去的蘇聯元帥，朱可夫的紀念雕像。元帥威風凜凜地挺起胸膛——而他腳下的臺座上放著某種東西。

埃緹卡不禁想摀住眼睛。

好殘忍。

排成一列的那些東西是阿米客思的殘骸——雙手與雙腳。橫躺的軀幹上面放著頭部，就像擺上裝飾品一樣。從疑似被鈍器毆打所造成的明顯凹洞來看，犯人似乎曾嘗試破壞其記憶。黑色的循環液哀號似的噴濺成放射狀，弄髒了附近一帶的地面。

就算知道那不是人類的屍體，這副慘狀還是令人毛骨悚然。

埃緹卡因此想起過去發現哈羅德的弟弟——馬文的屍體時的景象。

「好像是今天清晨被路人發現的。」拿波羅夫一臉嚴肅地說道。「消息似乎是過了一段時間才傳回總部……但應該是在沒有人煙的晚上遇害的。」

從心痛地皺起眉頭的模樣來看，拿波羅夫巡官或許是朋友派。

「不論如何——」哈羅德開口。「『犯案手法確實很類似「聖彼得堡的惡夢」』，而且『惡夢』的第一位被害人的遺體也是被遺棄在公園。」

埃緹卡的背脊開始發涼——她想起來到這裡的路上，拿波羅夫分享的「惡夢」的案件詳情。據說為了避免引起社會恐慌，被害人遺體的共通特徵並沒有對外公開。

犯人的手法與現場的實際狀態大致有以下特徵：

一、被害人皆為朋友派，且都接到犯人的直接邀約而下落不明。

二、犯人活生生地切下被害人的頭部與四肢，並「將頭部擺放在軀幹上」。

三、為了湮滅證據，遺體頭部的YOUR FORMA皆被拔除。

「不過——」巡官說道。「那起案件中遇害的都是人類，犧牲者沒有阿米客思。」

「一點也沒錯。我們來調查詳情吧。」

哈羅德這麼說道，毫不猶豫地穿越全像封鎖線。他心無旁騖地走向阿米客思——等等，自己和哈羅德只是順理成章地跟著拿波羅夫一起來罷了，不管怎麼看，他都忘了現場是由市警局負責指揮。

「不好意思。」埃緹卡趕緊道歉。「我馬上帶他回來。」

「不——」拿波羅夫不為所動。「他是跟索頌一起追查『惡夢』事件的『負責刑警』，或許他能提供什麼不錯的意見。」

「或許是那樣沒錯，可是……」

「再等五分鐘就好。我也對哈羅德的推理有興趣。」

埃緹卡本來想表達反對，但走向這裡的鑑識官向拿波羅夫搭話，於是頓時錯失了機會——她開始感到頭痛。十時只有允許他們配合市警局的偵訊，不包括參與調查。萬一被她得知此事，她應該會嚴格地訓斥「為什麼不向上報告」。

不只如此。

可以的話，埃緹卡並不想讓哈羅德長時間待在酷似「惡夢」的現場。光是剛才在市警局聽到索頌的聲音，他的狀態就已經很不對勁了。回想痛苦的記憶，對他的系統絕對沒有好影響。

而且——

——『如果能夠抓到殺害索頌的犯人，我打算親手制裁他。』

哈羅德始終對犯人抱持深深的仇恨。

如果因為某種契機，導致他的復仇之火燃燒得更加猛烈……

畢竟ＲＦ型搭載了模擬人腦的神經模仿系統，已超出國際ＡＩ倫理委員會的標準。他早就注意到敬愛規範根本不存在——實際上只要他願意，就能輕易下手殺害犯人。

光是想到就令埃緹卡毛骨悚然。

調查工作還是應該交給聖彼得堡市警局。

埃緹卡離開正在談話的拿波羅夫巡官，通過全像封鎖線——哈羅德已經在阿米客思的遺體旁蹲下，完全不理會正在到處徘徊的分析蟻以及一臉困惑地看著他的鑑識官們。

「等等，路克拉福特輔助官。」

一靠近遺體，濃濃的機油氣味便不由分說地竄進鼻腔。

「屍體的裝飾方法確實跟『惡夢』事件相同。」哈羅德觀察著阿米客思，連頭也不回。「不過這毫無疑問是模仿犯所為，而不是『惡夢』的犯人。」

「你為什麼這麼想？」埃緹卡煩躁地問道。「因為被害人是阿米客思嗎？」

「不只因為如此，也因為犯人是先讓阿米客思強制停止運作後才將機體切塊。」他的手觸碰阿米客思凹陷的頭部。他們沒有指紋，所以不至於破壞現場，不過……「這麼做應該是為了不讓阿米客思感到痛苦吧。雖然我們可以關閉痛覺……這個模仿犯應該屬於朋友派，並不像犯人那麼殘虐。」

「不是單純為了防止被害人掙扎嗎？」

「妳可能忘了，就算人類拿武器對著我們，我們也不會反抗。」確實。「另一方面，根據索頌的側寫，『惡夢』事件的犯人是機械派，我不認為他會憐憫阿米客思。」

「可是如果對方真的是朋友派，根本就不會對阿米客思做出這種事吧。」

「應該有什麼不得不做到這個地步的理由。」

「是什麼理由都無所謂。」埃緹卡輕輕抓住哈羅德的手臂。他好像終於回神了，這才抬起頭。「總而言之，我們先回去全像封鎖線外面。要是被十時課長發現我們干涉市警局的調查，事情就麻煩了——」

「哈羅德，犯人跟冒充索頌打電話來的傢伙是同一個人嗎？」

啊啊，真是夠了——埃緹卡一回頭，便看見拿波羅夫跟鑑識官一起走了過來。哈羅德一邊站起身，一邊溫柔地掙脫埃緹卡的手。真是的。

「可能性很高。打電話的犯人預言了『惡夢』事件即將重演，前後行動是有一致性的。」他稍微思考後說道：「不同於電話一事，這起案件會被一般民眾看見，恐怕無法避免媒體公開報導。」

「的確。」拿波羅夫這麼說，瞥了一眼全像封鎖線外。「新聞記者剛好出動了。」

「一旦上了新聞，媒體就一定會提到這起案件與『惡夢』的相似之處。那麼一來，『聖彼得堡的惡夢』就會再次成為輿論的焦點，而首先受到嚴厲檢視的便是……」

「我們吧。」拿波羅夫垂下頭。「也就是說，犯人的目標是讓社會大眾對市警局施加壓力，逼迫我們對『惡夢』事件重啟調查吧。」

「到目前為止，這應該是最有力的假設。」

埃緹卡瞄了阿米客思的屍體一眼。犯人的罪名頂多就是毀損器物——俄羅斯並沒有像英格蘭那樣的機械保護法，阿米客思遭到破壞，只能適用毀損器物的法律，所以犯人絕對不會被判重罪。但既然案件與「聖彼得堡的惡夢」有共通點，事情就如他所說，民眾的關注是無可避免的。

那麼一來，重啟調查的可能性確實會提高。

想到這裡，埃緹卡搖了搖頭——再怎麼說，這都是市警局的案件。

「既然知道屍體的擺放方式……知道案件的詳情，自然能縮小嫌疑人的範圍。有可能是被害人遺族，或是一部分的報導相關人士。」拿波羅夫搔著臉頰，回頭望向鑑識官。「舒賓，現場有查出什麼嗎？」

跟在他身邊的鑑識官正盯著掛在脖子上的平板電腦。分析蟻的分析結果似乎會陸續傳送到那臺電腦——這個男人的毛躁瀏海因為駝背而蓋住眼睛，表情就像面具般毫無變化。他抬起視線，看了埃緹卡一眼。

〈卡濟米爾．馬爾提諾維奇．舒賓。三十五歲。隸屬於聖彼得堡市警局總部，刑事部鑑識課，前強盜殺人課刑警——〉

「舒賓鑑識官。」哈羅德對他伸出手。「還能在現場遇見你，我很榮幸。」

看來跟拿波羅夫一樣，他也是哈羅德認識的人。根據個人資料，舒賓以前隸屬於強盜殺人課，所以他們應該有工作上的往來。

「這就免了……」舒賓面無表情地拒絕握手。「你好像過得很好，哈羅德。」

「託你的福。你好像也沒什麼變，這樣我就放心了。」

「你大可說我『還是一樣不知道在想什麼』……」

舒賓用沒有高低起伏的音調喃喃低語——他是什麼意思？

「請別這麼自卑。」哈羅德溫和地安撫道。「這也是一種才能嘛。」

「是啊。」舒賓冷淡地回應，然後把目光轉回拿波羅夫身上。「我在找犯人的足跡，但很難鎖定。公園隨時都有不特定多數人出入，所以沒辦法縮小範圍，附近也沒有監視器……只不過，遇害的阿米客思平常好像都在這裡遊蕩。」

巡官挑起眉毛。「『在這裡遊蕩』？」

「被害人……是流浪阿米客思。他們經常成為施暴的對象。」

被持有者拋棄，失去歸處的流浪阿米客思——無意間閃過埃緹卡腦海的，是哈羅德過去的遭遇。他以前好像也是徘徊在聖彼得堡市內的流浪阿米客思，後來才被索頌刑警收留。

不過埃緹卡並不知道他之所以流落街頭的來龍去脈。

「所以說，這名模仿犯忽視了『邀約被害人』的犯案條件吧。」哈羅德再次看著阿米客思的遺體。「既然知道這裡有阿米客思，就表示模仿犯住在平常可以出入這座公園的距離，或是曾經為了犯案而多次來勘察現場。」

「這樣的話，就要看公園附近的監視無人機能拍到多少線索了。」

「巡官——」舒賓不帶感情地發問。「你要……讓他參與調查嗎？」

「不，我只是想請哈羅德稍微看一下現場——」只能趁現在。

「已經過五分鐘了。」埃緹卡把握機會插嘴說道。「巡官，不好意思，我們該離開了。如果你需要輔助官的協助，請聯絡電子犯罪搜查局。」

埃緹卡很快地說完這段話，不等拿波羅夫的回答便轉身離去。她就這麼快步走向全像封鎖線外——背後傳來簡短的對話。埃緹卡感覺得到哈羅德正依依不捨地跟上來。

太好了，他還願意聽自己的話。

明明沒有受託，他卻試圖介入調查。現場如此酷似「惡夢」事件，也難怪他會有這種反應。況且犯人還用索頌的聲音打了電話過來——正因為如此，自己更不應該讓他繼續留在這裡。

難以言喻的不安情緒滑向喉嚨深處。

自己大概是不想讓哈羅德想起關於案件的事吧。

她當然也明白自己沒有權利公然妨礙他，可是——

啊啊，又來了。

多管閒事的骯髒感情。

自己究竟是從何時開始變成這個樣子的？

「——埃緹卡，我擅自行動，真的很抱歉。」

回過神來，自己已經返回公園的入口。眼前有停在路邊的拉達紅星。自己的右手正要打開副駕駛座的車門——埃緹卡越過車頂，跟一臉抱歉的哈羅德對上眼。

「……我知道這起案件對你來說有多重要。」埃緹卡忍不住用冷漠的語氣說話。「可是，這不是我們現在的工作。除非市警局正式請求我們支援，否則都應該交給他們處理。」

「是的。」哈羅德停頓了幾秒。「妳說得對。」

「快走吧，下午還得繼續調查TOSTI呢。」

埃緹卡趕時間似的鑽進拉達紅星的副駕駛座。過了一陣子，哈羅德也坐進駕駛座。引擎立刻發動。拉達紅星高興地震動起來——從暖氣的送風口吹出來的風還很寒冷。

按照他的推測，模仿犯想促使警方重新開始調查「聖彼得堡的惡夢」。

不管對方是誰，希望他可以早點落網——以免哈羅德去思考索頌的死，以及復仇的事。又或者，自己可能只是想脫離這份擔憂罷了。如果是這樣，那還真是自以為是。

沒錯，自己非常擔心。

埃緹卡偷偷看著哈羅德的側臉——他已經恢復一如往常的沉穩表情。不過，阿米客思很擅長壓抑感情，所以不能盡信。

有時候，埃緹卡實在不了解自己。

我原本就是這樣的人嗎？

特別是最近，總覺得某方面好像開始變調了。

「妳不必這麼盯著我看，我不會突然關掉暖氣的。」

因為哈羅德忽然微笑，埃緹卡嚇了一跳。

「那當然了，這週我可以自由使用。」

「是的，因為上次擲硬幣是妳贏了。」他一邊操作拉達紅星的排檔桿一邊說道。「下次用撲克牌來決定吧。我有自信能看穿妳手上的牌。」

「駁回，反正結果一定是你大勝。」

「妳或許以為我是萬能的，但我並不能看穿所有人類。」哈羅德苦笑。「舉例來說，遇到像舒賓鑑識官那樣的人，我就沒輒了。因為他的非語言行動(Nonverbal)極少，表情也完全沒有變化。」

「是喔，真令人意外。」

「妳不相信吧？」

拉達紅星開始前進，粗糙的柏油路便發出聲響——自己只要過著一如往常的生活就好。

「我不接受擲硬幣以外的方式。」埃緹卡強調。「我下週也不會輸，你覺悟吧。」

「那麼，我會好好欣賞妳拚命的樣子。」

「……目的不在那裡吧。」

鬥嘴顯得有些走樣，不允許模糊的不安消逝。

3

下午，埃緹卡等人來到聖彼得堡郊外的港灣地區——突出於芬蘭灣的這個區域是市內少數可進行再開發的地區。

「真厲害，看起來就好像不是聖彼得堡……」

在停車場走下拉達紅星，比加便吃驚地低語。埃緹卡也環顧四周——這裡完全沒有聖彼得堡市中心那般歷史悠久的建築樣式，取而代之的是緊密相鄰的現代化建築。其中最引人注目的是……

「我們等一下要進去那裡嗎？」

眼前矗立著一座摩天大樓。根據YOUR FORMA的介紹，它大幅超過四百公尺，光是仰望就會讓脖子感到吃力。特殊的圓錐狀外觀在這個地區也顯得獨樹一格。

「它叫作『宇宙塔』。」埃緹卡這麼說明。「雖然名字很誇張，但就只是一棟複合設施。低樓層是商業設施，二十樓以上則是出租辦公室。」

「我們要調查的創傷照護公司『得瑞沃』也在這裡面。」

佛金搜查官關上拉達紅星的車門說道——另一頭的哈羅德正在為車子上鎖。他用有些心不在焉的神情仰望著壯觀的宇宙塔。

他還是放不下那個模仿犯的事嗎？

後來回到電子犯罪搜查局的兩人與佛金搜查官會合，出發去調查引進分析AI的企業——簡而言之，就是為了「尋找TOSTI」，著手進行回收工作的一環。這類型的調查已經變成最近的日常業務了。只不過……

「佛金搜查官，我真的可以一起去嗎？」比加戰戰兢兢地問道。「我今天確實沒有研習，主要是做文書工作……」

「畢竟個人使用者那件事已經證明妳的觀點能派上用場了。」佛金說道。「而且十時課長也交代我，平常就要盡量帶妳去現場看看。」

「原來是這樣啊。」比加紅了臉。「我……呃，我會加油的！」

受到上司的期待，她似乎坦然感到高興。佛金意氣風發地邁出步伐，她便快步跟了上去——埃緹卡再度看了哈羅德一眼。他仍注視著大樓。

「輔助官？」

「是。」阿米客思好像突然回神了，露出掩飾般的微笑。「抱歉，我們走吧。」

他若無其事地揚起大衣往前走——埃緹卡從鼻子吐出一口氣。那個模仿犯再不落網，自己的胃搞不好就要完蛋了。

眾人踏進大樓的入口大廳，裡頭寬敞得誇張。天花板位在遙遠的上方，室內竟然還附有奢華的噴水池。一群孩子聚集在高高噴起的水花旁，興奮地嬉鬧著——埃緹卡等人穿越大廳，往直達辦公室樓層的電梯走去。這裡就像個大型廣場，光是要穿越就得花上一段時間。

「我說冰枝小姐——」比加的肩膀忽然靠過來。「這樣是不是做得太過火了？」

「怎麼看都是。在這種地方蓋噴水池，以後絕對會發霉。」

「我不是說那個啦。」她露出心急的表情。咦？「我是說哈羅德先生的事。」

埃緹卡邊走邊看著前方不遠處的佛金與哈羅德。兩人似乎在閒聊什麼——跟剛才相比，哈羅德已經恢復一點活力。畢竟是處在這種狀況下，當然算不上非常放鬆就是了。

「妳看，他今天還是用平常的圍巾。」

「噢，嗯。」原來她是指那條脫線的圍巾，自己完全沒發現。「有什麼問題嗎？」

「沒有啦，我只是在想，他是不是不喜歡我送的圍巾。」埃緹卡這才想起來，她確實送了圍巾。「一定是我做得太過火了……因為我明明不是他的女、女女女朋友，這樣很討人厭吧？正常人一定都覺得很噁心，嗚嗚嗚嗚好想倒轉時間喔。」

也不必苦惱成這個樣子吧。「我覺得他當時看起來是真心感到高興。」

「可是他沒有拿來用耶！」

「應該是打算休假的時候再用吧？」

「真的嗎……如果是那樣就好了……我不知道……」

一個人喃喃自語的比加非常認真。她還是一樣喜歡哈羅德呢——埃緹卡心想。

終於經過噴水池旁邊後，可以看見電扶梯通往打通的二樓。代替MR廣告的新聞標題不斷流過側面。

〈「聖彼得堡的惡夢」重演？流浪阿米客思慘遭殺害！〉

埃緹卡的心情一瞬間沉了下來。明明是今天早上才發生的事，現在就已經被報導出來了——〈莫斯科夫斯基地區的莫斯科勝利公園出現流浪阿米客思的「屍塊」。光是如此便令朋友派感到震驚。然而更可怕的是，據說殺害現場酷似「聖彼得堡的惡夢」。歷經兩年以上的時間，難道犯人即將重出江湖……〉

哈羅德推測犯人只是模仿犯，但他的推理並不代表官方立場。既然證據還不明確，市警局就暫時不會公布詳情——不過，利用這一點來撰寫聳動報導的行為實在令人難以苟同。如果騷動因此擴大，想對市警局施加壓力的模仿犯豈不是稱心如意嗎？

「『聖彼得堡的惡夢』是還沒破案的連續殺人案吧？」比加好像也看到了一樣的新聞。她並不知道哈羅德的經歷。「感覺真可怕。」

「……是啊。」

埃緹卡的目光回到哈羅德的背影。身為阿米客思的他看不見混合實境（YOUR FORMA）所顯示的新聞。就算知道這一點，心底仍然竄過一股莫名的緊張感。

創傷照護公司「得瑞沃」的辦公室位於地上第五十五樓。

一走出電梯，隔著玻璃的環景便映入眼簾。不愧是摩天大樓，不只是下方的再開發地區，就連遠方的聖彼得堡市中心都能盡收眼底。迷你模型般的船隻航行在涅瓦河的河口——比加在埃緹卡的身旁大為屏息。

「感、感覺好像會掉下去……我第一次來這種觀景臺……」

「這裡不是觀景臺，是辦公室。」

「盡量看遠處就不會怕了。」哈羅德說道。

眾人聊著聊著，有個人影朝這裡走過來了。

「——請問是電子犯罪搜查局的佛金搜查官嗎？」

他是一位年近四十的俄羅斯男人，高雅的三件式西裝很適合他。頭髮梳理得十分整齊，端正的五官構成柔和的表情——埃緹卡發現，他的個人資料並沒有跳出。是阿米客思。

他並非量產型，而是精巧得乍看之下難以分辨的客製化機型。

「你好。」佛金這麼說道，向阿米客思出示ＩＤ卡。「事前聯絡有提到，我們的目的是調查分析ＡＩ。因為最近有違反運用法的ＡＩ流入民間，必須謹慎以對。」

「我來替各位帶路。」

阿米客思邁出寬大的步伐，於是埃緹卡等人跟了上去。老實說，沒有理由讓客製化機型來做相當於待客阿米客思的工作——根據事前取得的資料，「得瑞沃」創業以來只過了幾年便取得良好的業績，口碑似乎也不錯。這麼做是為了暗示經營狀況穩定，藉此取得客戶的信任嗎？

「這讓我想起了我哥哥史帝夫。」哈羅德小聲說道。「這位先生的個性看起來比他好呢。」

「你應該先反省自己的個性吧。」

「這個人好像模特兒喔。」比加也說起悄悄話。「他走路的動作好端正。」

由於她身為顧問，沒有閱覽個人資料的權限。

「他是阿米客思。」聽見對話的佛金回頭說道。「應該是客製化機型吧。」

「咦咦？」比加睜大眼睛。「我一開始見到哈羅德先生的時候也完全分不出來……我現在明明已經大致認得出量產型了。」

哈羅德微笑。「畢竟客製化機型的容貌都不一樣，這也難怪。」

沒錯——客製化機型與量產型最大的差異在於外表（建模）。性能方面當然也優於量產型，但國際AI倫理委員會嚴格規範了一般家庭用阿米客思的流通規格，所以無法生產性能過於優異的機型。正因如此，客製化機型比較像是有錢人的奢侈品。

「請進。」

在他的帶領之下，埃緹卡等人來到經營者專用的辦公室——四周被霧面玻璃圍繞，讓人聯想到水槽。上前迎接的是一位穿著魚尾裙的女性。她紮著髮髻，五官有稜有角，甚至給人有些神經質的印象。

「我已恭候多時，各位搜查官。」

〈碧翠莎．維克托羅芙娜．舒舒諾娃。三十六歲。創傷照護公司「得瑞沃」執行長（CEO）。程式設計師——〉

「初次見面，舒舒諾娃小姐。」佛金出示ＩＤ卡，簡單與她握手。「我是電子犯罪搜查局的佛金，感謝妳今天抽空配合。」

「請別客氣，各位想看看敝公司的分析ＡＩ吧。」

經過一段簡潔的對話，舒舒諾娃爽快地帶領四人前往辦公室深處——繞過以木材加工而成的隔板之後，眾人來到一個橢圓形的大廳。牆上嵌著好幾臺螢幕，中央放著一張色彩柔和的沙發。

「這裡就是所謂的『中央管制室』。」舒舒諾娃帶著笑容說道。「看起來應該比各位想像中還要冷清，但敝公司其實不需要太多空間，只要有性能良好的電腦與優秀的程式設計師，再加上能讓工程師感到舒適的環境就足夠了。」

舒舒諾娃點擊螢幕，好幾個內容視窗便隨之開啟——全都與分析ＡＩ有關。所有軟體基於世界軟體公約，都會透過各國指定機構登錄著作人的姓名或團體名。即便是本人，也無法任意加以編輯。

不過，也不能斷定不可能偽裝。

「比加——」埃緹卡看著她。「妳能開啟原始碼嗎？」

埃緹卡把螢幕交給點頭回應的比加，用YOUR FORMA開啟搜查資料。這麼做是為了掃描分析ＡＩ的程式碼與TOSTI是否有雷同之處。使用這個方法，就能在短時間內判斷該分析ＡＩ是否有使用到TOSTI。

佛金向舒舒諾娃問道：「請問這裡的員工能自由引進分析ＡＩ嗎？」

「基本上是禁止的。因為那樣一來，可能會影響到數位複製人的成品。」

「可以請每位員工都讓我們檢查個人電腦，以防萬一嗎？」

「當然沒問題。」舒舒諾娃回過頭。「伯納德，能麻煩你嗎？」

原本站在牆邊的客製化機型阿米客思朝這裡走過來代替回答。可是忽然間，小小的鬧鈴聲響起——聲音是來自伯納德的手錶。

「糟糕，現在是你的休息時間呢。」

「抱歉，我得暫時回家一趟。我會先準備好晚餐的。」

阿米客思用親暱的語調這麼回答，讓埃緹卡不禁停下手邊的工作——他怎麼用那種方式說話？

「你幫了大忙，『親愛的』。」「親愛的」？「今天別在外面逗留太久喔。」

「我保證。」

阿米客思在舒舒諾娃的臉頰上輕吻一下，然後若無其事地走出辦公室——埃緹卡愣住了，只能呆呆地看著這一連串的互動。比加與佛金也同樣啞口無言。

有些朋友派會親吻阿米客思的臉頰作為招呼。不過，很少有機會見到相反的狀況。畢竟他們被設計成「像人」的樣子，當然也不是辦不到這樣的行為，可是……

在一股奇妙的氣氛中，只有哈羅德用柔和的語調開口說道：

「他的說話方式很迷人呢。」

「對呀，是我委託訂製業者這麼做的。」舒舒諾娃說道。「諾華耶公司可供選擇的項目有點少……而那名業者也可以更改說話方式。」

埃緹卡這才想起來，一般的阿米客思訂製業者好像會提供原廠——諾華耶機器人科技公司所沒有提供的選項，例如說話方式、嗓音、髮色變更，或是追加刺青等等。為了避免助長機械成癮症，諾華耶公司本身不建議這麼做，但並沒有違法。

當然了，特地將資金投注在這裡的人並不算多。

「畢竟是一輩子的伴侶，總會希望對方是獨一無二的嘛。」

舒舒諾娃這麼說道，露出靦腆的表情。埃緹卡的目光終於停留在她的右手上。她的無名指戴著尺寸剛好的銀戒指。

以前哈羅德曾經這麼說過。

——『二十八例。去年在俄羅斯成立的人類與阿米客斯的情侶組數。』

換句話說，這就是引進客製化機型的唯一理由。那個阿米客思身為舒舒諾娃的人生伴侶，在她的公司擔任工作上的助手——一旦理解這一點，埃緹卡的內心便湧現難以言喻的異樣感。

對於人類愛上阿米客思的感情，自己明明沒有任何否定的意思。

「哇，真是太棒了！」比加的眼睛閃閃發亮。「我覺得好感動。」

「謝謝妳。因為還不太普遍，常有人感到驚訝呢。」

「人人都能認可的時代一定很快就會來臨！」

埃緹卡怎麼就是無法揮別那種異樣感。

——『我們也能談戀愛。因為我們和你們一樣，擁有各式各樣的情感。』

即使這是事實，阿米客思的情感仍然與人類不同。就連搭載了接近人腦的神經模仿系統的哈羅德都是如此。姑且不論外表，既然伯納德的規格與一般機型相同，那麼他就只是遵循程式表現出舒舒諾娃期望的樣子。

可是舒舒諾娃仍相信自己已經與伯納德結婚。

即便伯納德本身並沒有「已經結婚」的自覺。

明明如此——不，還是說，「這樣就夠了呢」？

只要自己的內心能夠相信對方是「真心的」，那就足夠了嗎？

假設比加也是如此……

「——不好意思。」舒舒諾娃的聲音將埃緹卡的思緒拉了回來。「我已經請別的工程師來帶領各位了。他正在辦公室外面等待。」

「啊啊，謝謝妳。」佛金清了清喉嚨，重新打起精神。「冰枝，這裡交給妳。路克拉福特輔助官借我一下。」

他帶著哈羅德走出大廳——埃緹卡重新開始手邊的工作，卻難以專注。即使如此，YOUR FORMA還是自動開始搜尋眼前的原始碼與TOSTI是否有雷同之處。

為什麼會思考這種事呢？

不知從何時起，埃緹卡似乎愈來愈常對自己感到困惑。

*

「這樣過度干擾我們工作，我們會很困擾。特別是數位複製人，做起來要花上三週的時間，每次的時程都很趕。」

「很抱歉。馬上就結束了，請配合一下。」

佛金安撫著一臉嫌麻煩的男性工程師——員工辦公室的天花板裝著吊扇，掃地機器人在乾淨的木質地板上到處爬行。在這裡工作的人數應該不到三十人。被趕離辦公桌的員工們都站在牆邊，看著佛金跟工程師一起檢查每一臺個人電腦。

哈羅德不動聲色地掃視員工們的臉。有些人帶著不悅的表情對話，但似乎沒有人感到良心不安。

「佛金搜查官，認真工作是好事，但這次恐怕是白跑一趟了。」

「我相信你的『眼光』，不過有時候也會有意想不到的發現。」佛金不是靠觀察眼或電索，而是靠著腳踏實地的方式累積經驗的搜查官。他說的話確實也有道理。「你可能會覺得很無聊，稍微忍耐一下吧。」

「當然沒問題。如果有必要，我可以忍上幾十個小時。」

「不用忍那麼久啦。」

不過——哈羅德觀察辦公室，思緒開始蜿蜒。沒想到自己會以辦案的名義造訪「得瑞沃」。幾個月前，他才在索頌的老家看到這裡的資料被丟棄。

透過錄音聽見的懷念嗓音自然而然地復甦。

——『請你替我逮到他。』

不論犯人是誰，這都是嚴重的褻瀆。

哈羅德撫平內心的煩躁，往牆邊望去。

「……請問那是？」

辦公室中央有個大樹般的圓柱，上面裝著高至天花板附近的層架。將燈光反射成七種色彩的滑動式玻璃門上嵌著生物認證裝置——裡面似乎裝滿了圓盤狀的儲存裝置，粗估數量不下數千。

「那是用來製作數位複製人的逝者資料。」工程師解釋道。「為了確保資訊安全，全部都保管在離線環境下。」

數位複製人正如字面所述，是以AI的形式將特定的人格複製到裝置上的技術。大多數國家只允許複製逝者的人格，而且僅限於創傷照護的用途——YOUR FORMA普及以後，不只是機憶，所有個人資料都會透過訊息或社群網站等管道隨時被記錄下來。製作數位複製人的時候，會使用到本人在網路上留下的這些「足跡」，以及遺族持有的紀錄、從遺物分析出來的興趣嗜好等資訊。工程師會讓AI學習這些資料，再反覆進行調整，盡量忠實呈現逝者的人格。

佛金也問道：「那些資料全都用於數位複製人了嗎？」

「大約九成是的。」工程師說道。「有些是因為遺族失聯，不能使用而留下來的資料。另外也有些資料已經完成任務，等待保管期限來臨。」

換句話說，曾有這麼多的人希望能再見到逝者一面。

一旦理解這一點，系統內便浮現無聊的假設——自己還想再跟索頌交談嗎？哈羅德立刻得出這麼做沒有任何意義的結論。數位複製人只是ＡＩ，並不是真正的本人。

哈羅德有時候會覺得神經模仿系統很惱人。

明明不是人類，這顆腦袋有時候卻會像人類一樣，任由情緒掌控自己的思想。

「如果你有興趣，我可以提供樣本。」工程師拿起桌上的平板電腦，上面有「得瑞沃」的標誌。「成品大概像這樣……」

「不，不用了。」佛金有些不知所措。「我不太會應付這種東西。」

「別擔心，這已經越過『恐怖谷』了。」

佛金求救似的看了過來，所以最後是由哈羅德從旁接過平板電腦。畫面中有一名俄羅斯中年男子在微笑，仔細觀察就能看出那是３Ｄ模組，但就連肌膚紋理都做得很精細，頗有真實感。

「簡直就像是全像電話呢。」

『一點也沒錯。』數位複製人流暢地答道。『就把這當作是打到天堂的電話吧。』

「喂。」佛金一聽就慌了起來。「這東西在說話耶。」

「它可以跟人對話。畢竟藉著對話療癒遺族的心靈就是製作它的目的。」工程師好像有點傻眼。「它跟阿米客思一樣能對話，讓它記憶以前發生的事就可以敘舊。不過完成度會依資料的多寡而定，所以品質容易參差不齊……老實說，如果能直接使用逝者的『機憶』就太好了。」

基於保護隱私的觀點，包含機憶在內，YOUR FORMA的所有資料都會在使用者死後自動銷毀。話雖如此，依現在的系統與技術，也沒有方法能將機憶保存到外部裝置。

「那麼做或許真的能提高完成度，但遺族應該會覺得心情很複雜吧。」

「確實如此。我們很容易忽略，其實根本沒有人希望它比得上逝者本人。現在覺得不該比得上逝者的人反而比較多——」

工程師這麼說著，走向下一臺個人電腦。哈羅德把手中的平板電腦放回桌上。看到他這麼做，佛金明顯從鼻子呼了一口氣——看來他似乎有什麼想法。

「讓已經過世的人好好安息才是最好的。這麼做只會感到空虛。」

哈羅德歪過頭。「這是你的哲學嗎？」

「也不是那麼了不起的東西啦。」

佛金的發言單純是身為人類的感觸，還是由經驗得出的結論呢——不論是何者，他都是有血有肉的生命。他不像自己，打從一開始就是由程式碼和記憶體構成，可以靠著重新讀取備份資料輕易「復活」。不過若黑盒子過大，任何機械當然都很難完全恢復原本的狀態——總而言之，他會不贊同數位複製人也是很自然的反應。

假如索頌就在這裡，他也會跟佛金一樣抗拒嗎？

……別想了，思考這種不可能發生的「假如」到底有什麼意義？

因為今天早上發生的事，某種莫名的感傷就是揮之不去。

哈羅德打算再次調整情感引擎。

不——等一下。

自己剛才心想，「假如索頌就在這裡」？

拿波羅夫巡官在市警局說過的話頓時重回腦海。

——『打電話的犯人大概是用某種手段取得了索頌的聲音資料。既然對話成立，就表示這不太可能是用深偽技術製造的錄音檔。』

也許是自己搞錯了，不過……

哈羅德情不自禁地朝層架走去。佛金出聲呼喚，但他仍然沒有停下腳步。他觸碰關閉的滑動式玻璃門，目光大致瞄過內部，掃描其中的儲存裝置。保管在這裡的資料似乎是依逝者的名字，按照俄語字母的順序排列。

——『以前主治醫生有推薦幾次。我想說或許能幫上媽的忙，就要了一份紙本的資料。』

難不成……

「喂，輔助官。」佛金慌慌張張地跑過來。「你到底怎麼了？」

「可以麻煩你請工程師打開這個層架嗎？」

「咦？」他好像一時不明白哈羅德的意思。「這跟TOSTI有關係嗎？」

「我想看看裡面的紀錄。」

佛金雖然疑惑，還是沒有要求解釋，將工程師叫了過來。他對同事的信任有可能會害了他——走過來的工程師一臉不解，但哈羅德說這是辦案所需的過程，他便把手掌放到認證裝置上，打開了上鎖的玻璃門。

哈羅德立刻將手伸向「Cs」的架子。

「喂？冰枝嗎？」佛金正在打語音電話給埃緹卡。「沒有啦，妳們那邊弄完就來員工辦公室吧。路克拉福特輔助官好像找到了什麼——」

過了不久，哈羅德將指尖觸碰到的東西取出——裝著圓盤狀儲存裝置的塑膠盒看起來很廉價。他讀取印在表面的西里爾字母。

上面記載的名字不是別人。

【索頌・阿圖羅維奇・切爾諾夫】。

啊，果然沒錯。

回路彷彿竄起一股冰冷的電流。

——這確實是「意想不到的發現」。

「請問這位逝者的數位複製人已經製作完畢了嗎？」

哈羅德向工程師遞出索頌的儲存裝置。他接過儲存裝置，用YOUR FORMA讀取了印在盒子表面的二維碼。他們應該建立了一套系統，可以透過這種方式讓員工連結到公司內的資料庫。

「是的，大概在兩週前就交給委託人了。」

「委託人是『艾琳娜·阿爾謝芙娜·車諾瓦』對吧？」

工程師立刻睜大眼睛。光看這個反應就夠了——委託人是索頌的母親。尼古拉說自己給她看了「得瑞沃」的資料，她就變得很歇斯底里。不過，實際上她瞞著兒子，訂做了數位複製人。艾琳娜之所以開始整理房間，有可能是為了尋找索頌的遺物作為資料使用。

她礙於自尊，沒有對尼古拉說實話。

只不過……

「領取索頌的數位複製人的人，『真的是艾琳娜嗎』？」

「呃……」工程師顯然很困惑，開始查閱YOUR FORMA的紀錄。「交件時並不是本人來領取，而是代理人。不過我們有確認身分證，也有艾琳娜女士的委任書——」

「那位代理人是誰呢？」

走出莫斯科勝利公園以後，埃緹卡針對模仿案的調查，強調「除非市警局正式請求我們支援，否則都應該交給他們處理」。

哈羅德確實心想，如果有方法能促使市警局請求支援，不知該有多好。

「——是一位名叫『阿巴耶夫』的先生。」

工程師唸出資料上的名字。

「阿列克謝．薩維奇．阿巴耶夫……這位先生領取了數位複製人。」

幸運的是，自己找到了籌碼。

4

「阿巴耶夫是『聖彼得堡的惡夢』遺族會的代表，跟艾琳娜也有深交。雖然不清楚他為何要代為領取索頌的數位複製人……這或許跟那通電話有什麼關係。」

「得瑞沃」的會客廳——可能是因為天色比剛才更陰，隔著玻璃的環景變得黯淡許多，大海也化為冰冷的灰色。坐在埃緹卡身旁的哈羅德專心地看著用穿戴式裝置開啟的全像瀏覽器。

『如果電話是用數位複製人打來的，確實能進行對話。』瀏覽器中的拿波羅夫巡官用手抵著下巴。『可是，對方說了「你們會再作一場惡夢」……ＡＩ真的能說出那麼具有威脅意味的話嗎？』

「我向工程師確認過了，數位複製人的重點在於模擬本人的性格，並沒有類似阿米客思的敬愛規範，所以不是不可能辦到。」

『考慮到索頌那麼敬業的性格，確實有可能。』拿波羅夫嚴肅地點頭說道。『十時搜查官，除了數位複製人，還有其他能冒充本人的電子犯罪嗎？』

『深偽技術是最常見的手法，但也如你所說，這種手法很難做到對話的程度。以這次的情況而言，數位複製人的假設是最有可能的。』

另一個視窗的十時以幾乎像是不悅的面無表情答道——里昂好像是晴天，她位於總部的辦公室充滿了耀眼的陽光。她心愛的蘇格蘭摺耳貓（甘納許）在辦公桌上翻了個身。

埃緹卡有點羨慕那隻機械寵物能夠如此悠閒。

真是夠了——沒有好好盯著他，就是一切問題的根源。

埃緹卡作夢也想不到「得瑞沃」竟然有關於那個模仿犯的線索。自己原本已經成功讓哈羅德遠離案件了，可是，接到佛金的聯絡後會合，情況就演變成這個樣子了。

『對了，巡官。』十時清了清喉嚨。『我剛才從路克拉福特輔助官的訊息得知……你好像有讓他勘驗流浪阿米客思的屍體吧？』

埃緹卡不禁望向身旁的哈羅德。不過，他好像沒有發現——他為何要特地向十時報告？明知這麼做會被訓斥一番，為什麼？

『很抱歉，十時搜查官，他現在明明已經是貴局的阿米客思了。』

「錯不在巡官，是我擅自行動的。」哈羅德從旁說道。「對不起。因為現場酷似『聖彼得堡的惡夢』，我實在無法坐視不管。」

十時瞇起眼睛。她的舉動罕見地帶有一點同情——現在回想起來，從她通知哈羅德前往市警局總部的時候開始，她便對模仿案表現出惱火的態度。既然她知道哈羅德的經歷，當然也會跟埃緹卡一樣感到憤恨。十時看似冷酷，其實非常關心部下。

『……輔助官曾跟索頌刑警一起負責辦案吧。你是想發揮當時獲得的見識嗎？』

「是的。況且，模仿犯冒用了索頌的聲音。」哈羅德露出苦惱的表情，輕輕垂下視線。「身為他的阿米客思，我實在沒辦法當個旁觀者。」

『現在的你隸屬於電子犯罪搜查局。』

「我當然明白，所以我希望至少能提供情報給市警局。」

『你先聽我說完。』十時靜靜地打斷他。『搜查官本來不該對自己負責的案子投入過多的感情，而且如果事先知道有親友被捲入，我們就不建議你參與辦案的過程。但你不是人類，而是阿米客思。』

埃緹卡忍不住露出跟現場不搭調的錯愕表情——十時別說是斥責哈羅德了，甚至表現出體諒的態度。不，她珍惜部下的原則當然很令人感激，可是事情再這樣發展下去的話……

『輔助官，你基於敬愛規範，能夠適當地偵辦案件。你也跟人類不同，併發二度創傷的可能性很低。』

不對，十時的認知是錯誤的。不過……

等等。

埃緹卡頓時冒出冷汗。

——哈羅德是不是早就料到課長會同情自己？

他該不會是為了將話題引導到自己想要的方向，才刻意透露自己參與了市警局的調查吧？

『拿波羅夫巡官，電子犯罪搜查局（我們）很感謝市警局願意讓出他。』還來不及阻止，十時便流暢地說了下去。『既然要追查「惡夢」的模仿犯，就需要精通當時案情的負責刑警吧。請儘管借助路克拉福特輔助官的力量。』

『這……』拿波羅夫似乎很吃驚。『我是很感激，但貴局應該也很忙吧。』

『是的，所以我們這邊會決定一個期限。』十時的目光初次落在埃緹卡身上。『冰枝，妳也跟輔助官一起行動吧。我不能單獨出借搜查局持有的阿米客思。』

埃緹卡無法立刻回答。

「那個……」埃緹卡幾乎什麼都沒想就脫口說道。「特別搜查組的工作呢？」

『我會跟佛金搜查官說一聲的。反正在偵破模仿案之前，輔助官也無法專心在工作上。』這麼說確實沒錯，可是……『巡官，我想這對貴局來說也肯定不是壞事。』

拿波羅夫好像還是難掩驚訝，卻頻頻點了幾次頭——這也難怪。電子犯罪搜查局鮮少派電索官與輔助官偵辦一座城市的殺人案。這次是因為跟哈羅德過去負責的案件有所關聯，或許算是某種必然。

可是即使如此——

『我求之不得，十時搜查官。』

「我也要表達謝意。非常謝謝妳，課長。」

哈羅德用十分真誠的表情這麼說道——埃緹卡很想摀住自己的臉。她已經知道這個反應只是演技。當然了，他絕對不會承認。

他到底是從哪裡開始盤算的？

至少，決定造訪「得瑞沃」的人是佛金搜查官。今天來到這裡的行程早在模仿案發生之前就決定好了，並不是出於哈羅德的意圖。也就是說——他是看到數位複製人才靈機一動。不知是幸或不幸，他的推理正中紅心，於是決定設法說服十時。

自己完全忘了這個阿米客思有任意操弄狀況的習慣。

通話很快便結束，全像瀏覽器應聲消失——會客廳播放的古典樂緩緩湧現，輕快得輕浮的小提琴音色聽在埃緹卡耳裡莫名地煩人。

「埃緹卡，很抱歉，要給妳添麻煩了。」

這話說得還真是虛偽。

埃緹卡默默地從沙發上站起。她隨著雙腳前進，靠近窗邊，瞪視般眺望完全染上深灰色的大海。

——冷靜一點。

不論是希望他別一味沉浸在過去，因而受傷。

或是害怕他會在辦案過程中愈來愈傾向復仇。

都不過是一己之私罷了。

「輔助官，對於你的算計，我什麼都不會說。」身體靠向玻璃，便感受到一股冰冷的溫度。「我只想問，你……真的還好嗎？」

哈羅德正好從沙發上起身——他似乎不明白埃緹卡話中的意思，因此皺起眉頭。埃緹卡記得剛認識的時候，他也有過這樣的舉止。那好像是自己勸他「應該多重視自己一點」的時候吧。

不知為何，哈羅德對他自己的事相當生疏。

面對他人時明明就可以看穿一切，做出操縱「棋子」般的冷酷行為——不。到了現在，埃緹卡開始覺得他或許也沒那麼完美。畢竟在夏天發生的〈E〉事件當中，他對身為嫌疑人的萊莎．羅賓電索官萌生了同情心。初次跟埃緹卡一起偵辦知覺犯罪的時候，他不惜暗示自己的祕密，也願意同理埃緹卡的遭遇。

埃緹卡不知道他本身是否有自覺。

不過大概就是因為他會不時表現出這樣的一面，才更加令人擔憂。

「我什麼問題也沒有。」哈羅德沉穩地答道。「而且這並非出於我的算計。其實是我剛好想起，以前索頌的家人曾經索取『得瑞沃』的資料。」

「是喔。」自己所說的算計指的是關於十時的事。埃緹卡覺得他是在模糊焦點。

「總之等佛金搜查官和比加回來，你也要跟他們兩個人說明。」

自己與他在這裡交談的時候，佛金他們也正在繼續調查「得瑞沃」。不過，他們恐怕無法在這裡找到關於TOSTI的線索。

但是——現在連失望的餘力都沒有。

「埃緹卡。」

哈羅德來到身邊，輕輕伸手觸碰埃緹卡的手臂。企圖討自己歡心，或是想巧妙控制自己的時候，他幾乎都會這麼做。埃緹卡已經知道了。

「……我知道對你來說，這起案件有多麼重要。」

哈羅德的手微微使力。

「——謝謝妳的諒解。」

人類的大腦不可靠，就是因為能不斷遺忘，傷口才會痊癒。

不過——什麼也無法遺忘的阿米客思不同。

如果永不褪色的痛楚將他定格在過去，那真是嚴重的諷刺。

YOUR FORMA

第二章——重演

1

從隔天起，協助聖彼得堡市警局調查的工作就開始了。

「路克拉福特輔助官，聽說拿波羅夫巡官已經前往阿巴耶夫的住家了？」

「是的。巡官好像有通知阿巴耶夫到總部接受偵訊，但他到約定時間也沒現身。」

早晨的風越過莫伊卡河，吹得臉頰幾乎都要凍僵了——埃緹卡與哈羅德就像要躲避寒風，踏進市警局總部的老舊大門。一進到室內，中央暖氣的溫暖立刻包圍全身。

「市警局不是昨天就聯絡上阿巴耶夫了嗎？」

「應該是這樣沒錯，所以才顯得有點可疑。」哈羅德解開圍巾。「索頌的母親……艾琳娜好像已經抵達總部，正開始接受偵訊。」

艾琳娜也跟阿巴耶夫相同，被要求到案說明。她訂做了索頌的數位複製人，並將委任書交給造訪「得瑞沃」的阿巴耶夫——市警局似乎認為她本身有可能涉及模仿案。

「你自己並不認為索頌刑警的家人有涉案吧。」

「如果不是我一廂情願。」哈羅德點頭說道。「不過，我也明白這是不得不懷疑的狀況。」

「不管怎麼樣，我們也去參加艾琳娜女士的偵訊吧。」

埃緹卡與哈羅德向警衛阿米客思出示ＩＤ卡，通過安檢門。兩人照YOUR FORMA指示的方向前往會議室——哈羅德用熟門熟路的步調走在前方，讓埃緹卡有點心神不寧。昨天造訪時還沒有特別意識到，現在回想起來，這裡其實是他很熟悉的地方。

結果，昨天發生那件事以後，埃緹卡整天都無法擺脫提不起勁的感覺。不過或許是強迫自己好好睡了一覺，埃緹卡覺得今天好像能稍微轉換心情了。

不論如何，只要盡早破案就好。

現在就專心查明事情的來龍去脈，然後回到特別搜查組的工作崗位上吧。

埃緹卡凝視著阿米客思的背影，這麼說服自己。

「埃緹卡。」哈羅德回過頭來。「關於艾琳娜的偵訊……」

「——哈羅德！」

忽然間，呼喚他的聲音響起——聲音是來自兩人正要經過的會客廳。往會客廳望過去，可以看見一名青年從沙發上站起，然後朝這裡走過來。他留著一頭微捲的黑髮，身穿土氣的毛衣，有點純樸的氣質反而醞釀出溫柔的形象。

〈尼古拉·阿圖羅維奇·切爾諾夫。〉

埃緹卡眨了眨眼睛。切爾諾夫這個姓氏，不就跟索頌刑警一樣嗎？

「尼古拉。」哈羅德揚起嘴角，自然地與他握手。「原來你也來了，很高興能見到你。」

「我是陪我媽來的。一般人不太會來警局，所以我有點緊張。」

看過坐立難安的尼古拉的個人資料後，埃緹卡確定了一件事。果然沒錯，他是索頌刑警的弟弟。

「這位是我的搭檔，冰枝電索官。」

在哈羅德的介紹下，埃緹卡也跟尼古拉握了手。他的手掌有點濕，似乎相當緊張。想到自己的母親可能被捲進「惡夢」的模仿案，也難怪他會如此提心吊膽。

「不管怎麼樣，希望我媽會好好回答刑警的問題……」

「是啊。」哈羅德點頭。「我也很擔心，但她一定沒問題的。」

埃緹卡不禁皺起眉頭。「那是什麼意思？」

「這個嘛，其實有一些問題。」尼古拉一臉尷尬地別開視線。問題？「希望不會給各位添麻煩……」

「——請問是冰枝電索官嗎？」

埃緹卡轉過頭——一名年輕的男性刑警快步朝這裡走了過來。他有著一頭紅髮與嬌小的體格，臉上帶著悶悶不樂的皺紋。他跟拿波羅夫巡官一樣，是隸屬於強盜殺人課的刑警。

雖然彼此是初次見面，但參與偵辦的相關人士都可以閱覽個人資料，所以不需要自我介紹。

「阿基姆刑警。」哈羅德喚道。他果然認識對方。「好久不見了。」

「你看起來很好，哈羅德。」阿基姆不太從容地說道。「電索官，很抱歉剛見面就這麼失禮，請問妳能傳送電索同意書的範本到我的裝置嗎？」

「電索？」埃緹卡不禁反問。「艾琳娜女士的偵訊不是才剛開始嗎？」

「是這樣沒錯，但她本人什麼都不記得了……好像是因為日常藥物的副作用。」阿基姆苦惱地搔著後頸。「她確實訂做了數位複製人，可是我們完全不清楚她究竟涉案到什麼程度。總之再這樣下去也不會有進展。」

電索的對象並不僅限於嫌疑人。過去偵辦知覺犯罪的時候，埃緹卡就曾為了追查犯人的線索而潛入好幾名被害人——只不過，艾琳娜與哈羅德之間有所謂的親屬關係。說到親近的對象，他們過去也曾經電索達莉雅，所以應該沒什麼特別的問題。

埃緹卡說道：「最好還是先告知艾琳娜女士，這次的電索會由路克拉福特輔助官負責執行，以防萬一。」

「我去跟她確認。」

當阿基姆刑警點頭，並準備轉身離去的時候——

「請等一下。」原本在一旁聆聽對話的尼古拉叫住了他。「哈羅德是輔助官的事，請不要告訴我母親。我希望你們能瞞著她。」

埃緹卡很疑惑。「不，其實不必這樣……」

「就遵照尼古拉的意見吧。」不知為何，連哈羅德也堅持隱瞞身分。「我會在艾琳娜因鎮定劑睡著之後再進房間。準備好之後，請叫我一聲。」

到底是怎麼回事？

雖然一頭霧水，但阿基姆刑警在趕時間，沒有機會詢問詳情。埃緹卡只好一邊傳送電索同意書的範本到刑警的裝置，一邊前往會議室。她中途回過頭，看見哈羅德正跟尼古拉親暱地交談——算了，就算他不來準備，電索本身也不受影響。

埃緹卡抵達的會議室大約有一半的照明是關著的。窗戶被復古的百葉窗掩蓋，布滿刮痕的桌子旁邊坐著一名如枯草般細瘦的初老女性。她恍惚的雙眼慢吞吞地捕捉埃緹卡的身影。

〈艾琳娜．阿爾謝芙娜．車諾瓦。〉

——她就是索頌刑警的母親吧。

埃緹卡稍微看了她的個人資料，默默地感到驚訝。因為艾琳娜的年齡明明是六十三歲，看起來卻比實際年齡還要衰老。她的病歷中列出了多項精神疾病——發病的時期皆為兩年半前，顯然是「聖彼得堡的惡夢」使她的人生有了一百八十度的轉變。

原來如此，所謂的「有問題」指的就是這個意思吧。

「可以請妳在同意書上簽名嗎？」阿基姆刑警向艾琳娜遞出平板電腦。「妳的一切隱私都會受到保障。請放心交給我們。」

「我沒什麼特別見不得人的事。」艾琳娜用骨瘦如柴的手在螢幕上簽名。「你們說的電索會痛嗎？」

「完全不會。在妳睡著的期間就會結束了，請放心。」埃緹卡答道，取出ＩＤ卡。「初次見面，我是電子犯罪搜查局的埃緹卡．冰枝。」

艾琳娜瞄了ＩＤ卡一眼，但馬上失去了興趣。她伸手搔了皺巴巴的毛衣衣領處。

「總之，只要能抓到惡劣的犯人就好……我什麼都會配合。」

我無法忍受有人繼續侮辱我兒子——她這麼低聲說道。

必須確認她這句話究竟是真心的，還是想否認自己與案情有關。

過了不久，市警局的阿米客思將小睡用的充氣床搬了過來。這裡跟電子犯罪搜查局不同，沒有電索專用的簡易床架。這算是半應急的方式——阿基姆一催促，艾琳娜便用笨拙的動作躺到充氣床上。埃緹卡準備鎮定劑的針筒，捲起她的袖子。她的皮膚很薄，血管明顯偏細。

埃緹卡有點緊張地完成了注射。

艾琳娜昏昏沉沉地閉上眼睛，轉眼間便陷入沉睡。

「話說回來，希望機憶真的有記錄到線索。」在一旁看著的阿基姆一臉懷疑地發問。「我也是第一次見識電索，不太了解運作的方式。」

「除非本人意識不清，否則發生過的事基本上都會當場留下紀錄。我想應該沒問題。」埃緹卡取出〈探索線〉連接到艾琳娜的後頸。「叫路克拉福特輔助官進來吧。」

很快地，哈羅德現身了——走進會議室的他馬上瞄了艾琳娜一眼。一確定她已經睡著，哈羅德便靜靜地走到埃緹卡身旁。他一如往常接過埃緹卡遞出的〈安全繩〉(Umbilical Cord)。

「艾琳娜沒有詢問任何關於輔助官的事嗎？」

「她好像連電索需要輔助官都不知道。」

他似乎放下心了。「這樣啊。」

哈羅德對艾琳娜表現出來的態度一直讓埃緹卡很介意，但在阿基姆的面前追根究柢也有點尷尬。只能等電索結束再問了——埃緹卡把〈安全繩〉插進自己的第二個連接埠。哈羅德也滑開左耳，接上連接頭。

熟悉的三角連線完成了。

「隨時都可以開始。」

就像看準了埃緹卡深呼吸的時機，哈羅德輕聲說道。埃緹卡點頭，靜靜吐出仍留在肺部的空氣。

現在應該專心在艾琳娜的機憶上。

埃緹卡閉上眼睛。

「——開始吧。」

撲通一聲，身體開始下沉。一顆氣泡都沒有的情報之海往上湧起，包裹了整個視野——黏稠的沉重情感彷彿融化的蠟，纏繞住手腳。轉眼間，自己墜入不足以化為言語的情感之中。醫院的綜合等候室忽然掠過視野；陪伴母親的尼古拉的臉從眼前閃過——與數位複製人有關的對話應該是在相當久以前發生的。根據「得瑞沃」的紀錄，再怎麼近也至少是幾週或幾個月前。

回溯吧。

盡量不去看無關的機憶。

即使如此，纏繞四肢的感情仍然緩緩侵蝕著埃緹卡。那是難以言喻的某種灰色感情，光是觸碰到就會在心底開出一個洞的冰冷。類似在霧氣瀰漫的早晨感受到的不安——就像名為自己的存在漸漸從指尖開始崩潰，然後逐步瓦解的錯覺。埃緹卡試圖招架，慢慢吐氣。

那是發生在九月底的事。

『艾琳娜，最近狀況如何？』

突然間，一名陌生男子的臉映入眼簾。他體格消瘦，年齡大約是五十歲左右。略黑的膚色，加上留有皺褶的襯衫——這個男人是阿巴耶夫。搜查資料中包含他的個人資料，長相與臉部照片一致。

馬上就找到了。

埃緹卡開始確認屋內的模樣。雖然輪廓有點模糊，仍看得出是客廳。這裡應該是艾琳娜的住家——兩人面對面坐在沙發上。

根據事前獲得的情報，擔任遺族會代表的阿巴耶夫有時候會來拜訪艾琳娜。定期拜訪無法走出陰霾的遺族，似乎就是他身為代表的職責。

『今天的症狀比較輕微。』艾琳娜的語調有氣無力，狀況並不如她說的那麼好。

『對了，前陣子我有去再開發地區一趟。啊，這件事要對尼古拉保密喔。』

『是宇宙塔嗎？難得妳會去那種地方呢。』

『我暫時不想再去那種吵吵鬧鬧的地方了。而且那裡還有一大堆阿米客思。』

『他們不會做些冒犯妳的事吧？』

『我又不像你是朋友派。而且，我……也不擅長應付機械。』不知為何，艾琳娜甚至感到心虛。『我以前都覺得數位複製人這玩意兒是在褻瀆我兒子……但我覺得，再這樣下去真的不是辦法。』

她表示自己向「得瑞沃」訂做了索頌的數位複製人。阿巴耶夫驚訝地睜大眼睛，而這個舉動又讓艾琳娜感到更加難堪——她對過世的索頌似乎抱有罪惡感。藉著向前邁進的名義，試圖再次創造冒牌兒子的行為，讓艾琳娜對他感到抱歉。不只如此，她甚至對自身的脆弱萌生強烈的厭惡感。

即使如此，艾琳娜仍然選擇這麼做。

『我不能再給尼古拉添更多麻煩了。』她握緊瘦弱的膝蓋。『如果能跟索頌說說話，也許……也許我會有什麼改變。』

『真是了不起的進步，艾琳娜。』阿巴耶夫似乎很高興。『我也是跟諮商師朋友談過，心裡才覺得比較舒坦。』

『你是說以前來過遺族會的那位老同學嗎？』

『雖然是段孽緣，但他是個經驗豐富且值得信賴的人。他也說過，不管做什麼都可以，重點在於努力掙扎，盡量向前邁進的心態。不論別人怎麼說都無所謂。』

阿巴耶夫也因為這起案件失去了獨生女。他的女兒珍娜是第一位被害人，當時剛滿二十歲，還是個天真爛漫的大學生。他們原本就是單親家庭，自從女兒過世以後，他便過著獨居的生活。

『就算如此，我還是每天晚上都忍不住去想。』

『我懂。』阿巴耶夫點頭，眼睛微微泛紅。他本身不如艾琳娜明顯，但也還沒完全站起來。『想到那孩子的末路，我就覺得心都要碎了。』

『我也是。』

『如果能至少逮到犯人就好了……可是市警局卻毫無作為。』

一聽見犯人這個詞，艾琳娜的內心立刻湧現黑暗的感情。即使不願意也會遭受牽連。彷彿被地樁貫穿的痛楚滲進了體內深處——別被吞噬了。埃緹卡撫平自己的內心，想辦法撐過去。即使如此，仍有難以抵擋的情感如海嘯般湧來。

『如果犯人落網，就算得不到救贖，至少也能討回公道吧。』『可是，市警局以沒有線索為由，暫停了調查。』『殺了那孩子的惡魔現在也在某處厚顏無恥地活著，我實在是——』『索頌明明連變老的機會都沒有了。』

埃緹卡從嘴脣的縫隙呼出氣泡般的氣息。

——假設這兩個人涉及模仿案，這些念頭就足以作為動機。

從此以後的每一天，艾琳娜都對自己訂做數位複製人的選擇感到後悔。最後，想撤銷委託的意念愈來愈強烈——不只如此，她甚至希望自己能就此消失。服藥量增加，精神恍惚、半夢半醒的日子不斷流逝。她的病情本來就有高低起伏，與其說惡化，不如說是進入了單純的停滯期——只有在黑暗的森林中不斷徘徊般的苦痛化為一層薄膜，包裹著機憶。『媽。』尼古拉的臉望著母親。『我要去工作了，妳要好好躺著休息喔。』她覺得自己好丟臉。這孩子付出了這麼多，這麼努力恢復正常生活，自己卻哪裡也去不了。好丟臉。好想念索頌。好想再見真正的那孩子一面——不行，快關上。

必須更加抽離才行。

自從艾琳娜訂做數位複製人，時間已經過了兩週。

阿巴耶夫一如往常地造訪時，艾琳娜勉強撐起緊貼在床上的身體，迎接他進家門。

然後，她一開口便如此要求：

『——你能不能代替我取消數位複製人的委託？』

當時，她難以獨自外出，就算想透過網路辦理手續，她也不懂該怎麼做。艾琳娜這個年代的人，不擅長操作YOUR FORMA的例子並不稀奇——話雖如此，她也始終沒有告訴尼古拉關於委託的事。身為母親的自尊心並不允許她事到如今才向兒子坦白。

另一方面，阿巴耶夫似乎對這個提議感到震驚。

『為什麼？這不是難得的機會嗎？』

『我仔細想想，還是覺得這樣實在太蠢了。』

『艾琳娜，妳會這麼想只是因為生病了。』

『不，這是我自己決定的。我要取消，不管怎麼樣……』

吐出這番話的艾琳娜腦中有深深的迷霧正在盤旋。換句話說，她的腦並不記得此時發生的事。思緒就像下錨的船隻，維持停泊在原處的狀態，承受著悲傷又冰冷的浪濤。

艾琳娜祈求能再度觸及永遠逝去的摯愛，就算只有一次也好。她想為後悔的殘渣點火，見證這一切化為灰燼——可是即使真的去嘗試，也不見得能將一切燃燒殆盡。火焰反而有可能意外擴散，延燒到自己的身體，最後將自己燒得連骨頭都不剩。

到頭來，恐懼終究是勝過了期待。

『這個給你。』艾琳娜拿出的是「得瑞沃」發行的紙本委任書。『我已經簽名了，你能幫我交給負責人，說我要取消委託嗎？』

阿巴耶夫花了幾十分鐘嘗試說服她，但她堅持不讓步。結果阿巴耶夫只好放棄，收下了艾琳娜遞出的委任書。

『艾琳娜，總之妳什麼都別擔心，好好休息吧。』

『那孩子死得那麼痛苦，我怎麼能好好休息？』

『索頌一定也希望妳能好起來。』

『沒錯，犯人都還沒落網呢……』

艾琳娜似乎已經什麼都聽不進去了。她夢囈似的喃喃低語，阿巴耶夫的身影漸漸從她的視野中消失——然而，後來的阿巴耶夫別說是取消委託了，甚至帶走了索頌的數位複製人。

不論如何，這麼一來就搞清楚一件事了。

艾琳娜與這次的模仿案完全無關。

阿巴耶夫或許是收到委任書之後才萌生犯案的念頭。畢竟從他的立場與發言來看，動機非常充分——他取得數位複製人，然後找出最適合犯案的公共電話，冒充索頌聯絡市警局。他應該是認為來自已故刑警的電話足以動搖強盜殺人課。可是在那之後，案件仍然沒有重啟調查。阿巴耶夫或許是因而惱羞成怒，才打了第二通電話，甚至襲擊流浪阿米客思……埃緹卡試圖透過艾琳娜的機憶，進一步追查他，於是繼續朝〈中層機憶〉墜落。

直到夏末將近。

突然間，擴展在眼前的機憶變得混亂，然後硬生生中斷。

意識被急速拉回現實，讓埃緹卡差點重心不穩，忍不住搖頭。

「——為什麼那東西在這裡？」

躺在充氣床上的「艾琳娜竟然醒了過來」。鎮定劑應該還沒失效，她卻瞪大了雙眼，緊盯著哈羅德——被擅自拔除的〈探索線〉在她的手中搖晃。

「怎麼回事？」艾琳娜的嘴脣不斷顫抖。「你到底是什麼意思？哈羅德！」

對了——埃緹卡總算注意到。艾琳娜平時就會服用多種藥物，或許是因為如此才會造成鎮定劑的效果減弱。類似的情況偶爾會發生，但因為她看似順利陷入沉睡，埃緹卡沒有留意到這一點。

「艾琳娜女士。」阿基姆趕緊安撫她。「沒事的，請冷靜下來。」

「別說了！」艾琳娜就像陷入了恐慌，呼吸非常急促。「他偷看了我的機憶吧？開什麼玩笑，我沒有什麼東西是要給『那東西』看的！」

她激動地怒吼——這到底是怎麼回事？埃緹卡只能啞口無言地交互看著艾琳娜與哈羅德。

「艾琳娜。」阿米客思正冷靜地取下〈安全繩〉。「非常抱歉，我並沒有冒犯妳的意思……」

「尼古拉早就知道了嗎？明明知道還瞞著我嗎！你們騙我——」

「哈羅德，你去叫她兒子過來吧。」阿基姆刑警迅速下達指示。「艾琳娜女士，請慢慢呼吸。妳只是過度換氣了——」

埃緹卡還沒開口，哈羅德便按照吩咐，轉身離去。他頭也不回地走出會議室——他的背影一消失，艾琳娜便立刻虛脫。她的額頭被汗水弄濕，頭髮緊貼在皮膚上。

——『為什麼那東西在這裡？』

冰冷的事實在喉嚨深處漸漸串連起來。

如果埃緹卡沒有記錯，索頌是在哈羅德面前遇害的。

身為遺族的艾琳娜當然也知道當時的狀況。

簡而言之——這就是他不願意在艾琳娜面前現身的理由吧？

過了不久，尼古拉跑了進來。他在母親身邊跪下，拿出頓服藥讓她含在口中。艾琳娜一臉疲憊地閉上眼睛。就算兒子觸碰她的手臂，她也像是半睡著似的——尼古拉一邊聆聽阿基姆的說明，一邊輕撫母親的身體。他的動作很熟練。

埃緹卡終於吸了一口氣。

直到這一刻為止，她都沒發現自己剛才屏住了呼吸。

尼古拉道歉。「對不起，刑警先生，給你們添麻煩了。」

「我們才是，很抱歉沒顧慮到她的病情。」阿基姆也一臉尷尬地說道，然後像是想起什麼似的看著埃緹卡。「對了……冰枝電索官，電索的結果如何？」

——自己完全忘了這件事。

「艾琳娜女士並沒有涉案。她原本打算取消數位複製人的委託。」埃緹卡報告自己透過機憶確認到的事實，同時瞄了出入口的門一眼。哈羅德沒有要回來的跡象。「阿巴耶夫很有可能利用了保管委任書的立場，私下領取並藏匿數位複製人。當然了，光是如此也不能證明他就是模仿犯……」

「不過，至少能申請到住家的搜索票。我馬上聯絡拿波羅夫巡官。」

阿基姆匆匆忙忙地奔出會議室——他的腳步聲一旦遠去，耳鳴般的寂靜便迅速逼近。遠方某處傳來響亮的關門聲。此後，沉默緩緩滲透四周。

坐在艾琳娜身旁的尼古拉一臉擔憂地俯視著母親。

埃緹卡有許多事情想問。

可是——那大概是自己不該踏入的領域。

「……真的很抱歉。妳應該嚇到了，其實她總是這個樣子。」

終於抬起頭的尼古拉露出微笑，就像要打圓場。他的手似乎閒不下來，不斷輕撫母親的手臂。

埃緹卡忍不住吞嚥口水。「『總是』？」

「是的，她對哈羅德總是很歇斯底里……」尼古拉的笑容很生硬。「她啊，不太了解阿米客思。到了現在，她還是一心認為哈羅德當初能從犯人手中救出哥哥。可是，該怎麼說呢？」

雖然很可憐，但他跟我們不一樣，所以應該沒事。

尼古拉補上這句話。

痛苦得就像要溺水時，只要能將一切都推給機械，就會有種鬆了一口氣的感覺。就算自知不對，有時候還是無法壓抑這股衝動——自己也曾經是那一派的人，所以多少能夠理解。

失去心靈的寄託，我們就會變得特別傲慢，而且脆弱。

「其實我很感謝他。」努力擠出的笑容漸漸從尼古拉的臉頰上融解。「至少，他陪我哥哥走完了最後一程……」

他的手指抓住艾琳娜的袖子，溫柔地刻下脆弱的皺褶。

連埃緹卡都覺得自己要被壓垮了。

「……艾琳娜女士清醒的時候，我會請人過來。」

埃緹卡就這麼逃離了會議室。不知為何，走廊上的空氣感覺起來特別冰冷。她緊抓自己的手臂，快步往前走。

失去索頌以後，哈羅德究竟都生活在什麼環境下？

除了他以外，失去索頌的人都抱著什麼心態活著？

自己曾經想過這些問題嗎？

應該有。

可是實際上，自己肯定什麼也不了解。

自己到底該對他說些什麼呢？埃緹卡還沒有找到答案便抵達了會客廳——哈羅德就站在窗邊。他好像正打完電話，關上全像瀏覽器並抬起頭。

「埃緹卡，妳來得正好。」他帶著一如往常的表情快步走了過來。「拿波羅夫巡官剛才聯絡我。他說莫斯科勝利公園附近的監視無人機有拍到體格疑似阿巴耶夫的男人，搜索票一下來就要開始搜索他的住宅。」

「是喔。」埃緹卡費了一番工夫才將思路切換過來。「阿巴耶夫本人在哪裡？」

「好像還是聯絡不上他。不論如何，我們也去勘驗他的公寓吧。」

哈羅德這麼說完，便快步走出會客廳。他的背影彷彿徹底遺忘了剛才發生的事——

埃緹卡只能將無處可去的感傷握在掌心。

——『雖然很可憐，但他跟我們不一樣，所以應該沒事。』

他看起來確實像是什麼都不在乎。

可是……

＊

阿巴耶夫的住宅距離市警局總部大約一個小時的車程。

一棟棟五層樓公寓矗立在郊外的空曠土地上，似乎是用粗糙的磚頭砌成，再怎麼說也稱不上新房子——載著埃緹卡與哈羅德的拉達紅星抵達停車場時，那裡已經煞有介事地停了幾輛警車。建築物的入口鐵門已經敞開，市警局的警衛阿米客思正在待命。

包含拿波羅夫巡官在內，附近沒有警員的蹤影。

氣氛有些不尋常。

「搜索票已經下來了嗎？」埃緹卡解開安全帶。「怎麼一個人也沒有？」

「我沒有接到特別的聯絡，但或許是的。」哈羅德瞥了一眼裝置，打開駕駛座的門。「我們去跟其他人會合吧。阿巴耶夫的家在三樓。」

兩人迅速下車，取得警衛阿米客思的許可後踏入建築物。集合式信箱前一片寂靜，電梯停留在上方的樓層——兩人登上階梯，便在途中與奔下階梯的警員擦身而過。他看都不看兩人一眼，消失到樓下。

哈羅德低語：「他還真慌張呢。」

「……的確。」

兩人抵達三樓時，拿波羅夫巡官就站在阿巴耶夫的家門口。他身穿厚重的大衣，溫和的眼神中帶著陰鬱的影子——玄關門已經大幅敞開，好幾名警員正在忙進忙出。

埃緹卡與哈羅德互相瞄了一眼。

果然有什麼不對勁。

「巡官。」哈羅德率先走向拿波羅夫「不好意思，我們來晚了。」

「不——」巡官從鼻子深吸了一口氣。「沒有聯絡上你，我才要道歉。」

「阿巴耶夫呢？」

「他……怎麼說呢？他一直待在家裡。」拿波羅夫的語調很含糊。「我本來打算拜託你勘驗住家的，但可能要稍微延後了。現在有些東西得先調查。」

「請問這話是什麼意思？」

哈羅德皺起眉頭的時候，一名警員從室內走了出來。他的臉色明顯發白，眼神交會便一臉尷尬地別開臉——怎麼回事？

「你們要進去也行。」拿波羅夫有些壓抑地說道。「但別破壞現場。因為鑑識課還沒有抵達。」

……鑑識課？

埃緹卡愣住的時候，哈羅德一個箭步踏進了室內。埃緹卡慌慌張張地跟上去。陰暗的玄關放著一個大大的波士頓包。阿巴耶夫原本正要前往某個地方，或是計劃逃走嗎？短短的走廊上散落著大量的伏特加空瓶。兩人往深處前進。盡頭的門已經開啟，裡面似乎是客廳——某種難以言喻的感受開始昇高。

而踏入客廳的瞬間，呼吸停止了。

全身寒毛好像都豎了起來。

——這是什麼情況？

阿巴耶夫就在沙發上。

不——正確來說是「被放置在」沙發上。赤裸的軀幹橫躺著，夾在如零件般散落的雙手與雙腳之間。他的頭部放在淺黑色的緊實腹部上方。剛才在艾琳娜的機憶中注視著自己的眼睛以左右不一的幅度睜開，動也不動。眼淚般的鮮血從額頭流下，被吸入半開的嘴脣中。

這副模樣比他們在莫斯科勝利公園看見的流浪阿米客思遺體還要悽慘許多。

——『犯人活生生地切下被害人的頭部與四肢，並將頭部擺放在軀幹上。』

不會吧。

竟然發生這種事。

生理上的噁心感湧上喉頭，埃緹卡立刻摀住嘴巴。她不禁轉頭——一臺被扔在地上的平板電腦便映入眼簾。不只如此，木質地板上大剌剌地寫著一串文字，甚至劃過那臺平板電腦。

潦草的字跡是用鮮紅色的顏料書寫而成。

——「真跡（Genuine）」。

「這是用血液寫成的。」哈羅德厭惡地瞇起眼睛。「或許是用了阿巴耶夫的血。」

「為什麼……」埃緹卡幾乎要腿軟。「為什麼他會遇害？」

哈羅德沒有回答。他的臉上貼著令人不寒而慄的面無表情——皮鞋避開濺到地上的血跡，繞到沙發後面。他從背後細細觀察阿巴耶夫的頭部——他……他有在眨眼嗎？

「後腦杓有撕裂傷，YOUR FORMA被拔除了。」

埃緹卡的腦袋一片空白。

她動彈不得，只能望著阿米客思的嘴脣冷酷地編織一字一句。

「——這個手法跟『聖彼得堡的惡夢』的犯人相同。」

實在令人難以置信。

2

鑑識課從市警局總部抵達現場是大約一個小時之後的事。

出現在客廳的幾名鑑識官開始分頭調查阿巴耶夫的屍體與現場的狀況。同時出動的分析蟻也搖晃著矽膠製的身體，活動細小的觸角，在現場走來走去——埃緹卡望著這幅景象，背靠著牆壁。因為瀰漫在四周的濃濃血腥味，她從剛才就一直感到頭痛。

「警方昨天就聯絡上阿巴耶夫，但他今天到了約定時間仍沒有出現在市警局吧。」

一旁的哈羅德正在發問。「所以他今天早上就已經遭到殺害了嗎？」

「這只是暫定……從體溫和角膜的混濁度推測，估計死亡時間大約是凌晨兩點。」

調查過阿巴耶夫屍體的舒賓答道——他是上次在流浪阿米客思遇害的現場也有出現

的那位陰沉鑑識官。就算直接面對如此悽慘的現場，他的表情也幾乎毫無變化。他是因為職業而習慣看屍體，還是正如哈羅德所說，單純是不會把感情顯露在外呢……

埃緹卡也有接觸過類似的機憶，卻還是不禁反胃。

「犯人也許是看到模仿案的報導，覺得自尊受到了傷害。」哈羅德的聲音冷靜得出奇。「殺害阿巴耶夫的行為，怎麼看都是報復。」

埃緹卡按住自己的太陽穴，突然很想吸菸。「市警局確實認為阿巴耶夫是模仿犯，可是目前還沒有找到明確的證據，而且重點是，這個事實並沒有外洩——」

「其實有證據。我們已經驗出阿巴耶夫的指紋。」

埃緹卡回頭，拿波羅夫巡官正好走進客廳。他用戴著手套的手提著波士頓包——那是放在玄關的東西。被放到地上的包包稍微露出了裡面的物品：沾染循環液的電鋸、運動鞋、工作外套……

一眼就能看出這些是殺害那個流浪阿米客思所使用的道具。

——原來如此，證據確實很充分。

遺族模仿殺人案可能會因為心理上的抗拒而難以下手，但阿巴耶夫似乎克服了這一點。他是如此希望警方能重啟調查，甚至不惜這麼做嗎？

埃緹卡回想起在電索時窺見的那副表情。

——『可是市警局卻毫無作為。』

但現在已經無法直接從他的口中聽見哀嘆，甚至推測他的心境了。

「問題是……」拿波羅夫說道，拍了拍雙手。「正如電索官所說，警方並沒有對外公開我們正在追查阿巴耶夫的事。犯人應該沒有管道能得知他是模仿犯。」

「答案就是阿巴耶夫主動請犯人進家門吧？」哈羅德環顧室內。「窗戶和玄關都沒有破壞的痕跡。換句話說，犯人是光明正大地從玄關門入侵……假設犯人是阿巴耶夫的熟人，這些問題就能一口氣解決了。」

埃緹卡吞嚥口水——的確如他所說，如果「惡夢」的犯人是阿巴耶夫的熟人，那一切都說得通了。再說，這類老式公寓的正面玄關門只有持有磁石鑰匙的居民才能解鎖。外人造訪的時候，要透過認證裝置與屋主進行語音通話，請對方開鎖才行。

「所以說——」巡官說道。「犯人透過某種管道發現阿巴耶夫是模仿犯，惱羞成怒就殺了他嗎？」

「目前這麼思考是最合理的。況且，阿巴耶夫是『惡夢』之中第一位被害人的遺族。我們原本都認為『惡夢』事件的被害人只有朋友派這個共通點，但犯人一開始可能是盯上了他這個熟人的女兒。」

「就算是那樣——」埃緹卡努力維持冷靜的思考。「『惡夢』的犯人過去從來沒有留下任何證據。市警局就是因為如此才暫停調查……他難道沒想過襲擊阿巴耶夫的話，自己認識他的事情就會曝光嗎？」

「他或許有想過，但仍然無法壓抑自己的憤怒吧。根據側寫，犯人是自尊心非常強的性格。」

埃緹卡記得哈羅德在那座公園也有提起側寫的事。「我還沒聽說詳細內容。」

「失禮了。這些都是索頌推測出來的特徵。」

據哈羅德所說，過去索頌側寫的犯人形象是這樣的——俄羅斯男性，年齡約為三十到四十多歲。兒時的家庭環境有問題，曾遭受親人的虐待。性格非常慎重，智商高而自尊心強，但日常生活中的人際圈很狹窄。從屍體的狀況看來，他熟知人體結構，所以從事醫療相關職業的可能性最高，且有幻想癖。孩提時代就具有暴力傾向，在某種強大壓力觸發下決定犯案。

聽說哈羅德的「眼力」就是索頌訓練出來的，難怪能推測得如此縝密。

「就算知道了這麼多，還是沒辦法鎖定犯人嗎？」

「側寫終究只是推測，現場沒有線索就派不上用場。」他搖搖頭。「只不過，他過去從來不曾犯下這麼感情用事的案件。至少，他以前並沒有在現場用被害人的血來書寫文字。」

哈羅德的視線落到地上，埃緹卡也跟著這麼做——寫在木質地板上的潦草文字不管看幾次都很嚇人。舒賓鑑識官正好撿起埋沒在文字中的平板電腦，確認內容。

「數位複製人的檔案就在這裡面……這應該能當作第二項證據，證明阿巴耶夫就是模仿犯。」這時舒賓的目光也落在血字上。「『真跡』……這是贗品的反義詞。那個……就是形容繪畫等作品是真品時使用的詞彙。」

拿波羅夫佩服地低聲說道：「你還真了解，舒賓。」

「這點小事……誰都知道。」舒賓連笑都沒笑。「為了避免筆跡被鎖定，這是用非慣用手寫的……而且用的不是手指，是筆刷。應該是很大枝的平筆，用在繪畫上的。」

埃緹卡瞄到舒賓的個人資料。〈艾米塔吉博物館志工〉——他在學生時代也曾到當地的繪畫教室上課。他跟比加或許很聊得來。

「索頌曾說犯人『具備獨特的美感』。」哈羅德用手抵著下巴。「如果用於犯案的畫筆是私人物品，犯人可能跟美術領域有關，或是對這類事物很感興趣。這或許是新的線索。」

「但願如此。」拿波羅夫望向舒賓。「現場還有其他痕跡嗎？」

「……什麼？」舒賓剛才好像在發呆，這麼反問。「啊，沒有，目前還在分析中。對了……拿波羅夫巡官，我有東西想請你看一下——」

舒賓這麼說著，跟拿波羅夫一起走到別的房間——總之，這裡應該交給他們處理。埃緹卡正好快要忍受不了了。

「抱歉，我也要稍微離開一下。」

埃緹卡經過哈羅德面前，離開了客廳。她在狹窄的走廊上與警員擦身而過，穿越玄關門——階梯的共用區瀰漫著中央暖氣的厚重熱氣。埃緹卡覺得這好像使自己的頭痛更嚴重了，於是慢慢走下階梯。

阿巴耶夫的屍體深深地烙印在眼底。

從入口大廳走到戶外，清澈的風立刻刺痛臉頰——入口附近拉起了全像封鎖線，禁止閒雜人等進入。幾名看似居民的人正在向警衛阿米客思抗議。埃緹卡經過他們旁邊，走向停車場。無意間仰望的天空有笨重的雲朵正要飄過來。

自己並不想接受。

不想接受——這竟然是「聖彼得堡的惡夢」的犯人親自犯下的案件。

原本只要逮到模仿犯，案件就會落幕。實際上嫌疑全都指向阿巴耶夫，調查幾乎是漸入佳境，可是——

埃緹卡不知道事情為什麼會變成這個樣子。

也不想知道。

回過神來，右手已經從大衣的口袋裡取出電子菸。自從不再使用醫療用調理匣，她就會隨身攜帶電子菸作為護身符。埃緹卡打開電源，毫不猶豫地送到嘴邊——冰冷的薄荷香氣深深落入肺部，稍微抑制了一直在體內躁動的嘔吐感。

「埃緹卡。」

一回頭，便看到哈羅德剛好追了上來。他看到叼著菸的埃緹卡也沒有特別驚訝——然後走過來，輕推埃緹卡的背。埃緹卡在他的催促下，面向拉達紅星。

「不好意思，我沒有發現妳身體不舒服。」

「我沒事。」埃緹卡隨口逞強。「沒什麼大不了。我只是想呼吸一下新鮮空氣。」

靠近熟悉的栗紅色車身，內心就莫名鬆了口氣。於是埃緹卡與哈羅德不約而同地靠向拉達紅星——然後看見藍色的警示燈滑入停車場。應該是新的警車抵達現場了。

事情真的已經演變成最糟的狀況。

埃緹卡一開始很擔心哈羅德光是偵辦模仿案，傷口就會擴大，因此點燃他的復仇之火。

萬萬沒想到——正牌犯人竟然會現身。

「犯人的自尊心到底有多強啊。」埃緹卡忍不住咒罵。「明明可以不管模仿案，他竟然做到這個地步……」

「是啊，我應該考慮到案件會刺激犯人的可能性。」

哈羅德的側臉彷彿寒冬中的凍結河川。明明已經完全停止流動，卻像是被迫沒有任何感情，平淡地接受這個事實——如果是以前，埃緹卡完全搞不懂他在想什麼。

可是，現在不同了。

阿巴耶夫既是模仿犯，也是「惡夢」中第一位被害人的遺族。

可以確定的是，哈羅德正陷入極度複雜的心境。

「如果……」埃緹卡輕輕關掉電子菸的電源。「這真的是『聖彼得堡的惡夢』的犯人所做的——」

「不是『如果』，事實上就是如此。」哈羅德靜靜打斷埃緹卡。「我不會搞錯。」

埃緹卡咬緊牙關。

看吧，果然沒錯。

雖然沒有表現在臉上，他已經被逼得一點餘力都沒有了。

「……輔助官，若殺害阿巴耶夫的是『惡夢』的犯人，『你就應該退出搜查』。」

埃緹卡盡量清晰地擠出這句話——哈羅德轉頭看著她。兩人四目相交。凍結湖面般的眼睛浮現完全無法理解的神色。

「……妳是在開玩笑嗎？」

「我才不會在這種時候開玩笑。」

其實自從確定要協助偵辦模仿案的昨天開始，埃緹卡就一直想說了。

她努力讓自己的下巴不要顫抖。

「我是認真的。你最好別再繼續插手了。」

「為什麼？」哈羅德明白地表達困惑。「我不懂。」

「我可以拜託十時課長或拿波羅夫巡官，請他們撤回支援請求。」

「他們兩位恐怕不會答應。事情演變至此，就更需要我的協助了。」

身為案件「被害人」的哈羅德本來不該持續參與搜查，可是十時也說過，他不是人類，而是阿米客思，過去也有與索頌一起追查「惡夢」事件的經驗——正如哈羅德的推測，兩人不太可能贊同埃緹卡的意見。

這一點，埃緹卡很清楚。

即使如此，她還是想說些能讓哈羅德遠離案件的話，不論什麼都好。

阿巴耶夫的屍體仍如殘影般留在心裡。

犯人昨晚毫無疑問造訪了這棟公寓，光明正大地呼吸著空氣。

所以——埃緹卡很確定，這幾個小時發生的每一件事肯定都會點燃他心中的火苗。

「……不一定吧。」埃緹卡的語調不由自主地變得頑固。「就算沒有你，搜查也會有進展。」

「妳這麼說有什麼根據？如果妳是要說電索的事，同樣也必須有我在才辦得到。」

「總之我不同意。就算拿波羅夫巡官那麼希望……」

「埃緹卡。」

因為他用好言相勸的語氣呼喚，埃緹卡閉上了嘴巴——哈羅德看著她，就像是想訴說什麼。那端正的嘴脣靜靜開啟。

「——妳應該知道我多麼渴望這個時機到來。」

成團的空氣在喉嚨深處發出翻滾的聲音。

埃緹卡當然知道，而且再清楚不過。

正因如此，她才想讓哈羅德遠離這裡。

「等分析蟻調查完現場，這次或許能發現什麼線索。」哈羅德的視線明明是對準埃緹卡，卻彷彿穿透了她，望著相貌不明的犯人。「畢竟這次的犯案手法相當感情用事。採取新的行動，就會留下新的痕跡。我們現在知道犯人的形象是『對美術感興趣的阿巴耶夫的熟人』，這是過去從來不曾有過的發現。」

確實如此。就算是至今總能完美脫身的犯人，也很有可能露出馬腳。實際上，這似乎是有力的線索——如果能藉此逮捕犯人，那當然是美事一樁。

不過……

假設查出了犯人的真實身分，到時候哈羅德會怎麼做？

「……那全都是你的願望。」埃緹卡呻吟般擠出這句話。「你也有可能拿不出成果，反倒只造成負面影響。比如說——」

「如果妳要說會留下心理陰影，我早就該留下了。」

「也許只是你沒有自覺罷了。」

「我真的沒事。」

「你怎麼有辦法這麼說？」

「我自己的事，我自己很清楚。」

「不對，你不懂。」

「妳為什麼要這麼固執？」

「我才沒有固執！」

埃緹卡太過焦急，忍不住大呼小叫——哈羅德嘆了一口氣。他的表情還是一樣冷靜，手卻有些煩躁地撥起頭髮。若單看他的舉止，會覺得他一點也不像機械，倒像個活生生的人類青年。

他再一次發出沉重的模擬呼吸。

「埃緹卡，妳會這麼擔心，是因為我以前的發言嗎？」

心臟瞬間有種被針扎到的感覺。

埃緹卡無法馬上出聲。

「…………你在說什麼？」

「剛認識的時候，我曾對妳訴說自己對犯人的憤怒。」

——『如果能夠抓到殺害索頌的犯人，我打算親手制裁他。』

——『你有敬愛規範，無法傷害人類。』

——『那可難說。』

「妳擔心我不惜改寫程式也要懲罰犯人。」

埃緹卡當時的確那麼想——但現在她明白，不要說改寫程式了，就算不那麼做，他也打從一開始就……

「請妳放心，那只是一種比喻。即使是次世代型泛用人工智慧（RF型），也無法傷害人類。不能遵守敬愛規範的阿米客思根本就無法通過國際ＡＩ倫理委員會的審查。」

哈羅德若無其事地說謊。

「我只是想表達我對自己沒能拯救索頌有多麼後悔、多麼氣憤。只不過……阿米客思對人類懷抱憤怒並不是一件值得讚許的事，我才會稱之為『祕密』。」

他果然沒發現埃緹卡已經知道了一切——埃緹卡應該很希望他沒發現。可是現在，對於他輕易說謊蒙騙她的行為，埃緹卡心中湧現一股莫名的悲傷。

這是什麼心情？

就連她也猜不透自己。

「不用你說……我也知道你無法傷害人類。」埃緹卡用幾乎要折斷的力道握緊差點從手中滑落的電子菸。「我只是怕……你的內心會不會因此受傷。」

「沒錯，我確實會。如果不能繼續辦案，我會非常受傷。」

埃緹卡不想讓他背負重擔。

所以，她才會一個人保守「祕密」。

埃緹卡的這個舉動應該能保護哈羅德不受倫理委員會處分。不過——難道沒有方法能讓他遠離復仇嗎？自己當然沒有權利阻止。埃緹卡在腦中重複唸著已經不知道對自己說過幾次的咒語。

但是——

殺死奪走摯愛的對象，然後……他會如何？

就現實層面而言，他恐怕會跟哥哥史帝夫一樣進入艙內沉睡，最壞的情況是遭到廢棄。不過，問題不只如此。

體會過殺人的他，「心」會有什麼樣的轉變？

埃緹卡不了解阿米客思。

如果哈羅德有了決定性的變化——

「不行。」埃緹卡拚命吐出這句話。「我……無法贊成。」

自己有種漸漸沉入地面的錯覺。

柏油彷彿融化，濡濕了靴子底部，然後將腳踝拖向地底。

握緊的電子菸發出受擠壓的噪音。

寂靜。

「——這樣啊。」哈羅德的音調突然變得十分冷漠。「對了……我剛才就一直想問，妳不是戒菸了嗎？」

「…………」她當然有盡量減少吸菸頻率，已經好久沒吸了。「這跟你無關。」

他只用沉默回應。

埃緹卡感到眼頭漸漸發熱。

如果自己應對得更加得宜，就能不被當成沒有同理心的朋友，成功讓哈羅德遠離案件嗎？可是，自己一點也不精明，要辦到那種事簡直是強人所難。

她只能像個孩子一樣，反覆說著「不行」。

到底該怎麼做才對？

自己只是不希望他受傷。

自己明明只是不希望他傷害任何人。

「——你們在這裡啊，哈羅德、冰枝電索官。」

埃緹卡轉動還無法調適過來的腦袋——看見拿波羅夫巡官從公寓走出來。他因寒冷而縮起脖子，快步朝這裡走來。

「舒賓說還要花上好一段時間。」他瞥了建築物一眼。「我要回市警局一趟，今天應該輪不到你們出場了。你們可以回去沒關係。」

「我要留在這裡。」哈羅德立刻說道。「另外，巡官，我有件事想拜託你。」

埃緹卡不禁仰望他。阿米客思朝她瞄了一眼。

呼吸頓時停止。

因為他的眼神是前所未有地冷漠。

「現場的狀況似乎讓冰枝電索官受到了一點驚嚇。方便的話，能不能讓她『暫時退出搜查』呢？」

埃緹卡已經連聲音都發不出來了。

＊

「沒想到身為阿米客思的他也能跟人類吵架，嚇了我一跳。」

阿巴耶夫的公寓在後照鏡中逐漸遠去——警車的座位比拉達紅星還要堅硬，坐起來不太舒適。埃緹卡靠在副駕駛座上，看著駕駛座的拿波羅夫。他的表情有點傻眼。

「不好意思。」埃緹卡盡量堅強地道歉。「我們只是……意見有點分歧。」

「聽說次世代型的情感表現很豐富，但到了這個程度就傷腦筋了。」拿波羅夫似乎是刻意選擇輕鬆的語氣來說話。「不過，他應該正在盡情勘驗現場吧。」

「是啊。就算如此……我還是添了麻煩。」

埃緹卡忍不住用指甲抓住自己的上臂——後來，她在公寓的停車場與哈羅德分開。他建議拿波羅夫讓埃緹卡退出搜查，而或許是因為埃緹卡明顯露出大受打擊的表情，巡官猜到了事情經過。

結果，埃緹卡只好請拿波羅夫送自己回家。

「反正我也要順路回市警局，妳不必放在心上。」拿波羅夫的態度溫和得令埃緹卡甚至感到抱歉。「別擔心，哈羅德的情緒到了明天應該就會平復了。大部分的事情只要睡個覺就能解決。」

「……希望阿米客思也是如此。」

巡官並不知道兩人爭吵的原因。

光是想起哈羅德的冰冷眼神，埃緹卡就感到呼吸困難。

自己過去曾與他發生過好幾次衝突。不過，這是他第一次表現出那麼明確的抗拒。即使如此還是能厚臉皮地繼續追問的話，那還算好的——明天，自己該用什麼表情見他？心情已經開始感到沉重，想要忘記剛才發生的所有事。

自己過度干涉了。

但也無法不干涉。

「總之，電索官，妳明天也儘管到市警局報到吧。」

「我知道了。」埃緹卡抓亂自己的瀏海。「那個，巡官，我個人……很擔心路克拉福特輔助官。我覺得他在辦案的過程中，可能會承受不必要的負擔。」

「我能體會妳的心情。」拿波羅夫同情地點頭。「我當然也不會讓哈羅德太過勉強。我會觀察他，一有異狀就讓他休息。」

「謝謝你的關心。」

「不過……對哈羅德或我們來說，這次的事情都是不可多得的好機會。」

拿波羅夫握著方向盤的手更加用力——仔細想想，對市警局來說，這次的事情也不只是懸案重啟調查而已。

「我們也失去了索頌。」他的語氣就像是觸碰到敏感議題。「不只是哈羅德，我也很重視這個案子。他曾是我一個很重要的部下。」

埃緹卡緊咬下唇。自己忍不住只關心哈羅德，但他說得沒錯。

據說拿波羅夫在案發當時是強盜殺人課的課長，負責監督偵辦「聖彼得堡的惡夢」的索頌。但他別說是協助搜查了，還讓犯人綁架索頌，眼睜睜地坐視索頌遇害。

「誰也沒想到索頌會被盯上。」拿波羅夫不甘心地皺起眉頭。「畢竟過去的被害人都是朋友派，但他應該算是機械派。」

埃緹卡忍不住露出疑惑的表情。機械派？

「可是，路克拉福特輔助官是阿米客思……」

「我也不清楚詳情，但他好像只對哈羅德比較特別。索頌本來也不打算讓阿米客思成為家裡的一分子，雖然他太太是朋友派。」

——『有一天，他突然就撿了那個孩子（哈羅德）回來。他還說我們家沒有阿米客思，所以正好。』

以前達莉雅曾經這麼說過。

原來那個家原本之所以沒有阿米客思，是因為這個理由。

「犯人應該知道索頌的搭檔是哈羅德……是一個阿米客思。所以他大概是沒有仔細調查索頌，就認定索頌是朋友派而下手了。」

「那麼做……」埃緹卡一邊回想一邊說道。「是為了透過輔助官威脅市警局嗎？」

埃緹卡憶起同樣是從達莉雅口中聽說的事——遭到綁架的索頌被虐殺而死，但同樣被抓住的哈羅德卻平安回來了。也就是說，犯人的目的是透過哈羅德的記憶，向他人展示殘忍的犯罪現場。意思是「敢追查我的人就會有這個下場」。

「又或者，犯人可能是想要一場盛大的閉幕。實際上那起案件發生後，他就突然不再犯案了。」拿波羅夫的表情蒙上一層陰影。「我非常後悔。一想到我當時如果有相信哈羅德的推理，說不定就不會失去他，我就……」

索頌失蹤的時候，哈羅德比誰都更早查出他身在何處。可是拿波羅夫等強盜殺人課的成員似乎都輕忽了他這個阿米客思的推理。

「當時的我們正在集中調查另一個人物，證據也已經很齊全了。現在回想起來，我們大概是被犯人誤導了吧。」他按壓眼頭。「……抱歉。不論如何，我們都不能錯過這個好機會。」

「是。」埃緹卡感受到沉重的負擔。「我明白。」

「我當然能理解妳的擔憂。不過，請妳也諒解哈羅德。」

埃緹卡只能沉默地交握雙手。

就算知道是醜陋的一己之私，仍然無法壓抑的感情，究竟是從何時開始的呢？

3

哈羅德知道自己使用很陰險的方式趕走了埃緹卡。

阿巴耶夫的遺體被運出現場是在太陽完全下山的時候——哈羅德跟舒賓一起看著屍袋被送進停車場的廂型車裡。在各處旋轉的警示燈到了晚上仍然沒有凍結，只是默默地持續閃爍。

「我看過分析蟻的結果了……這次現場也沒有留下線索。」舒賓就像在自言自語，小聲地說道。「這次的案件的確是感情用事……不過，並不是衝動行事。要不然，應該會留下指紋或衣服纖維，行蹤也會被入口大廳的監視器拍到……」

「那枝畫筆有留下什麼線索嗎？」

「同樣沒什麼線索……就算能查出筆的型號，除非是只有一件的商品，否則也不可能從購買紀錄鎖定犯人的身分。」

哈羅德模擬嘆息的動作——現場沒有犯人留下的痕跡，就某方面而言可說是一如往常。目前還不能排除犯人認識阿巴耶夫的可能性。

不過——犯人為何要用畫筆留下血字？

只是要留下訊息的話，用手指也行。犯人戴著手套，所以同樣不會留下指紋。他沒想過自己的嗜好可能會因為畫筆這種道具而曝光嗎——或者是刻意透露的？因為覺得自己被模仿犯貶低了，他才會想彰顯自己的存在嗎？

不論是何者——

「總之，我們必須在下一起殺人案發生之前把他找出來。」

「下一起？」舒賓發問了。「為什麼……你覺得還會有下次？」

「可能性是有的。就算這次是為了報復而現身，犯人也有可能因為這次的事想起殺人的快感，並非不可能再次犯案。」

兩年半前，犯人殺了索頌以後便不再犯案，理由至今仍然不明。但既然他再度出現在世人面前，就不太可能輕易滿足於報復而退場——計畫的成功反而有可能讓他增加信心，然後開始物色下一名被害人。

「我們應該也警告被害人遺族，以防萬一。既然阿巴耶夫被盯上了，其他人也有可能成為目標。最好乾脆派遣警員到每個家庭看守。」

「……我會轉告拿波羅夫巡官的。反正我正好有別的事情要找他。」

哈羅德忽然想起一件事，這麼問道：「你現在還在接受他的『諮商』嗎？」

「呃。」舒賓的眼睛望了過來。他的眼神寧靜得陰鬱，哈羅德從以前就完全無法看透他的心思。「我還在強盜殺人課的時候，確實常找他商量工作上的事。不過……我現在已經沒事了。」

索頌稱舒賓為「訊號偏少的典型人種」。

像他這樣缺乏情感表達或非語言行動的人雖然相當少，但確實存在。

「失禮了。」哈羅德識相地道歉。就算無法看穿舒賓的心境，這樣的發言依然很不得體。看來自己並不冷靜。「不過多虧你的幫忙，我們才能得知犯人或許對美術有興趣。謝謝你。」

「……就算我什麼都不說，分析蟻也查得出來。」

舒賓漠然答道，然後馬上邁步離開。哈羅德叫住他，他便冷冷地回過頭來——哈羅德對他伸出一隻手。

「可以的話，那個能借我一下嗎？或許能從中找到什麼線索。」

舒賓這時總算想起自己夾在腋下的平板電腦。裝在透明證物袋裡的平板電腦曾經被墊在那串血字之下，原本是屬於阿巴耶夫的東西。

「請不要從袋子裡拿出來。我等一下……馬上回來拿。」

舒賓小聲提醒，然後終於離開哈羅德——他的身影一旦遠離，哈羅德便毫不猶豫地打開證物袋。反正自己的手沒有指紋。他大剌剌地取出平板電腦，然後啟動。

假設阿巴耶夫認識犯人，聯絡時應該也會透過YOUR FORMA。但運氣好的話，這臺電腦裡或許還留有什麼紀錄。哈羅德對它寄託一絲希望。

從螢幕透出的亮光撐起了黑暗。

——『不行。我……無法贊成。』

記憶重新播放埃緹卡那張苦惱的表情。

自己做了最壞的示範。

那不是對待朋友的態度。

坦白說，情感引擎占據的比重太大了。實際上，她當然不會退出搜查的行列。拿波羅夫只認為兩人處於爭執狀態——事實上確實很接近——今後追查犯人的過程中，仍然有可能需要電索。

即使如此，哈羅德還是想盡量讓她遠離自己，以免受到妨礙。

從索頌遇害的那一天起，自己就一直在等待這個時機到來。

等待案件重啟調查，可以再次追查犯人的時機。

自己不會再重蹈覆轍。

不論如何，都一定要找到。

而且——哈羅德感到疑惑。

埃緹卡為何要採取那麼頑固的態度？

她應該是真的擔心自己，但未免太過火了。

曾經的擔憂漸漸浮上檯面。也許她不是單純的過度保護，而是察覺了自己的「祕密」——神經模仿系統。正是因為如此，她害怕哈羅德遲早會對犯人下手，才會表達反對——但如果真是這樣，埃緹卡根本沒有理由不告發哈羅德。畢竟他的系統與TOSTI相同，違反了國際AI運用法，光是默許就有罪。哈羅德不認為身為搜查官的她會不惜犯罪，也要把「不會壞的輔助官」留在自己身邊。然而回想過去，埃緹卡明知有罪也要藏匿自己的「姊姊」纏……不過……

——不行。關於埃緹卡，每次總有運算不完的課題。

因為負擔太大，處理能力受到壓迫。

簡而言之，就是非常痛苦。

現在自己明明只想思考關於犯人的事。

未免太狼狽了吧。

哈羅德用提不起勁的心情看著電腦螢幕。啟動程序結束，畫面上正好映照出人影。

回路一瞬間發寒。

現在回想起來，舒賓好像說過數位複製人的檔案就放在這裡面。哈羅德並沒有忘記。他只是——沒想到會在啟動的瞬間遇上。

索頌從畫面中注視著自己。

不論是沉穩的黑髮、精悍的五官，還是看穿一切的鉛色眼瞳，全都跟他一模一樣。唯一不同的地方或許是將襯衫的鈕釦全部扣上的習慣吧——不過，他正在眨眼，恐怕也在呼吸。雖然這些動作都很細微，就算透過視覺裝置也難以辨認。

據說真人的身體產生的細微「搖晃」是消除恐怖谷的重要元素之一。阿米客思進行模擬呼吸也是為了這個目的，但哈羅德沒想到這項技術也有被應用在數位複製人上。

——或許就是因為如此吧。

哈羅德無法從螢幕上移開目光，情不自禁地出聲呼喚。

「索頌——」

他的雙眼捕捉到自己。

『嗨，初次見面。』

這種感覺就像被潑了一桶冷水。

數位複製人是根據委託人提供的逝者資料製作而成——不過，自己以前隨時都跟索頌一起行動，所以留在網路上的足跡非常少。話雖如此，艾琳娜從老家蒐集到的資料主要是他在求學時代留下的東西。

也就是說，他與哈羅德之間的紀錄當然沒有被寫進程式。

一瞬間陷入感傷的自己讓哈羅德感到非常滑稽。「這東西」終究只是同類（AI）。自己不是早就知道了嗎？這不是本人，只是簡易到近乎愚蠢的東西。

可是，自己到底為何要對它說話？

難道說——向舒賓借用電腦的行為，也是出於自己無意間想再次與索頌交談的期待嗎？

神經模仿系統展現的「人性化」思考再次讓哈羅德感到厭煩。

他已經死了。

那天，自己沒能拯救他。

可是，即便是冒牌貨，自己還想看著他的臉說些什麼？

自己還能說什麼？

難道能乞求他的原諒嗎？

——自己明明一次也不曾奢望他的原諒。

回過神來，手已經緊抓住脖子上的圍巾。

思考的程序混濁地交纏。

埃緹卡的聲音浮現，取代了原本的思緒。

——『我只是怕……你的內心會不會因此受傷。』

受傷又如何？受多少傷都無所謂。跟自己相比，往日的索頌和達莉雅等遺族過得更加——更加痛苦。

可是，她卻……

系統的負荷很高。

哈羅德忽略數位複製人，調查了訊息等紀錄。功能本身並沒有使用過的痕跡。媒體資料夾裡只放著幾張阿巴耶夫的女兒的照片——舒賓很快就要回到這裡了。哈羅德偷偷關掉電腦的電源。

目標沒有改變。

也不能改變。

——從那天起，一直都是如此。

YOUR FORMA
幕　間——I wanna go home with you.

1

哈羅德是在四年前的冬天與索頌相遇的。

他還記得那是個紛擾不斷的寒冷早晨。

豐坦卡河附近的小巷裡瀰漫著腐臭，每天都有刺骨的寒風呼嘯而過。所以哈羅德每天都把臉埋進雙膝之間，靜靜忍受一陣陣的寒風。若是不這麼做，循環液已經混濁發黏的機身就有可能被折斷。又或者，風化的人工皮膚可能會因此粉碎——畢竟不知從何時起，系統便持續顯示建議維修的警告。

「……所以，這到底是什麼？」

「是流浪阿米客思啦。原來這種地方也有，真可憐。」

「他會妨礙我們辦案，快把他帶到別的地方。」

「別這麼說嘛。運氣好的話，他或許有目擊犯案的過程。」左肩偵測到人類的手掌，觸感很溫暖。「嗨，嗨～～你醒著嗎？能不能問你幾個問題？」

哈羅德慢吞吞地抬起頭——這個時候，靠在身旁的野貓立刻站了起來。牠是平時跟哈羅德一起生活的「室友」，帶著一點髒汙的白色毛皮很可愛。

「雪球。」

哈羅德呼喚貓的名字，牠卻頭也不回地匆匆離去——太陽下山之前，牠應該就會回到這條小巷了。牠總是這個樣子。

「竟然替貓取名字。」傻眼的聲音傳進耳裡。「這傢伙不管怎麼看都故障了吧。」

「索頌，我要再次強調，我是朋友派，他們也是有心的。」

「心是吧。阿基姆，你是不是應該用這份溫柔來對待自己的父親？」

「……………你要看穿什麼是你的自由，但請你不要插嘴管別人的家務事。」

哈羅德好不容易才抬起處理速度緩慢的腦袋，仰望眼前的人類。視覺裝置的雜訊很嚴重，但還是能辨認出兩個人。一人是黑髮的高個子，另一人是紅髮的小個子。

「我們是警察。」紅髮男子秀出ＩＤ卡。「你有看到她遇害的現場嗎？」

哈羅德轉動眼球。拉好的全像封鎖線在巷子前方閃爍。雖然難以對焦，但可以看到有一名女性倒在地上。她的臉就像被火燒傷一樣，死狀相當悽慘——穿著市警局工作外套的警員忙碌地徘徊在四周，另外還有看似用於蒐證的螞蟻型機器人。

哈羅德希望他們別來打擾自己，但又必須尊敬人類。回應他們的要求就是阿米客思的驕傲，這是即將損壞的自己僅剩的最後一絲自尊。

不過話說回來——

他們是警察啊。

「我記得……天亮以前，有一名男性路過這條巷子。」哈羅德試圖回顧記憶，處理卻停頓了，於是他勉強繼續下去。「我不知道她是從什麼時候開始出現在那裡的。我的視覺裝置有損壞，沒辦法看得很清楚。」

「那個男人有什麼特徵？多麼細小的特徵都可以。」

「根據我的推測，這個連續殺人魔將近三十歲。」黑髮刑警淡淡地說道。「從現場留下的鞋印看來，身高大約是一百六十五到一百七十公分左右。每次都會對被害人的臉部潑鹽酸，可能是因為他對自己的臉或身體抱有某種強烈的自卑感。」

「索頌，不用再側寫了。我想要的是實際的物證。」

哈羅德總算找到對應的記憶。由於視覺裝置的夜視功能已經半故障，紀錄有些模糊。即使如此，其中還是保留了朝自己這個方向逃跑的男人身影——哈羅德幾乎是以昏昏沉沉的狀態答道：

「右邊的臉頰，有手術的痕跡呢……」兩名刑警似乎看了過來。「如果有其他裝置與USB傳輸線，我可以提供記憶中的影像，請問——」

此後的聲音被系統內爆出的警告聲蓋過。由於將處理能力用於搜尋記憶，疏於管理循環液了。〈執行強制停止運作程序。〉自從變成「現在這樣」，自己就像一隻冬眠的蜜蜂，盡量什麼都不思考——但好像到此為止了。

最後的這一刻，自己很想沉浸在令人感慨的回憶中，卻沒有這種餘力。

輸入知覺的訊號突然停止，哈羅德於是沉入黑暗之中。

自從瑪德琳女王駕崩以來，時間已經過去兩年。

獻給王室的哈羅德等RF型原本被捐贈給國內的慈善團體，卻不幸遭竊。後來，他們似乎成了非法地下拍賣會的商品——哈羅德完全沒有這段期間的記憶，因為他一直都處於強制停止運作的狀態。

重新啟動以後，他終於得知自己被住在莫斯科郊區的一名資產家買下——這個男人是北歐各國最大的製藥公司董事，私下也跟黑手黨有交情，算不上是正派人士。男人是贓物的收藏家，會買下哈羅德也是為了觀賞，並將他關進自家「展示室」的櫥窗中。

「聽好了，阿米客思，你的職責就是供我或客人觀賞。」男人這麼說道。「你只要安靜地陪笑就好。這沒什麼難的吧？討人類歡心就是了。」

老實說，自己很困惑。至少在溫莎城堡的生活，哈羅德從來不曾被關進這樣的櫥窗裡——一開始，他甚至沒發現這種感覺就叫作「痛苦」。

如果是舊型的阿米客思，肯定不會感受到任何痛苦。

只不過，身為次世代型泛用人工智慧的自己並非如此。

哈羅德能夠自由思考，也能體會細微的感情。就像買下自己的主人一樣，哈羅德也自認有一定的自尊心——所以，櫥窗的空間實在是太過狹小了。每週末的派對，來參加的客人肆無忌憚地打量自己時，哈羅德都會感到難以忍受的「痛苦」。如此「不悅」的感覺令他焦躁不已。

而到了最後，他總是會強烈地厭惡自己。

明明有敬愛規範，卻無法尊敬人類，自己根本不正常——他這麼想。

生活在溫莎城堡的時候，明明一次都沒有萌生過這種念頭。

自己肯定是哪裡故障了。

如此陷入憂鬱的時候，接住哈羅德的是過去發生的事——那些完整保留的記憶。他特別常回想剛「出生」不久的日子。

「——阿米客思有所謂的『敬愛規範』。」

正值寒冬的倫敦是連日的陰天，那個時候的窗外也是一片美麗的灰色——萊克希・薇洛・卡特博士在維修室中走著。她的運動鞋發出摩擦地面的嘰嘰聲，包含自己在內的

「兄弟們」都並肩聆聽著。不知為何，這些聲音對系統來說，聽起來相當舒適。

「『敬愛規範』就是……啊～～你們的程式其實也知道啦。」

「是『尊敬人類，乖乖聽人類的命令，絕不攻擊人類』對吧。」

如此流暢回答的是「長男」史帝夫。從最初啟動到現在明明還沒過多久，兄弟之間已經漸漸開始出現不同個人特質，而他就養成了正經八百的個性。

「沒錯，史帝夫。敬愛規範就像是阿米客思和人類之間的約定——」

「為什麼呢，博士？」么弟馬文插嘴說道。他常常在別人說話的時候打斷對方。

「為什麼我們一定要『尊敬人類，乖乖聽人類的命令，絕不攻擊人類』呢？」

「因為你們跟人類很像，卻又不是人類。為了不讓其他人害怕才需要這麼約定。」

「是喔。」馬文似乎還是不懂。「可是，我不記得自己有跟別人約定過這種事。」

「博士的意思是，我們已經在製造的階段就被寫入那樣的程式。」哈羅德這麼向他解釋。「並不是由我們自己來決定要不要約定。」

聞言，馬文有些傻眼地眯起了眼睛——也許他在這個時候就已經注意到，萊克希博士使用了「約定」這個模糊的形容，根本沒有說「敬愛規範被寫入了程式」。

哈羅德在索頌死後才得知，博士之所以沒有對他們說出真相，是因為「這樣比較有趣」。她就是這種「母親」，而自己則是她的實驗對象（白老鼠）。

總而言之，敬愛規範只不過是表面上的形式，實際上並不存在。

特別是藉著神經模仿系統思考的RF型，其情感引擎極度接近人類——換句話說，即使哈羅德因為無法坦然尊敬人類而感到焦躁，也不是因為他故障了，只是再正常不過的反應。

然而，自己當時沒能察覺這一點。

反而拚了命想隱瞞自己違背敬愛規範的事實。

原以為會持續到永遠的櫥窗生活突然宣告終結。

「我要放你逃走。」

這麼說的人是每天都會造訪「展示室」的資產家的情婦。她單方面同情哈羅德，試圖將他送回倫敦。哈羅德不只沒有拜託她，甚至還遵照資產家的命令，從來沒有跟她交談過——她似乎擅自將哈羅德帶到了機場。哈羅德不確定，因為當時的他又遭到強制停止運作，沒有這段時間的記憶。

再次甦醒的時候，眼前的地方並不是倫敦，而是聖彼得堡市內的小巷。

哈羅德不知道這段時間究竟發生了什麼事，也不想知道。

不論如何，自己總算逃離了櫥窗。

但接下來等著自己的，卻是流浪阿米客思的嚴酷生活。

每天，哈羅德都在城市的角落漫無目的地徘徊。不斷承受風吹雨打的機體很快就變得破破爛爛，他可以實際感覺到自己的活動時間一天比一天短。隨著冬天愈來愈近，系統也開始頻頻跳出錯誤訊息。或許是因為氣溫下降，對循環液的流動造成了負面影響——自我診斷已經很久沒有運作了，所以他不知道原因。漸漸地，身體變得難以活動。

哈羅德從來不曾想過要以遺失物的名義主動通報警方。

與其說是不想被那個資產家找到，不如說是為了避免讓他的罪行——在地下拍賣會買下哈羅德的事情曝光。敬愛規範使阿米客思尊敬人類，另一方面也沒有命令他們主動告發犯罪的人類。

哈羅德相信自己必須尊敬並保護買下自己的那個男人。

現在回想起來，這麼做只是為了自保。

只是為了掩飾無法尊敬人類的異常自我，努力裝出順從的樣子。

哈羅德在豐坦卡河旁找到一處舒適的小巷，成天待在這裡。這裡很少有人經過，也不會被試圖收容流浪阿米客思的雞婆志工發現。一隻白色的野貓住在這附近，哈羅德直覺地將牠命名為「雪球」。牠也喜歡哈羅德，所以每天都會陪伴在他身旁。

雖然只能等待最後一刻來臨，自己大概還算幸福。

畢竟從出生的那一刻起，他就注定要被獻給英國王室。

在地下拍賣會被男人買下之後，自己該做什麼全都是由他決定。
那個情婦沉醉於單方面的同情，哈羅德明明沒有要求，她卻擅自放他自由。
這些事，沒有一件是哈羅德想要的。
如果被問到有什麼願望，自己肯定無法好好回答……
但至少，希望可以就這麼靜靜地消逝。
這種想法就是所謂的「自殺意願」嗎？
——萊克希博士未免把ＲＦ型做得太感性了。

2

不知是幸或不幸，在小巷內倒下的自己又再次甦醒了。
這裡是聖彼得堡市內的修理工廠。重新啟動的時候，系統偵測到契合度低的量產型眼球與皮膚。不過，思考變得比較順暢了。應該是因為更換了循環液，使充電效率恢復，處理速度接近標準值。
然後——等待自己復原的，是一臉不悅的那個黑髮刑警。

「這傢伙到底是怎樣？光是修理費就要花光強盜殺人課的預算了。」

「客製化機型本來就是這樣。」工程師用傻眼的表情答道。「順帶一提，這類機型的正規零件必須向倫敦的總公司訂購，這次是用其他零件代替。這樣已經算便宜了。」

「開玩笑的吧……」刑警似乎很頭痛。「我要的記憶呢？」

「在這裡。」工程師將儲存裝置遞給他。「因為視覺裝置的功能受損，多少有點模糊，但只要搭配ＡＩ的影像輔助就沒問題了。」

「謝謝，幫了大忙。」

刑警轉身離去。因為哈羅德呆站在原地，工程師便推了他的背。於是，哈羅德乖乖地追上了刑警——思考變得跟人類差不多遲鈍。看來系統內還累積著大量的垃圾資訊，果然還是得請萊克希博士診斷才行。

一走到屋外，色彩豐富的人潮便立刻躍進知覺裝置。哈羅德來不及處理這麼多資訊，因此僵在原地。從路人的大衣起的毛球到剛亮起的路燈燈光，以及奔馳在路上的車輛發出的引擎聲的細微差異，所有感官一口氣受到刺激——哈羅德這才發覺自己原先的狀態究竟有多麼糟糕。

沒錯，世界本來就是如此五彩繽紛。

他正覺得自己已經好久沒有受到這麼強烈的震撼時……

「——不要跟著我，阿米客思。」

走在前頭的刑警一臉嫌棄地回過頭來。哈羅德終於能好好辨識他的容貌——精悍的五官看似三十歲左右的人類。黑色的頭髮不帶任何亮光，令人聯想到深夜的寂靜。彷彿被鉛浸濕的眼睛十分堅定，令人印象深刻。

遠離刑警確實是正確的選擇。畢竟他似乎還沒發現自己其實是贓物——為了保護主人，回去當流浪阿米客思、隱藏自己的身分才是明智之舉。

不過……

「我只是需要你的記憶當作辦案的線索。你回去吧。」

刑警揮手驅趕哈羅德，就這麼邁步離去。

哈羅德只能呆站在原地好一陣子。

——『你回去吧。』

對現在無處可去的自己來說，系統難以處理這句話。

他擅自修理、擅自拋下、擅自離開了哈羅德。

啊啊——自己明明不該對人類感到「憤怒」的，為什麼？

到頭來，自己是贓物的事實在幾天後便被市警局查出。

據說是那家修理工廠的工程師覺得不對勁，重新檢視記錄下來的序號，才發現哈羅德是RF型——結果，哈羅德因此被來到小巷的警員回收。順帶一提，他從此以後再也沒見到那隻名叫雪球的貓。

哈羅德被推進充滿灰塵的竊盜課會議室，好幾名刑警包圍著他。確認左胸的序號時，有一個人粗魯地扯破他的衣服，但沒有任何一個人道歉。算了，反正這身衣服本來就像破布一樣——這裡的人都是機械派嗎？

過了一陣子，似乎是被叫來的那名黑髮刑警現身了。今天的他跟一起去那條小巷的紅髮搭檔在一起。

「我正想叫你們過來。國際刑事警察組織有接到這個阿米客思的失竊通報。」扯破哈羅德衣服的刑警煩躁地責問。「你們一開始為什麼沒有確認序號？強盜殺人課對屍體以外的東西都沒興趣嗎？」

「這個嘛，你說得對。」

「索頌！真的很抱歉，是我們疏忽了。我們沒注意到這一點……」

「八成是因為你根本不想了解自己最討厭的阿米客思吧。」刑警用尖酸刻薄的語氣諷刺黑髮男子。「索頌，聽說你是靠這個阿米客思的記憶才逮到那個連續殺人魔的嘛。很遺憾，你最擅長的推理沒派上用場。」

「我要給你一個忠告。」他——索頌仍然面不改色。「今天一回家就打開二樓的衣櫃看看，你太太正在準備離家出走。我勸你別再賭博了。」

「………我早就沒在賭了。」

「那就好。」索頌歪過頭。「我有其他事情想問這傢伙，你們先出去吧。」

竊盜課的成員明顯露出掃興的表情，一邊咒罵他們一邊走出會議室。氣氛相當險惡，索頌卻好像一點也不在意。不過——

「我已經受夠了。」他的搭檔似乎不同。「到底要我說幾次你才會懂？你老是這樣對別人說三道四……每次我都得出面道歉。拜託你饒了我吧。」

「你才應該改改那種息事寧人的作風。就是因為你表現得太卑微，別人才會老是把雜事推給你做。」

「我有我的方法，因為我不像你一樣，什麼都能看穿。」

「我也不是什麼都知道。」

「明明就是。還有，拜託你別再插嘴管我的家務事了！」

他的搭檔在盛怒之下奪門而出——現場只剩下索頌一個人。他暫時注視著發出一聲巨響關上的門，然後靠到桌邊，從口袋取出現在很少見的紙捲香菸。

哈羅德並不想多管閒事，卻忍不住向他搭話。

「請恕我直言，我認為用瞎猜的方式傷害他人是很不可取的行為。」

「聽起來像瞎猜嗎？」他用打火機點燃香菸。「人類會發出無數的訊號。大多數情況下，只要仔細觀察，對方就會主動透露蛛絲馬跡。」

「……我知道類似的句子。『你看見了，卻沒有觀察。』」

「聽說你跟夏洛克·福爾摩斯一樣，是『英國製』。」他回頭面對哈羅德，嘴裡的香菸隨之搖晃。「因為有你的記憶，我們才能鎖定那個殺人魔的身分。我要向你道謝。還有，很抱歉沒發現你是贓物。」

他用形式上的平淡語調這麼說道。根據幾天前的態度和竊盜課剛才的對話，他對阿米客思並沒有好感——他應該也是機械派。

「我也是為了主人才會保密。」哈羅德本來想扣上襯衫的釦子，但釦子已經被扯掉，只好放棄。「他會……因為違法交易的罪名被捕嗎？」

「我是很想那麼做，但那類的地下拍賣會有很多大人物在撐腰。這個證據不成立。想把他抓進警局還需要其他理由。」

「…………難道你是要我提供協助嗎？」

「我已經找到能用的把柄了。」

他這麼說道，開始操作戴在手腕上的手錶型穿戴式裝置。不過，全像瀏覽器怎麼樣就是打不開——經過一番安靜的苦戰，他終於開啟瀏覽器，卻又不小心關掉了。哈羅德聽見他嫌麻煩的咂嘴聲。

難不成……

「不好意思，請問你不擅長操作機械嗎？」

「你說什麼？」

「不。」因為被瞪了一眼，哈羅德別開目光。「要操作裝置的話，我也能幫忙。」

「別吵，平常這個時候差不多就快搞定了。這需要一點運氣。」

只是要開啟瀏覽器而已，根本不需要什麼運氣——哈羅德面不改色地感到傻眼。這個男人說自己討厭阿米客思，該不會是因為他是個機械白痴吧？

不過，這個念頭也在全像瀏覽器開啟的瞬間飛到九霄雲外。

「去年的五月，警方在莫斯科的廢棄物處理場找到這名女性的屍體。」

哈羅德對顯示在瀏覽器上的臉部照片當然有印象。她就是那個資產家的情婦，也是擅自放自己逃走的人。不知道是她放走哈羅德的關係，還是有其他理由——不論如何，她都遭到殺害了。

哈羅德對她沒有特別的感情。不過，聽說她喪命的消息還是令人感到心痛。

「這個案子是由莫斯科警方管轄，那個資產家則被列為嫌疑人。不過，他跟被害人的交集隱藏得很巧妙。」索頌接著這麼說道：「聖彼得堡市警局會接獲這項情報，是因為你跟那個男人有關。簡單來說，我還需要你的記憶。」

哈羅德立刻答道：「我是順從的阿米客思，不能出賣他。」

「敬愛規範還真麻煩。」索頌拿起放在桌上的ＵＳＢ傳輸線。「既然如此，我擅自拿走你的記憶就沒問題了吧。把連接埠露出來。」

哈羅德感到有些不安。「請問你知道要如何插上連接頭嗎？」

「這個笑話還真好笑。」

「可以的話，請叫你的搭檔過來。」

「快點。」

算了，總不會因為插個連接頭就壞掉吧。哈羅德心不甘情不願地滑開左耳。索頌他——實在令人難以置信——竟然有點笨拙地將連接頭插進連接埠，再用生硬的動作將傳輸線連接到自己的裝置。

「請問你真的是YOUR FORMA使用者嗎？」

「你就不能安靜地看著嗎？」

看著記憶被傳輸到他的裝置，哈羅德想起了那名資產家。這麼一來，那個男人遲早會被捕——哈羅德非常錯愕。因為他不只是對此沒有任何排斥感，甚至還鬆了口氣地心想「太好了」。

自己明明是為了隱瞞他的罪過才會一直在外流浪。

其實，自己很希望他能快點落網嗎？

你這個瑕疵品。好想消失。

「聽說竊盜課打算把你送回倫敦。」索頌用菸灰缸捻熄香菸。「那個修理工廠的工程師也說過，你好像『耗損』得相當嚴重。搞不好要報銷了吧。」

這句話究竟是開玩笑還是暗諷呢？

聽在現在的自己耳裡，比較像是後者。

「……我已經協助你辦案了，為什麼你不能對我友善一點呢？」

「前提不對，你本來就應該幫忙。阿米客思是人類的『朋友』吧？」

——他們真的很霸道。

自己對索頌的失禮態度感到氣憤是事實。不過，肯定不只如此。透過他的身影，哈羅德想起把自己賣給地下拍賣會的竊嫌、那個資產家男子、遇害的情婦、從櫥窗外觀賞自己的雙眼……人類的臉接二連三閃過腦海。

自己現在應該仍以敬愛規範為榮。

即使如此——哈羅德還是忍不住說出口。

「刑警，你在那條小巷裡曾經說過，連續殺人魔是因為『對自己的外表感到自卑才會傷害他人』對吧。」哈羅德的語調很沉穩，卻幾乎要失去控制。「假設人類都有隱藏的另一面，請問你的自卑來自何處呢？」

索頌皺起眉頭。「你在說什麼？」

「你對阿米客思抱持否定的態度，不是因為你有某種自卑情結嗎？舉例來說，我們能輕易建立起圓滑的人際關係，但你看似總會跟同事發生衝突。我們經常因為這類理由引來人類的嫉妒。請問你也是這樣嗎？」

哈羅德幾乎是一口氣說完這番話。

索頌保持微微睜大眼睛的表情。

不過——剛才的發言應該沒有違背敬愛規範，只不過是所謂的次世代型泛用人工智慧所搭載的「人性」的一部分。沒錯，自己並沒有侮辱他，所以沒有問題。

明明沒有被誰質問，哈羅德卻這麼對自己找藉口。

「……如果讓你感到不悅，我很抱歉。」

哈羅德出於自我厭惡，不禁這麼道歉。

不過……

「——我不是討厭你們，只不過是『害怕對待阿米客思的人類』罷了。」

索頌別說是發怒了，甚至一改原先的態度，筆直望著哈羅德——鉛色眼睛的深處彷彿隱約浮現了不同於剛才的某種意念。

面對意料之外的反應，哈羅德臉上也稍微透出了驚訝的神色。

「……我不太明白你的意思。」

「你聽好了，我剛才也說過，人都會發出『訊號』。而對待機械的時候，幾乎任何人類都會『扭曲』。」他的嘴脣描繪出帶著自嘲的弧度。「有些人會變得極端粗暴，也有些人會變得過度溫柔。因為每個人都會對阿米客思反映出自己的憤恨或願望之類的念頭。」

你們明明只是表現出人類想要的樣子而已——他低聲說道。

「我不想相信那種東西，不希望自己扭曲。所以我才會疏遠阿米客思……但實際上，這種行為本身或許也是一種扭曲吧。」

扭曲。

例如將哈羅德當作研究對象，對他表達關愛的萊克希博士。

例如將哈羅德當作稀有的昂貴阿米客思，囚禁他的那個資產家。

例如將哈羅德當作可憐又無助的弱者，對他產生同情的那個情婦。

例如、例如、例如……自己總是會遇到類似的事。

機械回應人類的欲望也是理所當然的。機械本來就該取悅人類，不該冒犯人類。理想的機械裝置朋友（阿米客思機器人）就是為此而存在。

要在我們身上投射什麼都是人類的自由。

我們都被教導，回應他們的期望就是身為機械的榮耀。

不過，這是自己第一次親眼見到厭惡這種狀態的人類。

於是——自己單純地對他產生了興趣。

「所以說……你並不是真的討厭阿米客思吧？」

「這可難說。」不知不覺間，索頌已經恢復面無表情的樣子。「實際上，我也不擅長應付你們。」

「我們不像裝置一樣需要點擊，只要對我們說話，我們就會服從命令了。」

「現在是開玩笑的時候嗎？」

「失禮了，一不小心就……」不知為何，原本那麼焦躁的思緒已經放鬆了一點。

「因為我是第一次見到擁有像你這種價值觀的人。」

哈羅德自然而然揚起嘴角。自己已經好久沒有坦然對人露出微笑了——他這麼想。

至少，索頌認為阿米客思是一面鏡子。

回顧過去的經驗，哈羅德覺得這就像是某種救贖。

「的確……我也是第一次見到像你這種阿米客思。」

索頌複製完記憶之後，從哈羅德身上拔除USB傳輸線。樸素的戒指在他的右手無名指上閃耀。看來他似乎有家人。

他有家可回。

現在回想起來，當時自己一瞬間萌生「想要一個歸處」的念頭，或許是被他看穿了吧。雖然他從來沒有說過自己能看穿阿米客思的訊號。

有時候，哈羅德會忍不住在想像中為這一幕加上這種附加價值。

「你要不要來幫我辦案？」

索頌的這個提議真的很突然，讓哈羅德靜靜地卡頓了一下——疑問瞬間湧上心頭。那是什麼意思？因為你跟搭檔已經不可能和好了嗎？可是自己再過不久就要回倫敦了。而且，你不是討厭與阿米客思相處嗎——但是思緒轉了又轉，最後脫口而出的卻是更加瑣碎的事。

「我還不知道你的名字。」

哈羅德如此問道，然後驚覺自己的反應幾乎等於答應了他的提議。

刑警似乎覺得很麻煩，微微地哼了一聲。

「我是索頌——索頌・阿圖羅維奇・切爾諾夫。」

*

令人驚訝的是，索頌似乎打算成為哈羅德的新主人。

換句話說，他所謂「幫忙辦案」的提議所包含的意思，其實比哈羅德所想的還要深遠——索頌為了收留哈羅德，跟他一起造訪了倫敦的諾華耶機器人科技公司的總公司，處理維修和事務手續。這個時候，索頌也親自與萊克希博士交涉。博士別說是反對了，甚至還說：「哈羅德要當刑警嗎？好像很有趣，可以啊。」爽快地答應了這件事——仔細想想，博士本來就是這樣的人。相較之下，索頌的反應還比較訝異。

從倫敦返回聖彼得堡的早上，天空下起了雪。這是相當稀奇的事。據說有睽違幾年的大寒流來襲——前往希斯洛機場的路上，索頌隨意添購的黑色雨傘在轉眼間被染成純白色。

到了這個時候，哈羅德才終於向他發問。

「你為什麼會想收留我呢？客製化機型的維護費用很高喔。」

「你協助我工作的期間，市警局會提供補助。」或許是沒有睡好，他用有些疲憊的表情這麼說道。「畢竟你能瞬間看穿我的本質，應該有潛力。」

他的意思是看穿訊號的潛力吧。

「真要說的話，這應該比較接近我的特性。正如萊克希博士所說，我是次世代型泛用人工智慧的RF型。只要反覆學習特定的行為，就能拿出更優秀的成果——」

「你可以試試看，如果覺得無聊，不做也無所謂。」

「是。」哈羅德頓時一頭霧水。「我不做會如何呢？你不是對我的性能有所期待，才會讓我當你的辦案助手嗎？」

「是啊，沒錯。不過，我也不打算勉強『心思細膩』的你。」他並不知道神經模仿系統的存在，但也有聽說次世代型泛用人工智慧的情感表現很豐富，是舊型阿米客思無法比擬的。「就算你什麼都不做，我也會讓你待在我家，直到你想回到那個博士身邊為止……而且——」

說到這裡，索頌若有所思地望著半空。

「——畢竟是我擅自把你修好的。」

他用不變的步調往前走。

說到哈羅德的反應，則是不禁停下腳步。

他終於明白索頌決定收留自己的理由。

自己一定又被他看穿了——他厭惡人們將阿米客思當作一面鏡子，聽到這番話的自己肯定是露出了高興的表情，就像是找到知己的表情。索頌應該是注意到了這一點。除此之外，他為了自己方便而讓哈羅德沒死成的事，也讓他萌生了責任感。

所以他才會想要成為一個「不扭曲的人類」吧。

這只是哈羅德的想像。

但不知為何，這個想像令人感到安心。

「索頌。」

哈羅德一呼喚他的名字，他便理所當然似的回過頭來。累積在雨傘上的雪無聲地滑落。他的表情明明很厭煩，眼神卻溫暖得出奇。

那不是看著研究對象的眼神。

也不是看著道具的眼神。

只是——看著「哈羅德」的眼神。

自己肯定是在等待這單純的一瞬間。

「『我們回去吧』，哈羅德。」

就連自己也沒有察覺，自己一直都在等待著。

3

在聖彼得堡的生活是前所未有地安穩且幸福。

索頌有個名叫達莉雅的妻子，以人類的美感而言，她是一位可愛又漂亮的女性。她看到丈夫帶著哈羅德回家，瞪大的眼睛幾乎要掉出來了——可怕的是，直到這一刻為止，索頌從來沒有對她提過這件事。

「我在辦案的時候『撿到』這傢伙。我們家沒有阿米客思，所以正好。」索頌有點尷尬地說道。「……總之，我想讓他住下來。如果妳同意的話。」

「我當然贊成了。應該說，你為什麼不早點告訴我嘛！」

達莉雅原本就是朋友派，雖然能接受索頌的價值觀，卻對家裡沒有阿米客思感到寂寞——她打從心底歡迎新的家人。

沒錯，是「家人」。

兩人首先將原本的置物間送給哈羅德作為新房間。他們說可以自由擺設，哈羅德卻不知道該怎麼做，達莉雅便在幾天後裝飾了三個人第一次拍的照片，索頌則擅自開始粉刷牆壁——牆壁從淡黃色變成了湖水色，就跟自己的眼睛一樣。不知不覺間，衣櫃裡添購了新的衣服。不是在阿米客思用品店販售的衣服，而是普通人類的衣服。哈羅德全都很喜歡。這件事讓他第一次發現，原來自己的系統內建了「喜歡」的感覺。

哈羅德也開始了市警局的工作。索頌隸屬於強盜殺人課，在課內是一名很優秀——但周圍的人都覺得他是難搞的怪人，所以跟他保持距離——的刑警。自從那次爭吵以來，他的搭檔阿基姆似乎完全對他失去了耐心，哈羅德也開始以助手的身分跟索頌一起前往現場——多虧當時身為課長的拿波羅夫爽快地答應了這件事。

哈羅德現在也會偶爾想起第一天上班的記憶。他跟著索頌，初次造訪拿波羅夫的辦公室——辦公室內已經有別人了。是駝背的舒賓。他一結束自我介紹，便匆匆逃出辦公室。

「又來了嗎？」索頌嘆了一口氣。「如果是人際關係方面的煩惱，總部內也有諮商師吧。」

「那樣可能會引來各種謠言。如果對象是身為上司的我，還能宣稱是在商量工作上的事。」坐在椅子上的拿波羅夫穿著高雅的襯衫，看起來是個頗有格調的人。「舒賓如果能表現出更豐富的情感，應該也能跟同事們好好相處才對。」

「問題大多在於童年的環境。可惜我也讀不出他的心思。」索頌說到這裡，朝哈羅德投射視線。「我可以介紹新人了嗎？」

拿波羅夫重振精神似的站了起來，與哈羅德對等地握手。

「如果能提高破案率，我們都很歡迎。」他笑著說道。「不過索頌，就算哈羅德的記憶曾兩度協助破案，我也沒想到討厭機械的你竟然會提出這樣的要求。」

「如果他只是個流浪阿米客思，我就不一定會這麼做了。」索頌故意用疏遠的語氣說話，或許是想掩飾害羞。「拿波羅夫課長，關於哈羅德的性能，諾華耶公司希望我們不要透露太多。」

「現在只有我和你共享這些情報。要是他又變成竊嫌的目標，那就傷腦筋了。」

「另外，如果他看到屍體就改變主意，這次的事情就當作沒發生過吧。」

離開拿波羅夫的辦公室以後，哈羅德忍不住對索頌發出抗議。他記得是「自己沒有那麼軟弱」之類的強勢主張。

「那只是一種比喻。」索頌一臉傻眼地說道。「不過，幸好他願意諒解。別看他那個樣子，其實他口風很緊的。」

「你很信任拿波羅夫課長呢。」

「在工作上是這樣沒錯，私底下我就不知道了。」

從此以後，哈羅德便不斷吸收索頌教導的「訊號」。從向案件目擊者打聽開始，到偵訊被害人、調查犯罪現場、審問嫌疑人的方式——人類也是一種「機械」。他發現既然都是由同樣的零件構成，處於一定的狀況下就會有容易採取相同行動的傾向。觸碰身體的特定部位是為了緩和壓力，腳尖的方向很重要，光從眨眼的次數與瞳孔的收縮、聳肩的方法、掌心出汗的觸感也能看穿對方的心境。

將不同的行為模式分門別類是非常有趣的過程。

反覆學習最大的好處是自己不會再被人類的「霸道」牽著鼻子走。巧妙地選擇不同的應對方式，反而能讓他們做出自己期望的反應，而且是在不讓對方察覺的情況下——隨時按照邏輯來分析大局，對系統來說十分舒適。

而且專心辦案的期間，就不必思考自己的敬愛規範或許有故障的事了——對人類喪失敬意的現象仍會不時出現，一直都沒有恢復。哈羅德很害怕這樣的生活會結束，面臨「報銷」的命運，所以甚至不敢找萊克希商量。

在這樣的情況下，哈羅德與索頌相處的時間不斷累積。

「哈羅德，你知道目擊者之中有誰在說謊嗎？」

「是第一位男性嗎？他嘴上說『我什麼都不知道』，沒有想要觸碰任何地方。如果你的教導是對的，那是打定主意說謊時會出現的舉動。」

「跟我想的一樣。詳細訊問他吧。」

有時候——

「聽好了，現場也跟人類一樣。你要把痕跡當作通往所有線索的訊號。」

「我明白，但還是常常看漏。」

「那是因為『你看見了，卻沒有觀察』。要從各種角度去假設。」

「我知道了，『福爾摩斯』。」

又有時候——

「你今天做得太過火了。就算是為了促使她自白，真的有必要握住她的手嗎？」

「說我的外貌（建模）足以成為武器的人可是你呢。實際上，事情非常順利。」

「我可沒叫你變成這種不知羞恥的阿米客思。」

「可是這種做法既快速又安全，又有很高的機率能獲得期望的效果。」

「意思是你沒在反省吧？」

「是的。」

「可惡，早知道就不教你那些多餘的事了……」

哈羅德也曾在辦案時腿部中彈，被索頌拖著前往修理工廠。

「索頌，你能不能至少用溫柔一點的方式運送我呢？」

「你先把自己的體格縮小一半再說吧。真受不了，你一旦感情用事就很容易錯估對手。」

「那個男人並沒有發出持有武器的訊號。」

「並不是所有人都很老實。有些人能隱藏得很巧妙，也有像舒賓一樣本來就沒什麼訊號的人。我有時候也會被對方讀出心思，誤信假的訊號。」

「你也會失敗嗎？」

「失敗過好幾次。」

當然了，留在記憶裡的不只有辦案的時光。

放假時，哈羅德經常與他和達莉雅三個人一起出門。只不過，索頌就算是在假日也經常被叫到現場，所以能去的地方僅限於附近——他們去過艾米塔吉博物館與馬林斯基劇院好幾次。哈羅德漸漸開始了解藝術的美好。

「我第一次見到聽了柴可夫斯基會感動的阿米客思……」

「我不只喜歡音樂，舞蹈是最精彩的，看起來就像在飛翔一樣。」

「太了不起了，哈羅德。索頌，我們要讓他吸收更多不同的文化。」

接近夏天的時候，達莉雅開始定期去別墅（達恰）照料菜園，哈羅德與索頌也會在週末時去過夜。她種植蔬菜的技術糟得可以，某天的晚餐甚至只有從附近摘來的藍莓。

「我真的很對不起你們……還是點些外賣吧……」

「沒關係，反正我最近的體重也有點增加。對吧，哈羅德？」

「我的體重不像你會增加，索頌。」

「你沒在王室學過體貼女士（dama）的方法嗎？」

短暫的秋天結束，轉眼間便到了冬天——季節流轉。過年的時候，他們很幸運地沒有被工作追著跑，全家人一起欣賞了新年煙火。哈羅德偷偷準備的香檳讓達莉雅發起了酒瘋。索頌從以前就一直堅持「不該讓她喝酒」，經過這次的事才讓哈羅德很後悔沒有把他的忠告聽進去。

「你開口閉口都是辦案辦案的～～」達莉雅抱著酒瓶碎碎唸。「我沒關係啊，我可以理解～～不對我不能。萬一你出了什麼事，就只剩我一個人了耶，你就不能、就不能好好休息一下，替你的家人想想嗎～～？」

「好啦，達莉雅，我知道了啦。」面對這種情況，就連索頌也沒轍。「是我不對，妳別再喝了。」

「少囉嗦！哈羅德也唸他幾句啦！」

「他說得對。」自己只能這麼說。「達莉雅，請到此為止吧……」

她對索頌與哈羅德胡鬧一陣子之後，就像斷了線的人偶一樣，在沙發上睡著了。她的臉上帶著微微的笑容，開始發出熟睡的呼吸聲。

「睡臉就像天使一樣……」

「是，你說得對。」

索頌疲憊地替達莉雅蓋上毛毯。哈羅德也趁現在拿走她懷裡的酒瓶——瓶子竟然已經空了。看來她幾乎一個人喝光了整瓶酒。

「很抱歉，索頌，我發誓再也不讓達莉雅碰酒精了。」

「請你務必這麼做。連我在結婚前弄壞掃地機器人的事都被她翻了舊帳。」

「是你去她家的時候，想拆下集塵盒卻弄壞的事吧？那已經算是一種才能了呢。」

「不對，我只是稍微一碰，它就自己壞掉了。」

他靠在達莉雅躺著的沙發旁，用手溫柔地梳著她的頭髮——然後像是忽然想起了什麼，走向廚房。哈羅德正感到疑惑時，他竟然拿了另一瓶新的香檳回來。

哈羅德很傻眼。「原來你也有準備啊。」

「我本來不打算讓達莉雅看到，是要跟你一起偷喝的。」

「我不會喝醉，你忘了嗎？」

「至少能假裝喝醉吧。」

「我可以模仿達莉雅。」

「絕對不要。」

那個新年之夜，朝杯裡倒酒的索頌比以往還要溫和——凝視著注入杯中的琥珀色液體，哈羅德無意間想起一件事，這麼問道：

「你覺得現在跟我說話的自己是扭曲的嗎？」

索頌的鉛色眼睛朝哈羅德瞄了一眼。

「——你打從一開始就沒有表現出我想要的樣子吧。」

一瞬間，哈羅德擔心他是不是看穿了自己的敬愛規範並不完整，因此膽戰心驚。

實際上，哈羅德不知道索頌究竟察覺到什麼地步。

自始至終，他都沒有再多說。

怎麼說也說不完的日子逐漸流逝。

索頌與達莉雅曾多次稱哈羅德為「弟弟」。

對自己來說，他們倆是「家人」。

既像父母，也像兄姊，有生以來第一次有了真正的家人。

換句話說，他們就是一切。

4

自從哈羅德遇見索頌，已經過了整整兩年的時光。

朋友派連續殺人案「聖彼得堡的惡夢」一開始是發生在五月下旬。那是涅瓦河的冰完全融化，永晝開始的季節——現場是位於住宅區正中央的寧靜公園，兩人抵達的時候，鑑識課已經開始分析了。

「相較之下，最近機械派引起的傷害案簡直是小巫見大巫。」

「是的……確實如此。」

當時的社會以社群網站等媒體的爭論為開端，機械派與朋友派的對立在國際間逐漸昇高。聖彼得堡也相繼發生暴力事件，雖然不至於進入強盜殺人課的管轄範圍，但哈羅德等人每天都會看到類似的新聞——而眼前的景象卻與那些案件截然不同。

女性被害人的遺體被「裝飾」在長椅上。遭到分屍的四肢經過排列，頭部則擺放在赤裸的軀幹上，手法相當特殊。

據說第一發現者是每天早晨都會來這裡散步的附近居民。

「舒賓鑑識官，狀況如何？」

「啊……被害人是就讀聖彼得堡大學的二十歲學生。估計死亡時間大約是凌晨三點，應該是在別處遭到殺害……然後再搬運到這裡的。」

負責勘驗遺體的舒賓抬起頭來。他從強盜殺人課轉調到鑑識課只有幾週，卻已經習慣了工作——表情鮮少變化的他，今天早上也非常冷靜。

「舒賓。」索頌向他搭話。「你才剛調到鑑識課就遇到這麼淒慘的現場啊。」

「是啊。」舒賓靜靜回答。「不好意思……我要離開一下。」

說著，他背對遺體離去，步調看起來隱約有點不穩。

「他也難免會受到驚嚇吧。」索頌揚起眉毛。「臉色比平常還要差。」

「雖說是工作，還是很令人同情。」可見就算是完全不會顯露感情的舒賓，也是有血有肉的人類吧。「對了，拿波羅夫課長呢？」

「應該就快來了。看到這個，他應該連離婚的事情都會忘得一乾二淨吧。」

拿波羅夫上個月才剛與妻子離婚。在俄羅斯，離婚並不是什麼稀奇的事，然而連旁人也看得出他這段期間的情緒一直很低落。有傳言說他的前妻拿到了孩子的監護權，使他倍感孤獨——不過正如索頌所說，這起案件肯定會讓他無心煩惱自己的事。

「犯人與被害人有交集嗎？」

「沒有，這類的殺人案大多不是基於私人恩怨。」

索頌正在仔細觀察遺體。他的雙手手指緩緩相碰——調查現場的時候，他都會做出這個習慣動作。

「犯人大概是實踐了自己長久以來的幻想吧。畢竟會把頭部放在軀幹上，表示犯人具有常人難以理解的獨特美感。」據說殺人犯之中，有不少人都懷抱著殘忍的幻想癖，並且能夠付諸實行。「犯人過去恐怕一直巧妙地壓抑著自己的暴力傾向，但因為某種強烈的壓力，最後才導致失控。」

「也就是說，這比較接近隨機犯案嗎？」

「我是這麼認為的。」

「——喂喂喂，說是隨機犯案也太牽強了吧。」

兩人一回頭，便看見穿著夾克的拿波羅夫正好現身。雖說現在是五月，早晨的天氣還是偏涼——他避開到處徘徊的分析蟻，朝這裡走來。

「我們正好談到你，課長。」索頌的雙手手指分開。「幸好有令人鬱悶的案發現場，可以讓你忘掉令人鬱悶的事。」

「觀察屍體也就罷了，你應該多學學鼓勵別人的方法。」拿波羅夫似乎很睏地揉揉眼睛。「如果是隨機殺人，根本沒有理由特地把被害人叫到深夜的公園再犯案。不管怎麼想都是基於私人恩怨。」

「叫出被害人？」哈羅德反問。「被害人有接到犯人的聯絡嗎？」

「她好像是跟住在一起的父親說『有急事』，然後才離家的。」

「即使如此，雙方應該也互不認識。」索頌說道。「犯人可能是用某種方法挑選被害人，取得聯絡資料，再用威脅的方式約出被害人。例如不聽話就傷害其家人，或是折磨其朋友之類……但既然屍體的YOUR FORMA已經被拔除，就無法藉著復原資料的方式來查出通話紀錄了。」

哈羅德問道：「犯人有沒有可能是想要收藏拔出的YOUR FORMA呢？」

「手法確實很殘忍，但犯人對戰利品沒有興趣。拔除YOUR FORMA單純是為了湮滅證據，不管怎麼看，主角都是這具遺體。」索頌苦惱地按壓眉心。「不論如何，課長，這類特殊的犯罪有一個隱憂。」

拿波羅夫不耐地問道：「到底是什麼？」

這個時候，索頌罕見地皺起臉，這麼說道：

「——這起案件或許會發展成連續殺人案。」

就算如此，他也能馬上查出犯人，偵破這起案件。

哈羅德毫無根據地這麼相信。

索頌的推測不到一週便成真，第二名犧牲者出現了。

隔了十天的時間，又有第三人遭到殺害。這個時候，被害人開始出現朋友派這個共通點，於是輿論將這一連串案件的起因解釋為機械派與朋友派的對立——朋友派連續殺人案被稱為「聖彼得堡的惡夢」，名符其實地震撼了社會大眾。街上的巡邏警車明顯增加，人與人之間的氛圍也有些緊張，但與犯人有關的線索仍然沒有浮現。

「既然現場連一片皮屑都沒有留下，就表示犯人用某種東西徹底包裹了全身。應該是沒有纖維的衣服。說到最容易取得的東西，就是雨衣了……據舒賓所說，從無法取得鞋印的狀況看來，應該連鞋子都用塑膠袋包了起來。」

「犯人會破壞，或是徹底避開犯罪現場附近的監視無人機或監視器。也就是說，犯人為了掌握這些東西的位置，會事先調查現場。應該有目擊者。」

「我也這麼認為，但沒有居民看到可疑人物。犯人可能是選在一定能避人耳目的深夜行動，或是喬裝成不會讓人起疑的送貨員等等。」

「從遺體的切面來看，可以得知凶器是電鋸。只要追查購買紀錄……」

「你知道那有多少人嗎？根本查也查不完。」

完全不留任何證據的完美犯罪。

哈羅德是第一次見到索頌如此苦惱的模樣。他的觀察眼必須藉著現場殘留的些微痕跡才能發揮。就算能從犯案手法與遺體的狀態推測出犯人的思考模式與傾向，光是如此也無法鎖定其身分——換句話說，雖然不願意承認，他們幾乎是束手無策。

即使如此，索頌仍然鍥而不捨地辦案。他經常瞪著現場的照片，在強盜殺人課的辦公室留到深夜——他平常會陪哈羅德進行定期維修，現在卻把這件事交給達莉雅，不願離開工作。不只如此，他幾乎每天都讓哈羅德先回家。

那天也不例外，他仍然守在辦公桌前，這麼說道：

「哈羅德，幫我跟達莉雅道歉。我今天也不能一起吃飯了。」

「她的心情很差喔。最重要的是，她很擔心你的健康。」

「我還好，沒事。」

索頌嘴上這麼說，手卻點燃了不知道是第幾根的香菸。反正就算阻止也沒用，所以哈羅德不會特別告誡他。

「我也很擔心你，索頌。至少也該休息一天比較好。」

「明天搞不好還會有新的被害人啊。」他的語調很無力。「只要那傢伙還沒落網，我就沒辦法好好睡一覺。」

「總而言之，請你早點回家。這也是為了達莉雅。」

「知道了。」索頌抖落菸灰。「抱歉啊，哈羅德。」

——自己怎麼也料不到，這竟然是與他之間最後的對話。

現在，哈羅德仍然會想起當時的索頌。他坐在椅子上，眉頭深鎖並雙手抱胸。香菸在他的嘴邊搖晃——特地列印出來的現場證據照片散落在辦公桌上，他反覆檢視著這些照片。

哈羅德留下索頌，離開了辦公室。他沒有駕駛拉達紅星，而是搭乘地鐵回家，一邊安慰憂心忡忡的達莉雅一邊跟她共進晚餐。然後，他在自己的床上進入了睡眠模式。

天亮以後，索頌仍然沒有回來。

哈羅德察覺異狀的時候，索頌的定位資訊已經中斷了。

他的愛車拉達紅星是在自家的反方向——加里寧斯基地區的墓地中被發現的。根據現場附近的監視器影像，索頌的拉達紅星駛入深夜的墓地，幾分鐘後又有一輛皮卡車駛了出來。由於他忽然失蹤，拿波羅夫等人都認為這輛皮卡車的駕駛可能綁架了索頌。

不過，哈羅德完全不以為然。

「假設事情真如課長所說，對方為何要綁架索頌？」

「我不知道，但時機敏感，或許跟『聖彼得堡的惡夢』有關。」

如果是這樣，那就更奇怪了。「惡夢」的犯人至今都徹底避開了監視器或無人機。

事到如今，他真的會允許自己駕駛的車子入鏡嗎？更何況是犯罪現場附近——哈羅德抱持疑問，拿波羅夫等人卻深信不疑。此外，沒有其他線索或許也是原因之一。

搜查在幾個小時內便有了進展，警方在聖彼得堡近郊的加特契納地區的停車場發現了那輛皮卡車。被捕的初老駕駛堅稱自己「不知道」，強盜殺人課卻將他關在偵訊室。駕駛害怕得令人同情，他所發出的「訊號」是貨真價實的。

「他並沒有說謊。」哈羅德試圖說服拿波羅夫。「請放了他吧。」

「索頌被綁架的打擊讓你慌了嗎？除了他以外沒有別人了。」

拿波羅夫堅稱此外還有幾項證據，不理會哈羅德的主張——如果能運用電索，情況或許就不同了吧。可是當時，電子犯罪搜查局鮮少動用電索官偵辦一座城市的連續殺人案，據說電索票的核發也比現在還要嚴謹。

哈羅德再次獨自到墓地內徘徊。經過一番仔細的調查，他發現了能在避開監視器的情況下走出墓地的路線。那是地圖上沒有描繪的荒野小徑——如果犯人綁架了索頌，肯定是經由這條路逃走的。

哈羅德獨自繼續調查。偵辦綁架案就是在跟時間賽跑。時間過得愈久，被害人的生存率就會有愈低的傾向。

另一方面，哈羅德到現在還是想不透。

索頌為什麼會一個人前往深夜的墓地呢？

或許就跟以往的被害人一樣，是在犯人的脅迫下赴約，但他可是刑警。他能察覺對方是在威脅自己，也不會輕易屈服。或者，他是想要反過來利用這個機會，卻因此被犯人綁架了嗎？不對。在那之前，他應該會向他人尋求幫助才對。

不論如何，自己也同樣無法坐以待斃。

哈羅德擬定能從墓地避開監視無人機的通行範圍，將目標鎖定在奧赫塔河附近的住宅區——這個時候，他再度聯絡拿波羅夫。不過電話打不通，所以他只好重新打給其他刑警。哈羅德詢問詳情，得知拿波羅夫有其他事情要處理，已經前往指定通訊限制範圍。剩下的刑警仍在跟那名駕駛大眼瞪小眼。而且駕駛為了脫身，甚至開始承認自己沒有犯下的罪。哈羅德的意見還是一樣，不被當成一回事。

無奈之下，他決定一個人前往那個住宅區。哈羅德想駕駛拉達紅星，但為了保全證據，拉達紅星正受到鑑識課的嚴格控管，所以他偷偷借用了市警局的車前往現場。

途中，達莉雅打了電話過來。

『——哈羅德？你找到索頌了嗎？』

浮現在全像瀏覽器的她一臉蒼白，甚至令人心痛——以前喝醉的時候，達莉雅曾對索頌說過「萬一你出了什麼事，就只剩我一個人了」。

必須確認他平安無事。

為了她，一分一秒都不能浪費。

「還沒有。」哈羅德盡量以溫柔的口氣答道。「不過，我已經鎖定索頌可能被帶往的地區，現在正要去確認。」

『拿波羅夫課長他們也一起嗎？』

「我一定會找到他，請放心。」

哈羅德單方面掛斷電話——他相信自己一個人也能解決問題。畢竟在此之前，他從來沒有在辦案方面體會過決定性的挫敗。如果犯人埋伏在那裡，再呼叫支援即可。就算同事們不來，當地警察應該還是會趕來。

總而言之，一定要確認索頌的平安。

焦慮與自滿遮蔽了哈羅德的雙眼。

正如自己的推理，奧赫塔河沿岸有一處幾乎廢棄的住宅區，監禁索頌的房子也在這裡。那是一棟有著紅色屋頂的老舊空屋。之所以知道是這棟房子，單純是因為這裡明明一看就是無人看管的廢墟，附近卻停著一輛保養完善的車子。這輛廂型車是共享汽車，輪胎的胎紋中卡著與墓地相同種類的小石頭。

肯定是這裡沒錯。

不過，從屋外看不出索頌是否在屋內。

哈羅德謹慎地靠近玄關門。門沒有上鎖，開門時發出了些微的噪音。哈羅德試著提高聽覺裝置的敏銳度，但聽不見人的——犯人的動靜。他壓低腳步聲，沿路踏進屋內。走廊的地板很老舊，一踩便發出毫無節制的噪音。哈羅德在階梯後面發現了通往地下室的地板門。門已經完全打開，四方形的黑暗貫穿了地面。

從中可以聽見細微的衣物摩擦聲。

「……索頌？」

哈羅德幾乎是被聲音吸引，走下了通往地下室的階梯。那裡雜亂地放著老舊的農具，陰暗得需要開啟夜視功能——哈羅德找到一個被綁在椅子上並低著頭的人影。這個瞬間，放心的情緒頓時迸發。

「索頌。」

他還活著。臉頰上有被毆打的痕跡，額頭上的刀傷還滲著血，但沒受什麼重傷。咬著口銜的他意識模糊，用空虛的眼神看著哈羅德。

那雙眼睛恐懼似的睜大。

「————！」

接著——從後方偷偷靠近的犯人壓制了哈羅德。

此後發生的事就像潰爛的燒傷，深深烙印在記憶裡。

初次現身的「惡夢」犯人簡直就是一團黑影。

那團黑影在哈羅德的面前，花時間慢慢地將索頌肢解。彷彿摘下一片一片的花瓣，優雅得像是某種表演。

哈羅德只能被綁在柱子上，旁觀這一切。

——尊敬人類，乖乖聽人類的命令，絕不攻擊人類。

阿米客思與人類社會之間的「約定」在系統內反覆播放。

自己能做的，只有茫然凝視著在視覺裝置中移動的黑影。系統內的警告聲已經超越了飽和，到了什麼都聽不見的地步。索頌早已安靜得嚇人，可是黑影仍繼續默默地切割他的身體。掉落到地上的手彷彿在尋找什麼，用指尖抓著裸露的土地。

觀察現場的時候一定會互碰的手指。

夾著有害健康的紙捲香菸的手指。

梳著達莉雅頭髮的溫柔手指。

在早晨的倫敦撐著染上白雪的傘的，那些手指。

——『我們回去吧，哈羅德。』

人類無法修理。

已經回不來了。

思緒被黑線形成的漩渦塗改。

他有種預感。

接下來的好幾年，夜晚都會覆蓋自己的一切。

將那可恨的黑暗背影烙印在記憶的最深處。

我一定會逮到你。

第三章——登上山丘的羊兒們
YOUR FORMA

1

自己或許已經好久沒有迎來如此憂鬱的早晨了。

〈現在氣溫：四度。服裝指數B，建議穿著較厚的毛衣。〉

打理好儀容的埃緹卡帶著提不起勁的心情踏出自家公寓。走下階梯，推開入口大廳的鐵門後，剛升起的虛弱太陽便刺痛了眼瞼。駛過街道的車輛帶來都市特有的混濁氣味

——埃緹卡不禁嘆了一口氣。

——『能不能讓她暫時退出搜查呢？』

哈羅德昨天的冷漠表情再次浮現在腦海。

埃緹卡悶悶不樂地度過了一晚。

她拖著沉重的腳步往地鐵的方向走去。在市警局見面的第一句話要說什麼呢？乾脆一開口就提及案件的話題嗎？他或許不會理會自己。

埃緹卡很清楚。

拿波羅夫巡官說得沒錯，想解決「惡夢」事件，這是千載難逢的好機會。

既然哈羅德已經打定主意，自己就不該操多餘的心，而是坦然以同事的身分支持他。即使他一心想著復仇，只要別讓他靠近犯人，他應該就不會有機會下手。沒錯。所以首先要道歉，然後……

「──冰枝小姐？」

回過神來，自己已經來到十字路口──正在等著過馬路的一名少女看著埃緹卡。她是穿著羽絨大衣，一如往常綁著三股辮的比加。她的肩膀上揹著大大的肩背包，似乎正準備前往學院。

雖然是偶然遇見，但埃緹卡不太驚訝──這是因為現在的比加就住在距離埃緹卡的家只有幾分鐘路程的公寓，上班途中巧遇是常有的事。

「哇，妳的黑眼圈好嚴重。」比加嚇了一跳。「昨天有好好睡覺嗎？」

「有啊。」只是半夜醒了好幾次。「因為發生了一些事。」

「市警局的搜查好像很忙呢。我有在新聞上看到。」

埃緹卡頻頻眨眼。她這才想起，自己完全忽視了飄浮在視野邊緣的新聞通知──重新打開新聞，她的心情就更沉重了。

〈連續殺人案「惡夢」再次籠罩聖彼得堡。〉

昨天阿巴耶夫遇害的案件已經在國內引起大篇幅的報導。這也是理所當然。知名懸案「聖彼得堡的惡夢」才剛出現模仿犯，這次又有「正牌貨」開始犯案。就算不願意，也會受到社會大眾的關注。

由於這起案件，聖彼得堡市警局也不得不重啟「惡夢」的調查。

阿巴耶夫若知道自己的願望是靠著犧牲自身性命才達成，肯定會覺得很諷刺。

比加問道：「快要找到犯人了嗎？」

「偵查不公開。」埃緹卡形式化地答道。「還不明朗，但目標範圍已經縮小了。」

從阿巴耶夫的遇害狀況看來，目前最可疑的是他的熟人。根據拿波羅夫巡官在深夜傳來的報告，這次的現場似乎也沒有留下線索——即使如此，這應該仍是有力的推測。

「既然這樣，一定很快就能破案了。」她鬆了口氣似的放鬆表情。「請快點回到特別搜查組吧，大家都在等你們。」

「如果妳想跟路克拉福特輔助官說話，直接打電話給他不就好了？」

「我、我不是那個意思啦！」

她還真好懂。「TOSTI的回收工作怎麼樣了？」

「沒有收穫。我有時候也會去幫忙，但還是完全沒進展……」

她無力地搖搖頭。這也在意料之內。令人難過的是，關於TOSTI的事沒有進展已經漸漸成為家常便飯了——燈號改變，人潮開始流動。

「我今天要去學院，所以是走這邊。」比加指著相反的方向。「請幫我跟哈羅德先生問好！」

「妳也要加油。」

兩人在這裡道別——埃緹卡邁出步伐，同時把雙手插進口袋。她晚了一步才想到，也許自己該問問比加是否知道什麼巧妙的和好方法，但又馬上打消念頭。那麼做只會讓她操不必要的心，況且自己根本不知道該怎麼說明才好。

各種思緒在腦中翻攪的時候，訊息視窗跳了出來——是來自拿波羅夫的訊息。

〈阿巴耶夫的幾名熟人將到案說明。抵達總部後，請立刻參與偵訊。〉

總之，必須快點想出和好的好主意。

但到頭來，埃緹卡搭上地鐵後，還是想不到該如何向哈羅德搭話等任何具體的內容——就這麼抵達了聖彼得堡市警局總部。埃緹卡慢吞吞地穿越入口大廳，走向會議室。

啊啊，真是的，根本完全不行。

將手放到入口的門把上時，內心莫名緊張，甚至得從鼻子呼出一口氣。冷靜點。在這種狀況下跟他一起工作，這也不是第一次了。

也就是說，沒錯，只要想著案件的事就好。

「所以阿巴耶夫先生前天都還有正常上班嗎？」

「對，沒錯。他看起來沒什麼異狀……」

一打開門，對話的聲音便溜進耳裡——隔著桌子面對面的是阿基姆刑警與一名微胖的男性。根據個人資料，他是跟阿巴耶夫在同一家公司任職的上司。

這個時候，埃緹卡不禁繃緊肩膀。

哈羅德就守在牆邊。他把大衣掛在手上，用端正的姿勢佇立著。那雙冰冷的眼睛朝這裡轉過來——然後又像是立刻失去了興趣，將視線移回桌上。

不知為何，光是這個舉止就能讓自己受傷。

自己實在太蠢了。

埃緹卡假裝平靜，站到哈羅德旁邊。「……拿波羅夫巡官呢？」

「他今天也去調查阿巴耶夫的公寓了。」他事務性地答道。「好像是要確認是否有忽略什麼痕跡。」

看來他還有打算討論工作上的事。光是如此，埃緹卡就稍微鬆了一口氣。

「——前天的阿巴耶夫先生有沒有提到回家後要做些什麼？」阿基姆持續發問。

「例如要跟誰見面，之類的事。」

「我不知道耶，他不太會提這種事。」男人好像很緊張。「他的女兒不是遇害身亡的嗎？所以總是讓人不太好意思多問。」

「這樣啊……很抱歉突然轉移話題，請問你有美術相關的興趣嗎？」

「呃，如果有人邀請，我是會去美術館之類的地方，不過倒是不會特地發展這方面的興趣——」

阿基姆後來仍繼續追問，但這名上司怎麼看都不像是握有什麼有力的線索，也不像犯人——想到這裡，突然有跟現場不搭調的電子音響起。

阿基姆刑警與男人的對話因此中斷。

埃緹卡轉頭一看，發現哈羅德用穿戴式裝置開啟了全像瀏覽器。〈庫普里揚・瓦倫京諾維奇・拿波羅夫〉——看來是巡官打了電話過來。

「不好意思。」哈羅德快步走出會議室。「辛苦了，巡官——」

埃緹卡理所當然似的試圖追上他，卻又停下腳步。現在的自己處於受他排斥的立場——但若拿波羅夫巡官在現場發現了什麼新的痕跡，自己也有權利知道，必須逐一掌握狀況才行。

真是夠了，自己為何要這樣找藉口呢？

埃緹卡重新溜出會議室，在走廊中間發現哈羅德的身影。他背對埃緹卡，似乎正透過全像瀏覽器跟拿波羅夫對話。

「是。」哈羅德用嚴肅的語氣點頭回答。「他是什麼時候離開的？」

『聽說是昨晚。』拿波羅夫的聲音傳了過來。『半夜出去之後就沒有回來……』

「我明白了。總之，我也會馬上過去。」

他的聲音雖然很冷靜，但肯定發生了什麼事。而且從他們的對話聽來，恐怕不是發現了什麼關於犯人的線索——哈羅德結束通話後轉身，這才注意到埃緹卡的存在。他的臉上浮現些微的驚訝神色。

「電索官。」

「發生什麼事了嗎？」

埃緹卡這麼一問，他便沉默了一瞬間。但與先前不同，他並沒有顯露出不悅的態度。就跟昨天一樣——甚至比昨天更加焦急。

他慌了嗎？

經過短暫的沉默，那精美的嘴脣動了起來。

「聽說尼古拉……從昨晚就下落不明。」

汗水沿著埃緹卡的背脊流下。

——『其實我很感謝他。』

昨天才交談過的尼古拉的身影浮現在腦海。

——『被害人皆為朋友派，且都接到犯人的直接邀約而下落不明。』

阿巴耶夫是在自家遇害。不過「惡夢」的犯人本來就有將被害人帶往他處的傾向。而現在這個時間點，尼古拉的失蹤非同小可。

一瞬間，最壞的想像閃過腦海。

實際上，哈羅德似乎也停止了模擬呼吸。

「你要跟巡官會合的話，我也要一起去。」

埃緹卡馬上脫口而出是因為他看起來實在過於慌亂——但說出口以後，內心湧現一股莫名的緊張感。彼此明明還沒有和解，這段發言是不是有欠考慮呢？

哈羅德微微瞇起眼睛，難掩狼狽。

「……我應該已經拜託妳退出搜查了。」

以拒絕而言，他的語氣實在太過虛弱。

——果然不該放任他一個人。

「我要一起去。」埃緹卡重複說道。「我保證……不會妨礙你。」

她擠出一句自己也無法保證的話。

不知阿米客思有何想法，他垂下視線——然後轉過身，用焦急的步調往前走去。埃緹卡也趕緊追上他。

他並沒有叫埃緹卡別跟過來。

2

載著兩人的拉達紅星駛向位於彼得霍夫的索頌的老家。未經鋪設的住宅區道路上已經停著幾輛警車，路過的居民紛紛用好奇的目光回頭望過來。

「妳也來了啊，冰枝電索官。」

埃緹卡與哈羅德一下車，先抵達的拿波羅夫便走了過來。他緊閉著因寒冷而發紫的嘴脣，擺出極為嚴肅的表情。這也難怪。

「目前還不能斷言這跟『惡夢』事件有直接關係。」拿波羅夫扶著額頭。「根據母親艾琳娜的說法，尼古拉昨天半夜離家之後，到現在都還沒有回來。他的車停在距離這裡大約十五分鐘車程的池塘前。我們搜索了池塘內以防萬一，但沒有線索。綁架的可能性很高。」

哈羅德問道：「尼古拉的YOUR FORMA定位資訊呢？」

「中斷了。可以假設他被裝上了絕緣單元。」

「在這種情況下，很難認為這與『惡夢』無關吧。我應該有建議派警員護衛被害人遺族才對。」

「我們當然有派人了，你看。」

拿波羅夫指向家門口——那裡確實有人類警員直挺挺地站著。

「他究竟在做什麼？」哈羅德語帶責備。「竟然讓尼古拉獨自外出，這樣派人護衛不就失去意義了嗎？」

「我們本來就不確定接下來是否會有遺族被盯上，每個家庭頂多只能派遣一位警員。」拿波羅夫反駁的語氣也變得有些激動。「聽說是尼古拉自己拒絕了警員同行。他拜託警員守在母親身邊。」

「當初就應該阻止他外出的。他去哪裡？」

「不知道。我等一下打算再向艾琳娜詢問詳情。」拿波羅夫不以為然地哼了一聲。「哈羅德，如果你沒辦法冷靜下來，其實『你』才應該退出搜查。」

這麼說的拿波羅夫本人也明顯失去了平常心——他一臉煩躁地轉身，推開木門走回庭院。

哈羅德皺起眉頭，視線短暫地落在鞋尖上。

——這或許是自己第一次見到他表現出如此感情用事的樣子。

埃緹卡原以為阿米客思隨時隨地都能靈巧地掌控自己。

「……輔助官。」埃緹卡溫和地出聲搭話。「我們應該跟巡官一起去打聽情況。」

「是啊。」哈羅德若有所思，一度閉上眼睛。「請妳待在這裡。」

「你以為我是為了什麼才過來的？」

他一臉心急地想說些什麼，最後還是閉上了嘴巴。就像是要追過埃緹卡，他穿越了木門——埃緹卡也快步跟上去。

自己隱約能預料到哈羅德的擔憂。

實際上，他的擔憂馬上就成真了。

「——為什麼要帶『那東西』過來！」

埃緹卡跟他一踏進家中，尖銳的嗓音立刻響起——艾琳娜在客廳的入口對拿波羅夫破口大罵。她用布滿血絲的眼睛瞪了過來，讓埃緹卡不禁當場愣住。

不出所料。

「哈羅德可以幫助我們辦案。」拿波羅夫安撫艾琳娜。「太太，我們也不希望尼古拉步上索頌的後塵。請妳冷靜地配合調查……」

「你這次又想害死尼古拉嗎？」艾琳娜不屑地罵道。「總之快點把那傢伙趕出去。給我滾，你這個廢物！」

她的情緒比昨天還要激動。埃緹卡忍不住仰望身旁的哈羅德——但他的表情絲毫沒有改變。他冷靜得可怕，就連眨眼的間隔都與平常無異。

不只如此——

「艾琳娜。」

哈羅德甚至正面走向她。艾琳娜用不堪入耳的字眼咒罵他，他卻不為所動，毫不猶豫地抓住那對瘦弱的肩膀。

艾琳娜氣得發抖。「不要碰我！」

「我會找到尼古拉。」哈羅德配合她的視線高度，斷然說道。「請讓我幫忙。我不會重蹈覆轍，一定會有所貢獻。」

「閉嘴。不管你怎麼說，你對索頌見死不救的事實還是不會改變！」

「但尼古拉還有救！」

哈羅德大吼——這句話怎麼聽都不像是機械的聲音，幾乎等於是人類。別說是埃緹卡，就連拿波羅夫都驚訝地睜大眼睛。

艾琳娜正要張開的嘴唇也僵住了。

沉默緩緩滴落，彷彿融化的蠟。

「……非常抱歉。」

哈羅德宛如終於回神，放開了艾琳娜的肩膀。看來他瞬間恢復了冷靜——他後退了幾步，然後立刻背對艾琳娜，逃跑似的走出玄關門。

只留下關門的一陣噪音。

埃緹卡從鼻子吸氣——她原以為自己明白哈羅德是抱著什麼樣的心態去面對「聖彼得堡的惡夢」。

不過，實際上又如何呢？

曾經勸過埃緹卡的拿波羅夫或許比她清楚多了。

「不好意思，請別把他的事放在心上。」拿波羅夫清喉嚨的聲音勉強推動了凍結的空氣。「太太，請問尼古拉出門前有沒有說什麼？多麼細微的小事都可以。像是要跟誰見面、要去哪裡之類的事……」

艾琳娜的表情已經沒有剛才的怒氣。她就像是瞬間被嚇傻了，一臉茫然——然後有點尷尬地舔了嘴唇。

「他什麼都沒說。那孩子出門的時候，我就已經上床睡覺了。」她無力地說道。「可是尼古拉不是那種會在半夜跑出去玩的孩子。一定是發生了什麼嚴重的事……拜託你們，請找到那孩子。」

「我們當然會傾盡全力。」

「要是連那孩子都離開我，我真的會……」

艾琳娜差點腿軟，拿波羅夫輕輕扶起她——埃緹卡留下他們倆，靜靜地走出家門。冷冽的空氣麻痺了雙頰，令人有些難以呼吸。

埃緹卡不希望哈羅德傷害任何人的想法沒有改變。

不過——不分青紅皂白地反對也不恰當。

穿過庭院的木門，便能看見哈羅德的背影——阿米客思靠著拉達紅星站在那裡。即將混進細雨的風讓金髮無所事事地搖晃著。他的視線投射在眼前的荒蕪耕地上。

埃緹卡不禁想停下腳步。

光靠自己的淺薄經驗，根本想不到該對他說些什麼才好。

但在得出答案之前，雙腳就已經擅自走向他——埃緹卡繞過拉達紅星，來到哈羅德身旁。他什麼都沒有說。所以，埃緹卡也保持沉默。她把手插進大衣的口袋，試圖掩飾坐立難安的感覺，壓抑想將指尖觸碰到的電子菸拿出來的衝動。

「尼古拉先生……會平安的。」

埃緹卡只能說些了無新意的鼓勵。

「我們會找到他。」

耕地的枯草隨風飛舞。

哈羅德似乎微微吸了一口氣。

「……索頌遇害前不久，也一樣下落不明。」他的聲音很虛弱且嘶啞，彷彿早就忘了爭執的事。「我雖然對艾琳娜誇下海口，但老實說，我根本無法保證尼古拉還活著。也許到了明天，我們就會發現他的遺體。」

埃緹卡緊咬下唇。回想過去的案件，確實無法排除這個可能性。不過——

「不要說喪氣話。我會幫忙，而且拿波羅夫巡官他們也在。」

哈羅德沒有回答。

「大家一起盡全力就行了。」

「……妳人真好。」

「我只是陳述事實罷了。」

他總算望了過來。凍結湖面般的眼睛從垂落的瀏海間露出。他的臉頰依然僵硬，彷彿害怕一切事物。

如果繼索頌之後，連弟弟尼古拉都被犯人奪走。

——現在還是先別想像最壞的結局吧。

埃緹卡端正姿勢，想重振精神。

「輔助官，你去調查家裡吧。家裡或許還留著跟尼古拉先生的去向有關的線索。另外——」說著，埃緹卡敲了敲拉達紅星的車頂。「如果你不介意，我想借用一下拉達紅星。我要去他丟下車子的池塘前面看看。」

哈羅德有些疲憊地將手指埋進亂掉的瀏海裡。

「那邊應該已經有鑑識課在調查了。」

「既然如此，我就去現場周圍看看。沒時間了，這樣總比傻傻待在原地好吧。」

「……妳說得對。那麼，麻煩妳了。」

他用不同於往常的緩慢動作，從大衣的口袋裡取出拉達紅星的老式鑰匙。埃緹卡正要伸手去拿的時候……

被他慢慢地握住手指。

或許是因為算不上特別冷的天氣，埃緹卡幾乎感受不到阿米客思的淡淡體溫。

「很抱歉疏遠了妳，埃緹卡。」

他的低語雖然溫柔，表情還是很僵硬。

「如果……妳有找到什麼線索，請務必告訴我。」

他的口氣就像在提醒——他已經看出埃緹卡想讓他遠離犯人的意圖。畢竟埃緹卡昨天曾經那麼反對，也難怪他不相信「不會妨礙你」的約定。

埃緹卡握緊拉達紅星的鑰匙。哈羅德的手指總算放開，離開她的手。

「……我知道了，我一定會聯絡你。」

但就算找到尼古拉，我也不想讓你靠近犯人——埃緹卡在心中加上這句話。唯獨這一點，她怎麼也無法退讓。

埃緹卡打開拉達紅星的車門，鑽進駕駛座。她開啟YOUR FORMA的地圖，設定通往目的地的路線。距離這裡約十五分鐘車程，並不算遠。

總而言之，現在只能盡己所能了。

埃緹卡下定決心，開著拉達紅星前進。

後照鏡中的哈羅德在轉眼間逐漸變小。

尼古拉丟下車子的池塘位於彼得霍夫宮的南邊——從巴士路線分支出來的，沒有人煙的路邊。雖說是池塘，周圍只有隨便種了一些草皮，沒有好好維護——現場附近被全像封鎖線圍起，有警衛阿米客思正在管制交通。看似屬於尼古拉的皮卡車就停在池塘旁邊，有幾名鑑識官正在勘驗。

埃緹卡下車，請警衛阿米客思呼叫鑑識官。

「請問有什麼進展嗎？」

「我們在草地上找到幾根尼古拉先生的毛髮。」走過來的中年鑑識官用事務性的語氣說道。「泥土的部分有腳跟被拖行過的痕跡，所以確定是綁架。不過這附近幾乎沒有監視器或無人機……」

意思是目前完全沒有關於綁架犯的線索。

埃緹卡在池塘周圍走動，到處看看是否有什麼有利於辦案的蛛絲馬跡。自己靠肉眼就能發現的東西，鑑識課當然早就找到了。不過，也難保他們不會有遺漏。

追根究柢，尼古拉究竟為什麼會在半夜獨自離家呢？

身為母親的艾琳娜說肯定是發生了什麼嚴重的事。過去「惡夢」的被害人也都是主動與犯人見面——換句話說，尼古拉很有可能也是受到犯人的威脅，不得不赴約。

但他是案件的被害人遺族，應該很清楚犯人的手段。如果他明知如此卻仍沒有餘力思考便衝出家門，表示內容令他相當震驚——正當埃緹卡一個人陷入苦思的時候……

〈來自公共電話的語音電話。〉

——公共電話？

埃緹卡不禁疑惑地停下腳步。她忽然想起從公共電話打到市警局的模仿犯阿巴耶夫——不過想當然耳，對方不可能是他。

埃緹卡猶豫了一陣子，然後選擇接起電話。

「喂？」

就連自己也聽得出來，自己的音調明顯帶著戒心。

『——喂？』傳進耳裡的是熟悉的少女嗓音。『幸好妳接了！』

「……比加？」

出乎意料——埃緹卡想起今天早上在十字路口遇見的她。她應該說過自己今天要去學院。學院的設施位於聖彼得堡市內，當然與公共電話無緣。然而——

「等一下，妳現在在哪裡？該不會沒去研習？」

『不好意思。關於「噩夢」事件，我後來有一些想法。』比加激動地說道。難道她擅自調查了？『我現在人在指定通訊限制範圍。其實——我好像發現跟犯人有關的線索了。』

埃緹卡瞬間懷疑起自己的耳朵。她說什麼？

「什麼意思？」

『我晚點再說明，因為我身上的現金不多，電話就快斷了。』要用公共電話持續通話，確實得每隔一定時間就投入硬幣或是購買電話卡，簡直是化石般的系統。『總之，我希望冰枝小姐可以一起來看。我想回去那裡一趟，能不能約個地點碰面呢？』

「我知道了。我要先向拿波羅夫巡官報備——」

『我已經報備過了！』比加高聲打斷埃緹卡。『我先聯絡了哈羅德先生，他當時有替我跟巡官商量。然後，他們說會請冰枝小姐過來。』

拿波羅夫應該是考慮到比加的情報落空的可能性，才會這麼安排吧。如果讓人手集中追查不知是否可靠的線索，最後一無所獲，就會危及尼古拉的性命。

「這樣啊。」埃緹卡點頭。雖然他們倆完全沒有聯絡自己，但現在不是頻繁溝通的時候，這也沒辦法。「我馬上過去找妳。要在哪裡會合？」

『謝謝妳。我看看喔，地點就選在——』

如此結束與比加的通話以後，埃緹卡再度開啟地圖——搜尋她指定的會合地點。那好像是位於聖彼得堡市涅瓦區的一座小型停車場。距離這裡約有一個小時的車程，所以恐怕要晚歸了。

姑且傳送訊息給哈羅德吧。

埃緹卡透過YOUR FORMA打出簡潔的文章，回頭朝拉達紅星走去。如果這是可靠的線索，就需要請他過來一趟。不必說，當然應該那麼做——只不過……

可以的話，最好能比哈羅德更早找出犯人。

埃緹卡搭上拉達紅星，以祈禱般的心態發動引擎。

希望比加的猜想是正確的。

3

哈羅德不知道已經重複看了幾次埃緹卡傳送的最後一則訊息。

〈我可能會晚點回去。再聯絡。〉

哈羅德在警車上的副駕駛座望著全像瀏覽器。接收時間已經是八小時以前——他瞥了一眼緊黏在車窗上的黑夜，咬緊牙關。循環液的流動一直不太順暢。

跟埃緹卡分開以後，自己在家中到處尋找尼古拉留下的線索，結果一如預料沒有收穫。於是哈羅德為了跟她會合，搭拿波羅夫的車前往了那座池塘——然而，那裡並沒有埃緹卡的身影，她只傳送了這則訊息。

再怎麼等待，她都沒有繼續聯絡，也沒有回來。

他們發現這個異狀是在太陽開始下山以後。

「關於冰枝電索官的定位資訊——」駕駛座上的拿波羅夫帶著嚴肅的表情開口說道。「好像已經取得最後確認到的地點了。據說是在涅瓦區的停車場中斷的。」

「加快腳步吧。」

已經不能用難以處理來形容的焦躁狠狠刺進了思考的中樞。

既然埃緹卡在此刻下落不明，就應該假設她跟尼古拉一樣被犯人引誘並綁架了。

到目前為止，犯人從來沒有在遺體被發現以前就綁架第二個人。竟然到了現在，行動模式才有所改變——即使如此，應該也能預料到才對。自己太過慌亂了。而且犯人盯上了埃緹卡……盯上同樣是警方相關人士的她。犯人光是對模仿犯展示「真跡」還不滿足，甚至想超越自己過去犯下的案件嗎？

不行。

——『如果妳有找到什麼線索，請務必告訴我。』

——『……我知道了，我一定會聯絡你。』

分開的時候，這麼回答的埃緹卡別開了視線。這個舉動證明了她仍然對哈羅德參與辦案的事抱持反對的態度——自己明明很清楚，卻允許她同行。都是因為得知尼古拉下落不明的時候，自己任由情感引擎產生的惶恐影響了判斷力。

不知為何，自己不禁希望埃緹卡能夠陪在身邊。

但是——

哈羅德粗魯地握緊手腕上的穿戴式裝置。

腦袋裡彷彿有火焰即將引燃。

「……我應該繼續讓她遠離現場才對。」難以壓抑的後悔湧上心頭。「早知道她會成為犯人的目標，我就不該帶她來這裡。」

「如果那傢伙早就盯上電索官，不管待在哪裡，結果都一樣。」拿波羅夫很冷靜。或許是因為自己太過慌亂，才會這麼覺得吧。「沒想到犯人會蠢到再度對警方相關人士出手……」

假設——

假設他們倆都跟索頌一樣，以悽慘的模樣被發現。

自己這次恐怕無法維持理智。

抵達涅瓦區的停車場時，時間接近晚上九點。率先趕到現場的市警局鑑識課已經拉起了全像封鎖線——這裡是小型的停車場，頂多只能停放八九輛汽車。鑑識官正在調查遭到破壞的監視器。根據地圖，附近還有幾處停車場，而這裡因為地點的關係，使用者偏少，所以也不容易被目擊。

犯人應該很清楚這一點吧。

拿波羅夫將車子停在路肩的整排警車最後端。哈羅德立刻下車——看見電子犯罪搜查局的富豪汽車停在幾輛車前方。佛金搜查官正在車外跟比加交談。

「我有聯絡十時搜查官。」拿波羅夫一邊關上車門一邊說道。「她說會派人來支援，應該就是他們吧。」

「——哈羅德先生！」

看到哈羅德的比加立刻快步奔來。她在顫抖，恐怕不只是因為寒冷。那雙小小的手害怕地緊抓著自己的大衣。

「謝謝妳趕來支援，比加。」

「佛金搜查官接到十時課長的聯絡……我當時也在場，就請他帶我過來了。」她的語速比平常還要快。「市警局的人正在調查現場。他們說從痕跡看來，應該是綁架沒錯……而且也不知道犯人去了哪裡。」

「附近的監視無人機好像也沒有拍到疑似犯人駕駛的車輛。」佛金也走了過來。

「你跟冰枝沒有一起行動嗎，輔助官？」

「非常抱歉。是我疏忽了，沒有看好她。」

「不，我不是那個意思。」佛金一臉尷尬地按住後頸。他應該是想說自己無意責備吧。「抱歉，我好像也慌了。」

「在這種狀況下也是難免。」

「——哈羅德，你過來一下。」

哈羅德轉頭，發現拿波羅夫正在對自己招手。他穿過全像封鎖線，走進停車場。哈羅德跟佛金與比加說一聲，然後追上巡官。

不論如何——必須冷靜下來。

犯人將待在彼得霍夫的埃緹卡叫到了涅瓦區。移動時間將近一個小時，而她在這段期間都沒有通報警方。傳送給哈羅德的訊息也完全沒寫到類似的內容——犯人就跟對待其他被害人一樣，也威脅了埃緹卡嗎？

快點思考。

否則自己培養這雙「眼睛」就失去意義了。

拿波羅夫在被拋下的拉達紅星前方等待。熄滅的圓形頭燈有些淒涼地迎接了哈羅德。一名鑑識官正在調查車身。

哈羅德問道：「舒賓鑑識官休假嗎？」

「好巧不巧。」巡官點頭。「你把備用鑰匙給他吧，他說想看看車裡。」

哈羅德按照指示，把隨身攜帶的備用鑰匙扔給鑑識官。拿波羅夫轉身面向後方，於是他也照做——大量的分析蟻聚集在地面的一處。另一名鑑識官蹲在旁邊，從分析蟻的機身取出採集物。

哈羅德為了看清楚，用視覺裝置放大畫面。左胸的幫浦受到壓迫。

——是血液。

雖然血量並不算多，卻以不自然的形狀延伸，滲入了地面。

「這是犯人的血嗎？」拿波羅夫詢問鑑識官。

「還不知道。」鑑識官說了。「我正要分析。」

鑑識官將採集到的血液樣本滴到掛在脖子上的正方形分析裝置上。它會透過網路連接到個人資料中心的資料庫——掃描在短短幾十秒內結束，得出分析結果。

「——這是埃緹卡·冰枝電索官的血。」

一瞬間，哈羅德的視野開始搖晃。系統的負荷瞬間飆昇。

「她受傷了嗎？」

「是的，想必是跟犯人發生了打鬥。血跡幾乎都有變形，但勉強能區分為從利器滴落的形狀，以及從傷口垂直落下的形狀。另外——」鑑識官指著拉達紅星的旁邊。「我剛才在那裡的地上回收了電子犯罪搜查局的自動手槍（芙蘭瑪15），可見電索官曾試圖抵抗，在跟犯人纏鬥的過程中弄掉了槍，並遭到劃傷。」

「是致命傷嗎？」

「不是。根據分析蟻，原因是自衛……特別是來自手掌的出血。」

哈羅德聽著兩人的對話，努力恢復冷靜。他低頭看著地面的血跡——雖然被聚集的分析蟻擋住，還是看得出延伸在粗糙柏油路上的血跡。可能是在打鬥的過程中踩到，才會擴散成不自然的形狀。

——不。

哈羅德用鞋尖稍微撥開分析蟻。挺著矽膠機身的機器人們慌慌張張地搖晃著觸角，往左右兩側散開——啊啊，果然沒錯。哈羅德確定了一件事。

這絕非遭到隨意踩踏的痕跡。

「喂！」鑑識官注意到混亂的分析蟻，發出了語帶責備的聲音。「別這樣，你在做什麼？」

「拿波羅夫巡官。」

哈羅德不理會鑑識官，這麼喚道。

「這不是單純的血跡——而是『血字』。」

拿波羅夫與鑑識官似乎沒有聽懂，彼此面面相覷。

「不可能。」鑑識官搖搖頭。「分析蟻沒有得出那種結果。」

拿波羅夫也點頭。「這怎麼看都不像文字……」

「是的，因為尚未完成。應該是在寫完之前就離開這裡了吧。」

哈羅德不管一臉疑惑的兩人，蹲了下來。他調節視覺裝置的亮度，仔細觀察血跡

——可以清楚看見血跡被指尖勉強抹開，然後中斷的樣子。形狀類似字母，是「J」或「V」嗎？不，也有可能是「I」。不論是何者，原本要寫的應該不只一個字母，畢竟這樣根本看不懂。

如果是犯人，就會像阿巴耶夫當時那樣將訊息寫完。

所以留下這些血字的人是埃緹卡，而她肯定是在寫完之前就被帶走了。她曾試圖傳達些什麼，傳達的對象應該是自己被綁架後造訪這裡的警方相關人士——進一步而言，是要傳達給哈羅德。

可是血字相當嚇人，實在不像埃緹卡會想到的主意。在阿巴耶夫的遇害現場看見犯人留下的血字，影響了她的判斷嗎？

「巡官，請問有查到什麼嗎？」「請不要勉強哈羅德先生！」

腳步聲逐漸靠近。比加與佛金似乎取得許可，進入了停車場——哈羅德透過聽覺裝置隔絕了聲音。為了找到他們倆，快思考。埃緹卡為什麼要做這種事？為了表達綁架自己的人就是「聖彼得堡的惡夢」的犯人嗎？是有這個可能。不過，她在這種情況下失蹤，就算沒有血字，警方也自然會懷疑「惡夢」的犯人。即使她當下無法保持冷靜，有必要特地傳達這種顯而易見的訊息嗎？

自己忽略了什麼。

究竟是什麼……

——『那是因為「你看見了，卻沒有觀察」。要從各種角度去假設。』

索頌的聲音在耳朵深處重播。

聲音。

難道——

瞬間，斷裂的回路彷彿重新連接，竄起一股熱流——沒錯。這麼解釋的話，確實說得通。

哈羅德立刻站起身。

「怎麼了？」拿波羅夫呼喚。「這次到底……」

「是『聲音』。」哈羅德猛然回頭。「埃緹卡試圖寫下血字，目的卻不是傳達意思。她想透過血字讓我們想起阿巴耶夫的遇害現場，不……是想起他的平板電腦。」

沒錯，那臺電腦安裝了索頌的數位複製人。

「阿巴耶夫使用索頌的數位複製人，打了電話到市警局。也就是說——」

拿波羅夫、鑑識官、比加、佛金的視線一口氣集中到哈羅德身上。

「『惡夢』的犯人肯定是『偽裝了聲音，將被害人約出來』。」

假設有親近的人打電話，用某種急切的理由拜託自己「馬上過來」，大多數人恐怕都會相信——包含埃緹卡在內的被害人，甚至是索頌，都不疑有他地答應了犯人的邀約，這是唯一的原因。

也是阿巴耶夫毫無戒心地打開玄關門，讓犯人進入屋內的原因。

「所以，犯人認識阿巴耶夫的推測完全是錯誤的。」哈羅德咬緊牙關說道。「他過去出現在我面前的時候，曾使用市售的變聲器改變聲音。但是，事實不只如此。他是不是有手段能使用他人的聲紋資料，假冒成被害人的熟人呢？」

一瞬間，茫然的沉默籠罩了現場。

遠方的某處傳來鑑識官下達指示的聲音。

「簡單來說——」拿波羅夫擠出這句話。「犯人也做了數位複製人嗎？」

「據說一名數位複製人的製作要花上三週的時間。考慮到過去的犯案間隔，那麼做並不實際。」哈羅德持續思索。「如果我是犯人，就會選擇更簡易的方法……」

「什麼方法？」佛金說了。「要說其他方法，我只能想到利用違法的訂製業者，將人類的聲紋資料寫入阿米客思。」

「可是，我不認為阿米客思能透過電話扮演他人。」

「——確實有更簡易的方法。」

緩緩開口的人是比加——她握緊雙手，綠色眼睛閃著燦爛的火光。她的嘴唇下定決心似的顫抖著。

「靠『生物駭客』就行了。」她清楚地這麼說道。「生物駭客的手術中也包含操弄聲音的方法。犯人搞不好是植入了可以讀取聲紋資料來改變聲音的『變聲裝置』……」

——真是意想不到的盲點。

整整兩年半，埋藏在黑暗中的線索一口氣被挖掘出來。

如此接近犯人的感覺，過去從來不曾有過。

「比加。」

哈羅德一呼喚，她便使勁點頭，那對三股辮華麗地搖晃著。

「我認識在聖彼得堡郊外販售變聲裝置的生物駭客，或許能從顧客名單當中找出犯人！」

*

生物駭客經營的店面位在諾夫哥羅德，距離聖彼得堡要兩個小時以上的車程——市中心是要塞城市，舊時的城牆遺跡保留到了今日。現存的克里姆林宮成了熱門的觀光勝地，而為了防止景觀遭到ＭＲ廣告破壞，城市的一部分已經化為指定通訊限制範圍，就跟過去造訪的科茲窩地區一樣。

比加帶領哈羅德前往的地方，就是位於通訊限制範圍內的「汽車用品店」。

「這只是表面上的招牌。」她如此說明。「總不能正大光明地自稱是生物駭客。」

哈羅德看著幾乎要融入黑夜的「汽車用品店」——裸露的泥土地上停著幾輛舊車，看似以３Ｄ列印所製造的組合屋內透出了光線。入口的大門是敞開的，傾斜的電線桿的路燈反覆閃著令人不安的光芒。

「竟然有店面，真令人驚訝。而且還是距離市中心這麼近的地方。」

「這份工作很好賺，所以有些人會像這樣搬到城市裡。如果是在指定通訊限制範圍，也不容易被發現是機械否定派。」

「妳有見過這裡的生物駭客嗎？」

「只見過一次。總之，我們快點進去吧！」

她小跑步奔向組合屋。哈羅德也跟上她，同時確認穿戴式裝置。拿波羅夫傳送了簡潔的報告訊息，應該是進入通訊限制範圍之前收到的——巡官帶著自願幫忙的佛金搜查官，指揮市警局的搜索部隊。為求慎重，他們好像也會投入數位複製人相關的調查，不過目前還沒有收穫。

時間已經過了午夜十二點。

比加把手放到組合屋的門上，但門已經上鎖，打不開。她勇敢地用拳頭連連敲門——過了一陣子，一名中年男性斯拉夫人帶著不悅的表情開門了。他的嘴脣上方留著整齊的鬍子。

「很抱歉，我們已經打烊了。」

「是我，我是比加！」她心急地說道。「我是丹尼爾的女兒。還記得嗎？就是上次來這裡買零件的同業……」

「我忘了。妳明天再來吧。」

男人一點也不在乎，馬上就要關門——哈羅德迅速用鞋尖擋住門縫。男人錯愕地回過頭，哈羅德則對他亮出分局的身分證明用徽章。

「我們是警察，很抱歉這麼晚還來打擾。」哈羅德這麼說著，同時觀察他的反應。瞳孔明顯縮小了。既然從事生物駭客這個職業，也難怪他有許多見不得人的祕密。「只要你願意協助辦案，我們就不會追究你的工作。」

「區區阿米客思說什麼大話——」

「既然這樣，要不要我請真人警察過來？」比加也誇張地吊起眉毛。「那樣一來，他們可能會徹底調查我們不會調查的地方，然後逮捕你喔！」

「啊啊，可惡，到底是怎樣啊……」

男人大概是知道自己逃不掉了，於是認命地放哈羅德與比加進入組合屋——室內就像倉庫一樣。鋼製貨架上堆放著無數個收納箱，幾個放不下的箱子將地面填滿。有一個區塊被隔板圍起，作為簡易的「手術室」使用。老舊石油暖爐的氣味莫名嗆鼻。

比加對男人說道：「你這裡還有在賣變聲裝置吧？」

「有是有，但不受歡迎。最後賣出已經是一年多前的事了。」

「沒關係。」哈羅德伸出一隻手。「可以讓我們看看顧客名單嗎？」

「上面全都是假名。」男人一臉不情願，將一疊用繩子裝訂的皺巴巴紙張甩到哈羅德的胸前。「看完這個就快給我滾。」

即使是假名，也會透露出本人的偏好。

哈羅德快速翻閱顧客名單。

「所以，妳是從什麼時候開始跟警察聯手的？」男人用厭煩的表情瞪著比加。「有像妳這樣的間諜，只會妨礙我們工作。真是夠了。」

「我不是間諜，是正式的顧問。」

名單上記錄了日期、姓名、性別、手術內容——哈羅德一口氣翻到「惡夢」事件發生的兩年半前，尋找手術內容寫著「變聲裝置」的顧客。相當不好找，可見這項商品確實不受歡迎。終於找到一個人，性別是女性。不對。

他翻到下一頁。

「怎麼樣，哈羅德先生？」

「請再稍等一下。」

哈羅德從上到下檢視名單——忽然發現「變聲裝置」的文字。性別是男性，手術日剛好是「惡夢」事件發生的一週前。

姓名欄以歪七扭八的筆跡寫著「蒙馬特」。

「『蒙馬特』。」從旁看著名單的比加唸出這個名字。「是巴黎十八區的蒙馬特地區嗎？我記得畢卡索和達利以前就是住在這附近……」

對了，比加對美術領域很熟悉。哈羅德想起剛認識的時候，他們曾一起去艾米塔吉博物館，聽她講述透過書本學到的知識。

阿巴耶夫遇害時的血字是用畫筆寫成。

「從現場的痕跡看來，犯人很有可能對美術感興趣。」

哈羅德開啟裝置的全像瀏覽器。他原本想搜尋蒙馬特這個地名，卻又想起這裡是指定通訊限制範圍，無法連上網路。

「那是在十九世紀改造巴黎的時候，有許多畫家聚集的地區。」比加代為回答。

「蒙馬特這個地名來自『殉道者山丘（Mont des Martyrs）』……簡單來說，就是巴黎的聖德尼。聖母院有他的雕像。」

「那是什麼樣的雕像？」

「呃，就像這樣。」比加把手放到胸前。「『抱著自己的頭』。」

——抱著自己的頭？

「聖德尼在蒙馬特山丘被處以斬首的死刑。傳說他後來撿起了自己的頭，邊走邊講道了一陣子……雕像就是在表達當時的情境。」

「聖彼得堡的惡夢」中，被害人的頭部都被擺放在軀幹上。

如果正如索頌所言，犯人只不過是實踐了自己的幻想——不同於聖德尼的雕像，其中應該沒有宗教上的涵義。但沉醉於美術鑑賞的犯人也有可能受到不小的影響。

循環液再次慢慢發熱。

——這個「蒙馬特」或許就是犯人。

「不好意思。」哈羅德望向一臉無聊地在一旁觀看的生物駭客。「你還記得兩年半前有一個叫作『蒙馬特』的客人來過這裡嗎？」

「我只記得昨天的客人和吃過的飯，兩年前根本就是我出生以前的事了。」

「那麼，請讓我們看看那裡的紀錄。那不是用來唬人的吧。」

哈羅德視線投向鋼製貨架與天花板的縫隙——那裡塞著一個沾滿灰塵的布袋。自己的視覺裝置看得到袋子上開了個小洞，裡面藏有監視器。這是所謂的「自保手段」，但應該不想讓抱著虧心事而來的客人察覺到吧。

「喂喂喂，以前從來沒有客人發現那東西耶。」男人露出煩躁的表情，非常不想配合。「你們真的會放我一馬，不會告發我吧？」

「當然了。」比加拉高音量說道。「我們保證，所以快點！」

男人用慢吞吞的動作將一臺牽著長長纜線的筆記型電腦拉過來——他叫出監視器紀錄的期間，哈羅德都抱著某種祈禱般的心情等待。

不祥的想像附著在系統的內側，揮之不去。

想像中的埃緹卡與尼古拉被砍下頭部，定睛注視著自己。

拜託快點。

「——這傢伙就是『蒙馬特』。現在回想起來，確實有這麼一個人。」

生物駭客將電腦推了過來。

哈羅德與比加看向沾滿指紋的螢幕——上面映照著一名剛走進組合屋的男人。他用鴨舌帽遮掩了臉部，難以看清長相。目測身高大約是一百七十五公分左右。他駝著背，看起來沒什麼自信。體格比記憶中的「黑影」略矮一些，但身高只要靠鞋子就能輕易偽裝。

影片並沒有聲音。蒙馬特跟生物駭客對話的期間也會好奇地環顧店內——那張臉無意間轉向監視器。

隱藏在鴨舌帽下的長相被拍得清清楚楚。

哈羅德一瞬間忘了模擬呼吸。

——怎麼會。

自己從來沒有想過這個可能性。

如果他真的是犯人，為什麼自己至今都沒有發現？

系統的處理差點停頓。

根本無從懷疑。

「蒙馬特有沒有提過使用變聲裝置的目的？」

比加用自己帶來的平板電腦拍下筆記型電腦上的畫面。

「要是老問那種問題，就不會有客人上門了。」男人不知不覺間叼起了從某處拿出的香菸。「已經夠了吧？我明天還要工作呢。」

「不，請等一下。我們還——」

「已經夠了，你幫了大忙。」哈羅德打斷比加，將電腦還給他。「感謝你的配合。我們先失陪了。」

哈羅德幾乎是用跑的離開店面——左胸幫浦的運作速率明顯飆昇。哈羅德急切地奔向車子。

「哈羅德先生。」比加小跑步跟了上來。「剛才的『蒙馬特』就是犯人嗎？」

「很有可能。一離開指定通訊限制範圍，就要立刻聯絡拿波羅夫巡官。」

「我拍了照片，等一下請分享給巡官。」

哈羅德正要搭上拉達紅星的時候，比加忽然抓住了他的袖子——他一回頭，便看見她不安的眼神。比加的臉頰因寒冷而明顯泛紅。

「那個……回程由我來開車就好，請稍微休息一下。」

「謝謝妳，不過我不會感到疲勞。」

「但你還是休息一下比較好！」

比加不退讓，拉著哈羅德移動。哈羅德很感謝她的關心，但現在不是休息的時候——不過，她的小手就是不放開袖子。結果，哈羅德就這麼被她塞進副駕駛座。

占據駕駛座的比加調整座椅，發動引擎。

「我知道你很擔心冰枝小姐他們，但把自己逼得這麼緊會搞壞身體的。」

「我們就算壞了也可以修理。」

「應該也有些地方沒辦法修理。」

哈羅德微微挑動眉毛，完全不明白她話中的意思——握在比加手裡的方向盤看起來特別大。

拉達紅星以有些生硬的動作起步。

「你知道嗎？就算只是閉上眼睛也有休息的效果。」

「比加，妳的心意我很高興——」

「請照我說的去做。」

她堅持不讓步，於是哈羅德只好閉上眼睛。自己再怎麼焦急，確實也沒辦法一口氣回到聖彼得堡。

腦中浮現在影片中望著鏡頭的蒙馬特。

就連當時待在他身邊的索頌也渾然不覺。

根本無從察覺。

畢竟他——「不會散發『訊號』」。

強烈的焦躁與懊悔逐漸滲出。

過了一陣子，車子駛出指定通訊限制範圍。

4

某人在某處不斷低語，像是在哀求「醒醒，快醒醒啊」。

埃緹卡微微睜開眼睛——臉頰接收到冰冷水泥的觸感。看來自己的身體毫無防備地躺在地上。雙手被綁在背後，雙腳則被綁在一起，完全無法起身。

這種感覺很熟悉，就跟以前被艾登．法曼綁架時一樣——一旦理解這一點，腦袋便徹底清醒。埃緹卡試圖操作YOUR FORMA，但果然被絕緣單元切斷了網路的連線。

糟透了。

就像終於想起似的，手掌的傷口重新感受到燃燒般的痛楚。

埃緹卡開始回想——自己在比加的邀約下離開彼得霍夫，一個人前往涅瓦區的停車場。但埃緹卡到了現場還是沒有見到比加，一下車就被一名蒙面男子抓住。她試圖拔槍抵抗，卻又被奪走，然後發生激烈的扭打。惱羞成怒的男人拔出刀子，埃緹卡則反射性地抓住刀子以保護自己——卻被深深劃傷手掌，甚至被制伏在地，然後插上絕緣單元。

那個時候，埃緹卡已經確信這個男人就是「聖彼得堡的惡夢」的犯人。

自己就這麼受騙，被他引誘到指定地點。

別說是幫忙搜索尼古拉，自己甚至還在扯後腿。

埃緹卡心想至少也要為哈羅德留下關於犯人的線索，所以試圖以自己的血液來模擬血字——卻完全不記得後來發生的事。自己恐怕是被毆打，昏了過去吧。

埃緹卡煩躁地轉動脖子，便感到微微的頭痛。

這裡沒有燈光，但有汽車的輪廓浮現在黑暗之中。那是一輛大型的廂型車，引擎蓋前方有放下來的鐵捲門——這裡好像是某處的車庫。

「太好了。」幾乎等於吐息的聲音從黑暗的深處傳來。「電索官，妳還好嗎？」

還有其他人在嗎？

埃緹卡勉強面向聲音的來源。車子的另一側有看似人影的東西在動。對方好像也跟自己一樣，遭到綑綁。那個人就像條毛毛蟲似的躺在地上——看不見臉。不過，從體型能看出對方是男性。

這個瞬間，埃緹卡突然意會過來。

難道他是——

「尼古拉先生？」

「是的，沒想到連妳都被帶來這裡了……」

他還活著——一瞬間，難以言喻的安心感湧上心頭。太好了，他仍然平安。必須盡早告訴哈羅德等人這個好消息。

「我們一定會救你的。」埃緹卡改成趴著的姿勢。總之得解開這條繩子才行。「犯人去了哪裡？」

「他把妳放在這裡，就跑出去了。車子還留在這裡，所以我想應該沒有走遠。」

「請問我睡了多久？」

「我不知道，很抱歉。我沒有餘力確認時間——」

忽然間，某處傳來咚的一陣沉重聲響。兩人閉上嘴巴。這個車庫或許跟住宅之類的建築相連。回音聽起來並不像是來自屋外——風把鐵門吹得嘎嘎作響，某處傳來波浪的聲音。那不是自來水，而是自然環境的水聲。是河川，或是海浪的聲音嗎？

埃緹卡試圖在想像中開啟聖彼得堡一帶的地圖。

突然間，車庫的門打開了——埃緹卡初次發現那裡有一扇門。燈光撕裂了黑暗，塑膠摩擦般的腳步聲傳來。有人走進車庫了。埃緹卡全身緊繃。

背部起了雞皮疙瘩。

現身的是那名擄走自己的男人。他仍然用面具遮掩臉部，看不見其容貌。偏黑的服裝外穿著包覆全身的透明雨衣。

「不、不要過來！」

尼古拉害怕地大叫，但男人不由分說地抓住他的衣領，甚至想用拖的方式將他帶出車庫。

「等等！」埃緹卡叫道。「不要對那個人出手……！」

不過，男人充耳不聞。尼古拉抵抗無效，被拖出車庫。磅的一聲，門毫不留情地關上，哀號聲逐漸遠去。

糟糕了。

埃緹卡拚命掙扎，想起以前遭到法曼束縛的時候，繩子自行斷裂的事——不過，這次運氣沒有站在自己這邊，繩子文風不動。

不行。

再這樣下去，尼古拉會被殺掉……

「可惡……！」

埃緹卡光是在嘴裡咒罵就費盡力氣。

尼古拉的淒厲哀號聲傳了過來，然後突然中斷。

＊

「『聖彼得堡的惡夢』犯人是卡濟米爾・馬爾提諾維奇・舒賓。」

在駛離諾夫哥羅德的拉達紅星車內——從哈羅德的穿戴式裝置開啟的全像瀏覽器散發著明亮的光芒。映照在其中的拿波羅夫巡官似乎正在市警局總部內走動，佛金搜查官也跟在他身旁。

『……你說什麼？』

「就是鑑識課的舒賓。」哈羅德用銳利的語氣重複。「你也很了解他吧。」

沒錯——剛才在生物駭客的店裡確認到的監視器畫面中，確實出現了舒賓的身影。雖然他壓低了鴨舌帽的帽簷，但垂在眼前的瀏海毫無疑問是屬於他的，駝背的特徵也跟本人一致。

拿波羅夫原本想一笑置之，但似乎失敗了。『開玩笑的吧？』

「我傳送照片過去。這是比加直接翻拍店裡的監視器畫面的照片。」

哈羅德操作比加借給自己的平板電腦，將舒賓的照片傳送給拿波羅夫。巡官透過YOUR FORMA收到了照片，靜靜閉上眼睛幾秒——他看起來既像在拚命保持冷靜，也像是對難以接受的現實感到氣憤。

「對照側寫的內容，舒賓確實符合犯人的形象。」哈羅德回想索頌建構的側寫。「他今年三十五歲，性格絕非外向。雖然他不是醫療業人員，但隸屬於接觸屍體的鑑識課，對美術領域也很熟悉。他並沒有表明自己屬於機械派，但他根本不會展現自己的感情，所以內心也有可能厭惡阿米客思。」

另外，鑑識官平時就有許多機會進出個人資料中心——警方相關人士本來就能透過自身的YOUR FORMA來取得對方的個人資料。而且基於鑑識官的工作性質，閱覽資料中心的生物資料時，他們可以簡化一部分的手續。他恐怕是利用身為鑑識官的權限，取得了特定使用者的聲紋資料。只要利用個人資料，也能掌握被害人的人際關係，找出其熟識的親友。

「不過即便是鑑識官，能夠取得的生物資料也有限制。對象必須同樣是警方相關人士，或是曾犯下不論輕重的罪行。」哈羅德邊思考邊說。「假設埃緹卡與索頌是被他使用某位同事的聲音叫出去的，其他被害人除了朋友派這個特徵，可能也有熟人具備犯罪經歷的共通點。」

『可是——』拿波羅夫扶著額頭這麼說。他已經完全停下腳步了。『舒賓在阿巴耶夫的現場主動分析了血字的特徵。自己解說自己的犯罪過程，風險不是很大嗎？』

「正好相反。有可能正因為自己是犯人，才會為了避免被懷疑而解說。」

『原來如此。』在一旁聽著的佛金低聲說道。『嫌疑人之中，確實有人會假裝成目擊者，主動干涉警方辦案。』

「而且像市警局這麼大的組織，應該會有定期的健康檢查吧？」比加握著方向盤，插嘴說道。「那就請調查看看。如果曾接受生物駭客的手術，大多數人都會為了隱瞞而翹掉健康檢查。」

『……我來確認舒賓的個人資料。』

說完，拿波羅夫似乎連上了使用者資料庫。過了不久，舒賓的資料被分享到哈羅德的穿戴式裝置——上面記載著出生年月日、出身地、學歷……病歷及健康檢查的診斷日。從案發的兩年前開始，紀錄確實中斷了。

佛金問道：『市警局沒有實施思想調查嗎？』

『有是有，但並沒有像精神鑑定那麼嚴謹。』拿波羅夫有些壓抑地說道。『像舒賓這樣能裝成正常人……具有所謂雙面性格的精神病患就能逃脫。』

這已經可說是罪證確鑿了。

「巡官，請取得舒賓的定位資訊。」

『……他有可能裝著絕緣單元。』

拿波羅夫立刻開始申請，但似乎仍無法接受熟識已久的部下就是犯人。哈羅德也非常震驚。不過，現在不是受情緒擺布的時候——事情關係到埃緹卡與尼古拉的性命。

『——他好像在拉多加湖附近的達恰。』不久，拿波羅夫宣告的地點就像高燒時的囈語模糊地響起。『那附近有許多達恰，但冬天幾乎沒有民眾出入，空屋很多。』

「所以說……就像殺害索頌時一樣，舒賓打算再次利用空屋犯案？」

『非常有可能。他或許是想藉著對比過去的案件，強調這次案件的悽慘程度吧。』

即使如此——他也別想再奪走任何一個人。

卡濟米爾・馬爾提諾維奇・舒賓。

哈羅德再次默念這個名字。

終於找到你了。

『——我們會前往這棟達恰。哈羅德，你們也馬上過來會合。』

第四章——地下室的黎明

1

尼古拉的哀號已經徹底停止。

被獨留在車庫的埃緹卡用肩膀匍匐前進，爬向門的下方。她雖然沒有想到什麼好點子，卻還是無法坐以待斃。

不論如何都必須救出尼古拉。

埃緹卡挺起上半身，踉蹌地用膝蓋起身。她試圖用下巴將門把往下壓，然後往前推卻失敗──幾乎要衝破血管的焦躁湧上心頭。拜託快啊！

埃緹卡又試了一次，總算跌到門外。過頭的力道讓她的下巴撞到地面。鐵鏽的味道在嘴裡擴散──眼前是一條走廊。車庫果然是直接與屋內相連的。埃緹卡開始勉強向前爬，不知是灰塵還是沙土的汙垢在身體底下發出陣陣摩擦聲。

她離盡頭的門只有不到三公尺的距離。可是，感覺卻遠得彷彿永遠搆不到──門縫是開啟的。寂靜慢慢流到門外。

埃緹卡用全身衝撞的方式打開門。

以大小而言，這裡應該是客廳。來自窗外的微弱月光照亮了空無一物的室內——埃緹卡現在才發現，原來這裡是空屋。

男人背對著埃緹卡，蹲在地上。尼古拉躺在男人的腳邊。他一動也不動地閉著眼睛，但好像只是昏倒了，還有呼吸。男人的手裡握著凶狠的小型電鋸。

尼古拉的手腳已經脫離繩子的束縛，無力地垂在地上。

——難道是為了切斷四肢才刻意這麼做的嗎？

埃緹卡試圖阻止，反射性地想站起來。不過她當然沒有成功，很快便跌坐在地——聽見聲音的男人回過頭來。彼此是否對上了眼呢？對方緩緩站起來。被塑膠袋套住的鞋尖轉過來朝向埃緹卡。

他踏出步伐。

怎麼辦？該怎麼辦才好？

轉眼間，男人便站到眼前。戴著黑色手套的手抓住埃緹卡的衣領，粗魯地將她拉了起來。埃緹卡一邊呻吟，一邊拚命動腦。

要跟對付法曼時一樣，咬住對方的手嗎？可是他戴著厚厚的手套，恐怕不會有多大的效果。就算想踢開他，雙腳也無法自由活動——男人的手重新握好電鋸。他的手指早就已經放在扳機式的開關上。

全身寒毛直豎。

怎麼能死在這種地方。

——我不想死。

不過……

男人突然放開了埃緹卡的衣領。

——咦？

埃緹卡一瞬間愣住。男人好像又想到了什麼，順手把電鋸放到地上。他有點害怕似的後退了幾步——埃緹卡只能一頭霧水地望著這一幕。他到底是怎麼了？

「……冰枝電索官。」

男人依然維持比加的聲音。

「——妳是優秀的搜查官……所以一定能——」

突然間，月光開始帶有灼熱的白色，掃過窗戶——是車輛的頭燈。男人猛然抬起頭。不過幾秒的時間，外頭便傳來開關車門的聲音，另外還有微微的交談聲。有人來了。是男人的同夥嗎？不……

寂靜。

突然間，男人轉過身。

然後朝房間深處的車庫奔去。

「慢著！」埃緹卡只能扭動身體。「你要去哪裡——」

隨後，冰霰般的腳步聲湧進客廳。

「——解除警報！已經找到兩名人質，呼叫救護隊！」

埃緹卡勉強抬起頭。現身的是圍著圍脖的拿波羅夫巡官。他單手拿著左輪手槍，小心翼翼地奔來——埃緹卡頓時鬆了一口氣。

趕上了。

詢問他們為何能找到這裡，恐怕是多此一舉吧。畢竟自己就是希望他們能發現，才會留下痕跡……如果是哈羅德，一定能讀懂其中的訊息。

不過，埃緹卡原本幾乎是半放棄的狀態。

「在裡面的車庫！」「他要開車逃走了，繞過去包圍他！」

穿著防彈背心的兩名警員匆匆經過眼前。

「妳沒事吧，電索官？」拿波羅夫立刻解開繩子。「有沒有受傷？」

「我沒事。別管我了，尼古拉先生他——」

埃緹卡活動重獲自由的手腳，並拔除後頸的絕緣單元。她轉頭望向尼古拉——不知何時趕到的醫護人員已經圍在他的身邊，馬上開始簡易診斷ＡＩ的掃描。現在只能祈禱他沒有大礙了。

「巡官。」埃緹卡發問。「既然已經查出這裡，就表示你們知道犯人是誰了嗎？」

「是啊，我們知道。這一切都是舒賓幹的。」

拿波羅夫一臉苦惱地皺起臉——埃緹卡花了一段時間才聽懂。舒賓是指那個陰沉的鑑識官嗎？埃緹卡在腦中重疊方才出現在眼前的男人與舒賓的身影。現在回想起來，他的人物形象確實與犯人的側寫相符……

不過，自己完全沒料到會是他。

「冰枝小姐！」

嬌小的人影衝進來，打斷了埃緹卡的思緒——竟然是比加來了。她帶著泫然欲泣的表情跑了過來。

「為什麼？」埃緹卡搖搖晃晃，好不容易才站起來。「妳怎麼會在這裡？」

「我也來協助辦案，發現犯人是請生物駭客植入變聲裝置……不，這不重要！」她的眼睛變得紅通通。比加伸出纖細的雙臂，緊緊擁抱埃緹卡。「妳還活著，妳還活著，太好了……！」

這份溫暖讓埃緹卡差點放下心來。

「這裡很危險。」埃緹卡輕輕撥開比加的手。「犯人還在裡面，妳快出去。」

「沒關係，警察會抓住他的。佛金搜查官也來了，冰枝小姐妳快點去醫院……啊，妳的手掌也受傷了！」

她抓住埃緹卡的左手，臉色發白——不過，自己的傷勢一點也不重要。埃緹卡環顧四周，只看到醫護人員的身影。拿波羅夫戴上手套，撿起舒賓留下的電鋸。警員的怒吼從某處傳來。

哈羅德不在。

平常的他明明會搶先趕到現場，甚至令人煩躁。

「路克拉福特輔助官在哪裡？」

「他沒事，就在外面。」比加安撫似的說道。「為了防止舒賓逃走，大家都開車包圍了房子附近……」

埃緹卡感覺到焦慮正在膨脹。

——不行。

「不要讓他靠近舒賓。」

「咦？」

「馬上讓他回家。必須讓他遠離現場——」

咚的一聲，震撼腹部的巨響傳出。

埃緹卡與比加都僵住了。

——是外面傳來的。

埃緹卡立刻甩開比加的手，跑了出去。埃緹卡奔過走廊，直接推開擋在玄關的警衛

阿米客思——眼前有一片覆蓋地平線的漆黑海洋。不，不對。

〈拉多加湖。〉

一顆星星都沒有的深夜湖泊——原來自己聽見的水聲就是來自這裡。

空屋位於突出湖面的達恰區一角，屋前有鋪著沙子的空地——此刻舒賓的廂型車正好強行衝破尚未完全開啟的車庫鐵捲門，包圍房子的兩輛警車試圖阻擋廂型車的行進方向。可是舒賓穿越車間的縫隙，勉強逃脫了。加速過猛的警車互相衝撞，磅的一聲，貫穿鼓膜的破碎聲響起。

——不會吧。

廂型車持續加速，衝向圍起庭院的木門。幾乎腐朽的木門被輕易撞倒，凹凸不平的車身於是跌跌撞撞地駛進道路——守在外頭的一輛車亮起頭燈。那輛車猛然加速，追逐開始逃逸的廂型車。

熟悉的栗紅色休旅車。

拉達紅星。

「——路克拉福特輔助官！」

一瞬間，拉達紅星的速度彷彿慢了下來。

然而，埃緹卡的吶喊沒有傳達到——廂型車與拉達紅星的尾燈在轉眼間遠離。兩輛車互相重疊，被吸往蜿蜒道路的遠方。

只有包圍在四周的森林陰影在搖晃，發出嘲笑般的沙沙聲。

——沒能阻止他。

光是這個事實就讓雙腿難以動彈。

啊啊，該怎麼辦才好？

「拿波羅夫巡官，我要去追輔助官！」

埃緹卡回過神來。停在庭院內的富豪汽車放下車窗，佛金從駕駛座探出身子喊道——埃緹卡回頭，看見拿波羅夫正從屋內走出來。他大聲回應：「我也馬上過去！」

佛金揮手表示了解，駕駛富豪出發。

「巡官。」埃緹卡無法不問。「拉達紅星上面只有輔助官一個人嗎？」

「是啊。不過他有敬愛規範，就算追上犯人也無法抓住對方。」

「如果你要去追輔助官，請讓我一起去。」

「——不行啦！」比加從後方拉住埃緹卡的手。她追過來了。「妳得去醫院請醫生看看才行。妳的傷很深，就算只是手掌——」

「我沒事，血已經止住了。」

千萬不能讓哈羅德和舒賓兩人獨處。

自己也知道，這是非常多管閒事的行為——埃緹卡已經親眼見識到，失去索頌的他究竟是在什麼樣的環境下生活到今天。潛入身為遺族的艾琳娜腦中時，感覺就像是親身體會了那份痛楚。讓人喘不過氣的憤怒，以及悲傷。

哈羅德有足夠的理由復仇。

自己沒有權利阻止他。

埃緹卡在腦中默念曾對自己說過好幾次的話語。

可是，即使如此，她還是無法坐視不管。

就算是多管閒事也好。

可以確定的是——不該再讓他背負更多重擔了。

「人手確實是愈多愈好。」拿波羅夫回頭看著互撞的車輛。幾名警員被趕來的醫護人員拖下車。「電索官，妳有帶武器嗎？」

埃緹卡伸手摸索腿上的槍套，這才想起裡面沒有槍。對了，自己在那座停車場跟舒賓扭打時，不小心弄掉了槍——忽然間，比加從肩背包拿出一個東西，遞給埃緹卡。

那是裝在證物袋裡的自動手槍。

「鑑識課的人請我把這個還給冰枝小姐。」比加仍然垂下眉尾，不太服氣地說道。「其實我還是希望妳去醫院一趟……」

「謝謝妳，比加。」

埃緹卡心懷感激地收下，從袋子裡取出手槍。她先確認剩餘的子彈，然後把手槍插進槍套——埃緹卡轉頭看著比加，她便一臉擔心地點頭回應。雖然對她很抱歉，但現在比起自己的傷勢，還有更重要的事該處理。

「比加，妳就陪著尼古拉吧，好嗎？」

拿波羅夫如此交代，快步向前走。埃緹卡也趕緊追上去——前方有看似由巡官開來的完好警車。

總之，必須盡早追上哈羅德。

埃緹卡鑽進副駕駛座，拿波羅夫也立刻坐上駕駛座。他一邊拉著安全帶，一邊發動引擎——車輛直接駛離庭院，衝上道路。轉眼間，比加的身影已經消失無蹤。

埃緹卡努力安撫自己的情緒，這麼問道：「話說回來，你們怎麼知道是舒賓？」

「哈羅德和比加發現犯人會使用變聲裝置來改變聲音。生物駭客店裡的監視器好像有拍到舒賓。」拿波羅夫一臉懊悔地握緊方向盤。「我已經認識他很久了，卻完全沒有發現。真是被擺了一道。」

「我也很驚訝。」不過，已經有充分的證據了。「舒賓原本想殺我，但好像半途改變了主意。尼古拉的繩子也被解開了……」

說著說著，埃緹卡開始覺得他的態度確實很弔詭——是因為察覺有追兵逼近，才會暫停犯案嗎？可是舒賓裝著絕緣單元，所在地應該不會輕易曝光。不，等等。

埃緹卡開始回想。

——他後頸的連接埠沒有插上任何東西。

「舒賓每次犯案，應該都會裝上絕緣單元。可是，這次他沒有裝。」他明明知道如果沒有這個東西，自己的定位資訊就會洩漏。「他原本好像想對我說些什麼，就在巡官你們抵達之前——」

純淨的黑暗爬上擋風玻璃。

拿波羅夫從鼻子深深嘆了一口氣。

「……我知道他會去哪裡。逮到他之後，就向他詢問詳情吧。」

埃緹卡與拿波羅夫前往的地方是距離拉多加湖約一個小時車程，位於奧赫塔河邊的住宅區——而且是休耕地正中央，只有許多空屋的廢墟聚集地，周圍只有荒廢的農地無止盡地延伸。根據YOUR FORMA的介紹，這個地區曾經盛行郊區農業，過去有許多農民居住在這裡。不過自從疫情結束，以阿米客思與無人機為主的大量栽培設施（人工氣候室）成為主流，這裡就徹底沒落了。如今，只剩冰冷的廢棄房屋還留在這裡。

拿波羅夫停車的地點是一棟民宅前。在黎明前的天空下，就連屋頂的顏色都難以分辨。不過，這棟房子相當老舊——只有在後面流動的奧赫塔河帶著細微的流水聲，讓人知道這塊土地並沒有完全死絕。

埃緹卡解開安全帶。「這裡是？」

「索頌遇害的空屋。既然舒賓試圖超越過去犯下的案子，最終應該會把妳和尼古拉帶來這裡。」

拿波羅夫率先下車。埃緹卡也下了車，同時用YOUR FORMA搜尋過去的新聞報導——關於「聖彼得堡的惡夢」，幾個提到詳細地點的網頁出現在搜尋結果中。報導中確實有寫到，索頌遇害的地點是休耕地附近的廢墟。

不過——放眼望去，到處都沒有舒賓的廂型車。

當然了，哈羅德的拉達紅星也絲毫不見蹤影。

「舒賓應該沒有來這裡吧？」

「他肯定會來。他的定位資訊現在也正朝這裡持續移動。」

巡官用熱切的語氣說道，往空屋走去，表示要「在這裡埋伏」。個人資料中心應該正持續傳送舒賓的定位資訊給他，但埃緹卡沒有共享到這份資訊——埃緹卡暫時確認手槍的狀態，並且追上拿波羅夫。

等舒賓來到這裡，就必須立刻制伏他。

為了避免讓追上來的哈羅德碰到他一根寒毛。

老舊不堪的玄關門沒有全像封鎖線，只貼著紙製的封鎖線。拿波羅夫扯下隨風飄動的封鎖線，硬是打開安裝不良的門。也許是本來就鎖得很隨便，他用力一推就輕易打開了。

兩人踏入屋內。

霉味立刻包圍全身，讓埃緹卡皺起眉頭。好糟的地方。拿波羅夫往走廊深處前進。階梯後面的地面有一扇打開的地板門，裡頭盈著滿滿的黑暗。拿波羅夫毫不猶豫地朝裡面走去。

「巡官。」埃緹卡遲疑了。「如果要埋伏舒賓，在這附近也……」

但拿波羅夫似乎沒聽到，直接消失在地下室。埃緹卡回頭瞄了一眼玄關門。就算豎起耳朵，還是聽不見車輛的引擎聲——埃緹卡思考了一下，然後往地板門裡面走去。階梯的薄薄木板吸收了濕氣，已經是半腐朽的狀態。靴子一踩上去，階梯便發出令人不安的噪音。

拿波羅夫在底部等待著。

「——這裡就是索頌遇害的地下室。」

說著，他轉頭望向空洞般的黑暗。刺人的空氣填滿了四周，令人莫名感到呼吸困難。散亂的農具已經成了單純的破銅爛鐵，水滴般的微光透過地板的縫隙灑落——從裸露泥土的地面可以看見稀疏的黑色汙漬。

是血跡。

這麼理解的瞬間，埃緹卡感到毛骨悚然。

那是兩年半前的慘劇所留下的痕跡。

——『因為遭到監禁的時候，犯人好像對那個孩子（哈羅德）說了好幾次：「你是阿米客思，所以看著主人被肢解也沒有任何感覺對吧。」』

達莉雅曾經說過的話在耳邊復甦。

那一天，哈羅德就待在這裡。

——『「你們又沒有心，全都是假的。」』

索頌遇害之後，不論是他還是他周圍的人，一切事物都開始崩潰。一旦破碎，即使一一撿起碎片，再重新拼湊起來，也不可能恢復原狀——傷痛就是如此。雖然種類不同，但埃緹卡曾經歷與父親的摩擦，所以也能稍微明白。

已經形成的坑洞會永遠存在。

歲月的累積會覆蓋這些坑洞，但也只是一點一滴地埋沒它，變得不容易看見罷了——可是，身為阿米客思的他不同。

他想忘也忘不了。

——『如果能夠抓到殺害索頌的犯人，我打算親手制裁他。』

即使如此，要是見到追逐舒賓而來的他，自己肯定會——

突然間，左邊臉頰感受到強烈的衝擊。

*

拉達紅星的速度表從剛才就一直拚命地將指針往上推。

拉多加湖周圍的落葉樹林被深夜的寂靜籠罩。貫穿森林的道路上沒有車輛通行，既沒有紅綠燈，也沒有建築物出現——哈羅德用頭燈劃破這份靜謐，持續追蹤舒賓的廂型車。目測距離約有三十公尺，就算靠近也會被拉遠，怎麼就是追不上。

哈羅德壓抑著情感引擎產生的所有「焦慮」。

絕對不能讓他逃了。

突然間，穿戴式裝置收到來電通知。對象是佛金搜查官。現在不能分心——哈羅德決定忽視，重新握好方向盤。

雖然沒有看到尼古拉，但已經確定埃緹卡平安了。

自己正要開車離去的時候，她確實從那棟房子裡衝了出來。哈羅德當時有用視覺裝置放大畫面，她乍看之下沒有受什麼重傷。

雖然時間短得不到一秒，他總算放下心中的大石。

他很想奔向埃緹卡，對她說些話。

不過——現在的第一要務是追蹤舒賓。

突然間，廂型車偏離了軌道。對於窮追不捨的哈羅德，他似乎已經不耐煩了。車身轉換方向，刻意偏離道路。就這樣，他駛向穿越森林的小徑——這不是明智之舉。在這種黑夜之中，開進幾乎等於荒野的岔路，簡直是瘋了。

要是發生自撞事故就麻煩了——冷酷的系統這麼低語。

是不是該停止追逐？

不——要是錯過這次的機會，恐怕就沒有下次了。

拉達紅星也毫不猶豫地衝進森林。低矮的樹枝掠過擋風玻璃，讓速度略微減慢。哈羅德不為所動，緊跟著廂型車的尾燈。路線並不筆直，對手果然無法穩定地行駛。人類的視覺沒有夜視功能，要在維持速度的情況下分辨快速逼近的荒野小徑，可說是難上加難。

行駛不到幾十公尺，廂型車就差點偏離小徑。舒賓似乎在情急之下打了方向盤，卻不走運。車身大幅搖晃，轉眼間便被吸向樹幹。

衝撞。

駭人的聲音甚至震撼了車窗緊閉的拉達紅星內部——被廂型車撞到的樹嚴重彎曲，原本正在沉睡的鳥兒們同時起飛，朝夜空擴散成一群黑影。

四周恢復了寂靜。

雖然早就料到了，果然是這個結果——哈羅德緩緩停下拉達紅星。他觀察了約三十秒，廂型車沒有移動的跡象。根據自己的計算，對方生還的機率比較高，但如果他就這麼死了，那可不好笑。

哈羅德沒有熄火，直接下車。

地面被沒有顏色的落葉覆蓋。哈羅德關上車門，邁出步伐。鞋底接收到柔軟的觸感，發出幾乎跟現場不搭調的清脆聲響。

廂型車愈來愈近。

某種難以言喻的感受在循環液中流竄。

情感引擎一直維持過度運作的狀態。

廂型車的引擎蓋陷進樹幹，嚴重扭曲。往駕駛座窺探，可以看見一個人影被夾在方向盤和座位之間。安全氣囊似乎啟動了，但有一半只是安慰作用——哈羅德把手放到車門上。可能是因為他非常急著逃走，車門沒有上鎖，輕輕鬆鬆就能打開。

舒賓沒有遮住臉部。

他身上穿著透明雨衣，但面具會妨礙駕駛，所以他拿了下來——可能是衝撞的時候傷到了頭，溫熱的血液從額頭的割傷中流出。

就是這個男人殺了索頌。

將自己的幸福徹底粉碎。

終於找到了。

終於……

哈羅德伸出手，揪住舒賓的衣領，粗魯地將夾在車內的身體拖下來。他的身體順著重力狠狠摔在地上——自己明明曾經那麼渴望當個正常的阿米客思，明明假裝自己的敬愛規範仍然完好，持續隱瞞至今。

如今，自己卻這麼粗暴地對待人類。

無意間，內心萌生臨時想起似的抗拒感。自己正要做的事，就跟這個男人對索頌做過的事一樣。換句話說，這個舉動非常矛盾，毫無建設性且不合理——即使如此……

眼前一如以往浮現「那一天」的情景。

阿米客思的記憶不會被沖淡。所以兩年半前，這個男人對索頌做過的每一件事，哈羅德都能鉅細靡遺地回想起來。索頌的呻吟、四肢掉落時的聲音、血液湧出的方式、氣味、黑影的身形——他都記得。

記得最清楚的是——

沒能拯救他的絕望。

自己必須證明。

證明自己已經不是當時那個「沒用的東西」了。

「不、要……」舒賓似乎稍微恢復了意識。恍惚的眼睛仰望著哈羅德。「我……」

「我一直都在找你。沒想到犯人就在這麼近的地方。」

舒賓沒有回答，他的眼睛已經快要失焦了。

——就算失去意識，感覺到疼痛就會再次清醒了吧。

哈羅德伸出手，正要抓住舒賓的衣領。

這時有車輛的頭燈閃過，劃破了黑暗。

輪胎與引擎的運轉聲逐漸靠近。

礙事的人比想像中還要早出現——哈羅德隱藏自己的煩躁，遠離舒賓幾步。出現在荒野小徑上的是電子犯罪搜查局的富豪汽車。手煞車發出一個尖銳的聲音，駕駛座上的人影走了下來。

「路克拉福特輔助官！」是佛金搜查官。「舒賓呢？」

——如果再有十分鐘的時間就好了。

「如你所見，發生了自撞事故。」哈羅德冷靜地答道。「『我想辦法從車內救出了他』，但他的傷勢很嚴重，或許會影響到腦部。」

佛金快步奔來，交互看著追撞樹幹的廂型車及倒地的舒賓。

「我來叫救護車。」他露出嚴肅的表情按著太陽穴。「你聯絡拿波羅夫巡官，傳送這裡的定位資訊吧。他應該也追過來了。」

「我明白了。」

哈羅德順從地操作起穿戴式裝置。啊啊，再這樣下去就要錯過渴求已久的機會了。

該怎麼辦才好？哈羅德一邊思考一邊乖乖打電話給拿波羅夫——可是來電答鈴沒有響，只顯示了文字的警告訊息。

〈錯誤代碼D00898：此用戶位於可通訊範圍外，無法接通。〉

思緒漸漸清醒。

這附近沒有指定通訊限制範圍。

這麼說來，他被插上了絕緣單元嗎？

一瞬間，拿波羅夫被犯人綁架的可能性閃過腦海。

不過——犯人（舒賓）現在就倒在眼前。

哈羅德看著舒賓的臉。他微微睜開眼睛呼吸，但顯然已經失去意識——對了，剛才從屋內衝出來的埃緹卡並沒有受傷。從她被綁架到哈羅德等人趕到現場，明明有充足的時間下手……當時自己單純鬆了一口氣，但仔細想想確實很奇怪。

因為認識她，所以不忍心下手嗎？

不可能。舒賓過去就殺了身為同事的索頌。

這個男人可以平心靜氣地勘驗自己親手殺害的被害人，是個精神病患。

——『舒賓，你才剛調到鑑識課就遇到這麼淒慘的現場啊。』

兩年半前，索頌在第一名被害人遺體被發現的現場對舒賓這麼說過。

——『不好意思……我要離開一下。』

舒賓當時面無表情地這麼答道，搖搖晃晃地離開了遺體。

——『他也難免會受到驚嚇吧。臉色比平常還要差。』

——『雖說是工作，還是很令人同情。對了，拿波羅夫課長呢？』

——『應該就快來了。看到這個，他應該連離婚的事情都會忘得一乾二淨吧。』

不，等等。

循環液的溫度急速下降。

「輔助官，巡官接電話了嗎？」

哈羅德回神——佛金好像已經完成了緊急通報，朝這裡望過來。哈羅德不動聲色地關閉顯示警告訊息的全像瀏覽器。自己剛才應該完全停止了模擬呼吸，幸好四周昏暗，沒有被他發現。

「搜查官，拿波羅夫巡官是一個人趕來這裡的嗎？」

哈羅德保持沉穩的音調，這麼發問。

「畢竟因為舒賓逃逸，其他警員受傷了。你也有看到吧？」佛金說到這裡，又像是想起什麼似的提起：「啊，不……冰枝搞不好也會一起過來。」

我沒有聽到對話內容，不過她好像有拜託巡官什麼事——佛金說了。

——『就算知道了這麼多，還是沒辦法鎖定犯人嗎？』

——『側寫終究只是推測。』

索頌的影子再次復甦。

——『真受不了，你一旦感情用事就很容易錯估對手。』

自己被憤怒沖昏了頭。

——『我有時候也會被對方讀出心思，誤信假的訊號。』

自己究竟都在觀察些什麼？

哈羅德拔腿就跑，打開拉達紅星的車門，毫不猶豫地上車。佛金搜查官一臉錯愕，但現在已經無暇顧及他了。

「等一下，輔助官！你要去哪裡——」

哈羅德打到倒車檔，沿著原路猛然後退。舒賓的廂型車與佛金的身影朝樹林深處逐漸遠去——衝上鋪設完整的道路時，系統已經推測出目的地，鎖定特定的地點。

必須加快腳步。

埃緹卡有危險了。

2

埃緹卡沒能馬上明白自己的臉頰遭到毆打了。

視野四分五裂，身體失去平衡感，開始傾斜——還來不及思考，全身就已經重重撞上地下室的地面。霉味穿透鼻腔。隨後，後頸被插上了某種東西。埃緹卡知道那是絕緣單元——接著，側腹部立刻被往上踢起。連自己都沒有聽過的呻吟脫口而出。埃緹卡的肢體被輕易踢飛，從肩膀撞上牆壁。她就這麼沿著牆壁滑落，以臉頰貼地。原本模糊的痛楚突然爆發，甚至令人想吐。她勉強將累積在口中的酸味吞回肚子裡。

腦袋轉不過來。

——到底發生什麼事了？

「這裡對我來說，是個特別的地方。」

拿波羅夫的聲音聽起來就像有多個層次般模糊——埃緹卡的右手本能地伸向腿上的槍套。她抓住握把，拔出手槍，卻使不上力。槍從手中滑落，掉到地上。

靠近的鞋尖一腳就把手槍踢飛到遠處的階梯下方。

「其實不只是妳，我也想招待尼古拉過來的……實在很可惜。」

埃緹卡勉強抬起頭——低頭俯視的拿波羅夫就跟以前一樣，下垂的眼睛裡帶著溫和的神色。他嫌麻煩似的脫掉圍脖，露出插在後頸的絕緣單元。

他的手從大衣裡取出的是——從舒賓那裡扣押的電鋸。

腦袋漸漸變得一片空白。

騙人的吧。

怎麼會……

「巡官。」嘴脣一動，便嚐到鐵鏽般的味道。「難道你……」

「多虧妳和哈羅德，我才能找到阿巴耶夫。感謝你們的努力。」拿波羅夫甚至露出柔和的微笑。「雖然某些人認為贗品有贗品的魅力，但我就是無法認同。更何況是自己被模仿……實在令人很不是滋味。」

埃緹卡已經連聲音都發不出來了。

——真是不敢相信。

因為先前根本沒有任何類似的跡象。

他原本就像一個失去了重要的部下而懷抱悔恨，持續追查「惡夢」事件的善良巡官。這明明應該是他唯一的形象。

為什麼？

「雖說是出於不得已，我很後悔把事情交給舒賓。我應該親自動手的。」

他的手——握起來很柔軟的那隻手抓住電鋸的握把，細微的光從電鋸的刀鋒上滑落。他扣下扳機，電鋸便無情地啟動——埃緹卡起了雞皮疙瘩。

腦袋深處的警鈴高聲響起。

快逃。

「索頌的現場很不像樣。各種東西亂噴，實在太髒了。」

快點跳起來，馬上逃跑。

「不過，幸好哈羅德有了妳這個新的搭檔。這麼一來，我就能以更接近的方式重新來過了……」

全身都動彈不得。

埃緹卡連眨眼都沒辦法，注視著發出機械化聲響的電鋸。

「這就是最後一次了，電索官。希望妳能讓我好好享受。」

這個男人是認真的。

拿波羅夫往前踏出一步。

埃緹卡下意識地用手撐起身體。側腹部的悶痛再次復發，但她仍然試圖站起。拿波羅夫的手抓住埃緹卡的衣領。她拚命掙扎，卻因為力量差距太大，動也動不了。要絆倒他嗎？鋸子刺到身體就完蛋了吧——埃緹卡趕緊躲開往下揮舞的刀刃。因為沒有完全避開，肩頭被劃傷了。

竄起一股銳利的熱度。

腹部又被踢了一腳。

第二次、第三次衝擊陷進身體，暫停了呼吸，混著血的唾液飛散。埃緹卡被拋開，只能再次悲慘地跌到地上——內臟好像要從嘴裡跳出來了。埃緹卡已經無法起身。沉悶的耳鳴。就連自己現在到底是吸氣還是吐氣，都難以分辨。

敵不過他。

「拜託妳別這麼激烈地掙扎，成品會變醜的。」

不行。

誰來救救我。

埃緹卡用生硬的動作伸手去抓後頸的絕緣單元。不過——拿波羅夫用腳踩住她正要舉起的手臂。因為重量的關係，手指一瞬間麻痺，骨頭發出哀號。

「真傷腦筋，我應該至少帶條繩子過來的。就是因為這樣，我才討厭預期之外的狀況……」

埃緹卡能感覺到自己的全身都在懦弱地顫抖著。

如果自己在這種地方、在這種情況下死去……

因恐懼而亂成一團的思緒之間，某種傲慢的感情湧了出來。

發現屍體的時候，他又會……

「——我找你很久了，拿波羅夫巡官。」

電鋸的運作聲停止了。

埃緹卡不禁睜大眼睛。

——啊啊。

不知從何時起，階梯下已經站著一個人影。即便不願意，埃緹卡也認得出那副勻稱到近乎完美的身軀。圍著脫線圍巾的客製化機型阿米客思——哈羅德用稱得上精美的面無表情，注視著拿波羅夫。

如果出現的不是他，自己也許能坦然感到放心吧。

總是如此。

這個阿米客思總是能找出真相。

——就連不該找出的事物也一樣。

「你又來觀賞搭檔被殺了嗎？沒想到連這一點也能重現。」

拿波羅夫不為所動。他帶著從容不迫的態度，回頭望著哈羅德——巡官知道哈羅德是次世代型泛用人工智慧。不過，他當然不知道神經模仿系統這個祕密，更別說是敬愛規範純屬幻想的事實了。

不能讓哈羅德靠近拿波羅夫。

可是就算想起身，手臂也被踩住，眼前還有一把電鋸。若貿然行動，自己恐怕會皮開肉綻。

埃緹卡只能咬緊牙關。

「巡官，你忘了穿雨衣。」哈羅德瞥了埃緹卡一眼，然後馬上將目光轉回拿波羅夫身上。「你放棄以往的完美犯罪了嗎？」

「正確來說，是『接近完美』的犯罪。就算身分曝光，只要能守住尊嚴就好。」拿波羅夫定睛注視著阿米客思。「你花了不少時間才察覺呢，名偵探。」

哈羅德的眼睛稍微動了一下。那是連他本身也沒有意識到的，皮膚的輕微抽搐——他只是看似沉穩，其實一點也不冷靜。他顯然就快要被激動的情緒吞噬了。

「是啊，我差點就被你騙過去了。因為你非常自然。」阿米客思的視線掃過地面。他是在確認索頌的血跡嗎？「我和索頌能看穿的，只有人類散發的細微『訊號』。可是你對自己的行為根本沒有任何罪惡感。」

「所以，不會顯露在表情或舉止上。」拿波羅夫沉穩地接著說下去。「我知道這就是你們的極限，同時也是弱點，福爾摩斯。」

埃緹卡看見哈羅德握緊端正的拳頭。

必須馬上讓他遠離這裡。

可是——該怎麼做？

「可以的話，我真希望你們繼續誤以為舒賓是犯人。血字的畫筆，再加上那段監視器影片與假名……證據應該已經很充足了。」

「舒賓確實與側寫的犯人形象一致。直到剛才，我也以為他就是犯人。不過……」哈羅德有些懊悔地皺起眉頭。「我發現你的目的就是誤導我們這麼認為。你想讓身為共犯的舒賓背黑鍋，好讓自己逃離制裁。」

拿波羅夫只是默默地聳起單邊肩膀。

哈羅德繼續說道：「舒賓為何要協助你？」

「因為我是他唯一的『朋友』，他很樂意接下任務。」巡官的口吻輕鬆得與現場格格不入。「你應該也很清楚舒賓的冷漠態度，他因為這樣無法溶入周遭，一直都很煩惱。我親切地傾聽他的煩惱，就輕易受到他仰慕了。」

「你透過所謂的『諮商』，拉攏了他吧。」

「舒賓好像非常害怕失去跟我之間的友情。他的家庭環境很不幸，從小就壓抑著情緒長大，所以從來沒有交到親近的朋友。」不過我當然是一次都沒有把這段關係當作友情——拿波羅夫補充說道。「我從以前就開始計劃『惡夢』事件，所以一直都很缺『人手』。」

「因此，你才會看上舒賓。」

「也可以這麼說。當時鑑識課正好在找新的鑑識官，我就推薦了舒賓。因為我想要可以在不被懷疑的情況下出入個人資料中心的『同伴』。」

「不只如此吧。」哈羅德壓低音調說道。「你透過索頌，得知舒賓是『不會散發訊號的人』。為了犯案，你必須騙過最礙事的部下，並將罪名嫁禍給別人，而他是最適合的棋子。」

拿波羅夫彷彿完全沒有接受問罪的自覺，靜靜地點頭。

「好不容易湊齊了棋子，不開始遊戲就虧大了。」

據他所說，舒賓在犯案過程中，只負責使用變聲裝置約出被害人。直接面對並殺害被害人的，一直都是拿波羅夫。

「不過……這次是集大成，必須讓舒賓完成一切。」

拿波羅夫為了報復，殺了身為模仿犯的阿巴耶夫。此後，他似乎一直在計劃超越索頌一案的「集大成」——殺害身為警方相關人士的埃緹卡與身為被害人遺族的尼古拉，同時裝飾兩人的屍體。而在他們旁邊，對自己的犯罪感到心滿意足的「犯人舒賓將會自殺」，而且是以射擊自己的頭部破壞掉YOUR FORMA的手法。

「要是再有像阿巴耶夫那樣的模仿犯出現，肯定會傷害到我的名譽。我已經受夠被侮辱的感覺了。」拿波羅夫用平淡到恐怖的口氣說道。「從剛開始犯案的時候，我就決定要讓舒賓扛下所有罪名。」

拿波羅夫從將舒賓拖下水的時候開始，就已經設想好結局了——最後將他塑造成犯人，再讓一切落幕。為此，拿波羅夫一開始就為犯案現場賦予某些特徵，以便讓周圍的人在適當的時機將舒賓誤認為犯人。

「我很了解索頌，深知他看到什麼會有什麼解釋。」所以要引導他得出錯誤的側寫很容易——他毫無悔意地說道。「我有必要思考舒賓的屍體所表達的動機。為此，我決定參考當時很流行的機械派與朋友派之間的對立。像他這種想法難以捉摸的人，其實厭惡特定思想的情況很常見，所以非常有說服力。」

「所以你刻意只殺害朋友派，只不過是一種包裝的手段嗎？」

「就是這麼回事。不過……」巡官搖搖頭。「我應該拒絕十時搜查官的好意。我本來是為了不受你懷疑才答應，結果卻是自討苦吃……而且，就連舒賓都背叛了我。」

這讓一切的計畫都亂了調——他嘆息著說。

「你們比預計還要早注意到變聲裝置的事，還在容許範圍內。如果舒賓沒有拆下絕緣單元，暴露自己的定位資訊，我其實還有機會補救。」

舒賓過去一直害怕失去唯一的「朋友」拿波羅夫，才會再三協助他——另一方面，拿波羅夫用畫筆在阿巴耶夫的殺害現場留下血字，持續誤導側寫。那個時候，舒賓應該也察覺了異狀。

他應該有預感自己會被這個男人嫁禍，成為替死鬼。

此時，他從拿波羅夫那裡接到了殺害埃緹卡等人的命令。

即使如此，他仍然一度聽從指示，實際綁架了尼古拉與埃緹卡。也許對舒賓來說，「友情」就是如此甜美的果實——不過，等到那一刻真的來臨，他還是下不了手。所以他拋下一切，遠走高飛。當然了，關於未來的事，他肯定完全沒有考慮到。

埃緹卡想起舒賓當時的樣子。

——『冰枝電索官，妳是優秀的搜查官……所以一定能——』

知道我不是真正的犯人。

原來他那句話是這個意思嗎？

「這表示利用他人的孤獨來操控他人是有極限的。」哈羅德靜靜地嗤之以鼻。「約出被害人並加以綁架，跟親自下手殺人相比，心理上的門檻有很大的差別。這種事只要稍微思考就能明白，但本來就對殺人沒有罪惡感的你無法理解。」

「是啊，他畢竟不是我。我學到了一課。」

「如果你想讓舒賓背黑鍋，一開始就不應該讓他成為共犯。」

「你想知道我為何把舒賓拖下水也行，但說來話長。」

「我對你們的友情沒有興趣。」阿米客思冷淡地瞇起眼睛。「我很感謝阿巴耶夫。多虧有他刺激到你的愚蠢自尊，我才能找到你。」

緊張的情緒爬上埃緹卡的背脊。

她試圖開口，卻因為被踢傷的側腹部隱隱作痛，無法順利發聲。

「——巡官，殺了索頌的人就是你吧。」

哈羅德的提問就像開始融化的冰，一滴一滴地落下。

埃緹卡看見拿波羅夫的手重新握緊電鋸的握把。

「沒錯。」

——不行。

「就是我，殺了，你的搭檔。」

他一字一句地發音，就像要把這句話刻在哈羅德心裡。

沉默開始擴散。

忽然間，哈羅德用單手摀住眼睛。他緩緩在原地蹲下，彷彿再也站不起來——哈羅德低著頭，像是縮起身體忍耐著什麼。他肯定受到了相當大的打擊。

這跟埃緹卡害怕的反應不同。

不過，現在的她連趕到哈羅德身邊都辦不到。

「兩年半前……我正在尋找索頌的時候，曾經打電話給你，你卻沒有接。其他刑警說你為了處理別的事情而去了指定通訊限制範圍，但那是謊言吧。」

「沒錯，是謊言。」

「其實你用了絕緣單元，為了殺害索頌而造訪了這棟空屋。」阿米客思的聲音很微弱，勉強撐起寂靜。「……從現在開始，我要你坦白一切。」

「好啊。」拿波羅夫的目光重新回到埃緹卡身上。「等我把她『大卸八塊』之後，我們再一起暢談到天亮吧。」

他的手指試圖再次扣下電鋸的扳機。

踩著埃緹卡手臂的鞋子往上浮起，消失了。

不對，不是消失了——單純是拿波羅夫當場嚴重地失去平衡。理解情況的瞬間，所有聲音都追上了思緒。幾乎要貫穿鼓膜的巨響是——

槍聲。

埃緹卡只能錯愕地望著這一幕。

拿波羅夫頹然跪地。在黑暗裡也能清楚看見，他的其中一條腿溢出了鮮血。他微微睜大眼睛，低頭望著自己的腳。

「我說過了，『從現在開始』。」

哈羅德已經站起來了。他的手堅定地「舉著自動手槍」——那是拿波羅夫剛才踢飛的埃緹卡的槍。所以他剛才蹲下的動作就是為了趁對方不注意時撿起那把槍嗎？他肯定是在〈E〉的事件中學到了萊莎用過的招數。

他對拿波羅夫開槍了。

他傷害了人類。

埃緹卡甚至無法眨眼。啊啊，這是什麼感覺——本能正在訴說著恐懼。

她當然知道哈羅德就是「如此」。

然而，這是她第一次親眼見識到。

沒想到自己也會有對他感到「害怕」的一天。

「什麼……」拿波羅夫也陷入了混亂，低聲說道。「怎麼可能——」

「請回答我。」哈羅德還沒有把槍放下。「你為何要殺了索頌？究竟有什麼了不起的理由，讓你能夠犯下如此殘酷的罪行？」

「難道你故障了嗎？敬愛規範呢？」

「現在是我在發問。」

哈羅德往前踏步。這個瞬間，拿波羅夫察覺到危險。他丟掉電鋸，從腰上的槍套拔出左輪手槍，扣下扳機。因為太急躁，子彈沒有命中目標——哈羅德手中的槍再次爆出火光。子彈以可怕的精準度，打穿了巡官的慣用手。拿波羅夫發出哀號。他差點倒下，卻勉強撐住了。

從他手中掉落的左輪手槍滾向地面，被黑暗吞噬。

住手。埃緹卡扭動身體，試圖上前阻止。腹部竄出銳利的痛楚，讓她無法起身。肋骨裂開了嗎？啊啊，可惡！

「快住、手……」

幾乎等於吐息的聲音恐怕沒有傳進任何人的耳裡。

「不可能。」拿波羅夫露出抽搐的笑容。「哈羅德，以前的你可不是這樣。你以前明明更正常。為什麼你能做出這種——」

「是你改變了我。」

哈羅德靠近拿波羅夫，維持舉槍指著他的動作，朝地面伸出手——撿起掉在地上的電鋸。他仔細地握起電鋸，就像是要確認觸感。

埃緹卡失去血色。

——糟糕了。

千萬不可以。

「……索頌一開始被切下的部位是右臂。」

哈羅德的指尖正要扣下電鋸的扳機。

「我知道了，等等，我說就是了。」拿波羅夫投降似的說道。「不過，有必要由我親口說出動機嗎？你和索頌早就全部破解了吧。」

「直到現在這一刻都沒有察覺你的真面目，你說我們究竟破解了什麼？」

「『犯人過去恐怕一直巧妙地壓抑著自己的暴力傾向，但因為某種強烈的壓力，最後才導致失控』……兩年半前，索頌應該是這樣分析犯人形象的。」拿波羅夫按著手上的傷口。他的呼吸比剛才還要喘。「當時，我跟妻子才剛離婚。如果我說這就是全部的原因，你會失望嗎？」

埃緹卡拚了命嘗試用手施力，沒有餘力仔細聆聽兩人的對話——埃緹卡的動作雖然緩慢，但成功往前匍匐一小段距離。身體在地面上拖行。

「我不會失望，像你這種人感受到的壓力一定會發展成暴力。索頌曾說過，正是因為你們無法用暴力以外的方式來排解壓力，才會犯下殺人案。」哈羅德的聲音裡明顯透著冰冷的怒氣。「就算如此，你究竟為何要殺了他？索頌已經發現你就是犯人嗎？還是因為你恨他？」

「兩者都不是，我很尊敬他。他是優秀的部下，我以他為傲。」

「那麼……」哈羅德明顯地咬牙切齒。「為什麼你能做出那麼殘酷的事？」

「你明明是機械，為什麼對索頌遇害的事這麼氣憤？」拿波羅夫發出一聲帶有挑釁意味的冷笑。「其實我一直覺得，你比我『有人性』多了，哈羅德……」

「不要轉移話題。」

埃緹卡咬緊牙關，繼續匍匐前進。雖然前進不到幾公尺，但地下室很狹小。落在黑暗中的那個東西愈來愈近。她使盡力氣伸出手。

把它拉過來。

「好，我就說吧，單純是因為我厭倦了類似的被害人。不管是誰，每天都吃同樣的菜色也會膩吧？而且如果有負責辦案的刑警死在那個時候，案情也會獲得更多關注，讓氣氛更火熱……」

埃緹卡回頭的時候，拿波羅夫好像已經無法忍受痛楚，於是倒向地面。他的身體隨著重量的牽引，狠狠摔在地上——哈羅德冷血地俯視著他。

「這次我真的對你失望了，拿波羅夫。」

他的脣間不屑地吐出這句話。

「——別以為你能死得痛快。」

電鋸的刀刃發出無情的聲響。

3

「到此為止吧，輔助官……！」

埃緹卡擠出的吶喊終於清晰地響徹地下室——哈羅德就像這才想起似的，轉頭面向埃緹卡。不過，凶猛的刀刃仍在持續低吼。

「把武器丟掉……現在馬上。」

埃緹卡撐起快要四分五裂的上半身，順勢用手扶著牆壁站起來——膝蓋在發抖，是因為疼痛嗎？不知道。現在已經顧不了那麼多了。埃緹卡只能努力舉起剛才撿到的拿波羅夫的左輪手槍，冰冷的重量慢慢滲進掌心。

她按捺著抗拒感，用槍口瞄準哈羅德。

「……我再說一次。」埃緹卡重複說道。「把武器，放下。」

他並沒有照做。纖長的手指仍然緊抓電鋸的握把——作工精巧的臉上只貼著壓抑怒火的面無表情。明明被槍口指著，他卻完全聽不進去，甚至無動於衷。

啊啊，為什麼？

「鬧內鬨啊。」拿波羅夫虛弱地笑了。「我看你要被報廢了，哈羅德……」

哈羅德的鞋尖踹進巡官的腹部。埃緹卡的雙肩嚇得跳了起來。拿波羅夫發出一聲哀號，然後似乎失去了意識，動也不動。雖然他的傷勢並非致命傷，失血量卻有可能危及性命——不能在逮捕之前失去嫌疑人。

「路克拉福特輔助官。」

埃緹卡低聲呼喚。阿米客思沒有回應。

「快點照我說的做。我不想……拿槍指著你。」

埃緹卡沒有餘力掩飾，只能哀求似的吐出這句話。

忽然間，哈羅德的臉頰放鬆了。與其說是微笑，不如說是有些傻眼，而且自嘲的表情——凍結湖面般的眼睛微微彎曲。

「——埃緹卡，妳『早就知道』了吧？」

這個問題代表的意義非常明顯。

ＲＦ型搭載的神經模仿系統。

事實上，敬愛規範並不存在。

某種冰冷的東西流進喉嚨深處。握著手槍的掌心滲出汗水——埃緹卡很清楚，事情演變至此，早已無可避免。從哈羅德對拿波羅夫開槍的瞬間，不，從他偵辦這起案件的時候開始，埃緹卡就知道自己或許遲早會親眼見到他的真面目。

那樣一來，就連隱瞞自己懷抱「祕密」的行為都將失去意義。

「就算看到我拿起槍，妳好像也只有恐懼，沒有驚訝。」他的語調明明很柔和，卻非常機械化。「是萊克希博士告訴妳的嗎？」

埃緹卡只能用細碎的動作點頭。「……沒錯。」

「妳是在我以前被艾登．法曼綁架的時候聽說的吧。」

指尖變得加倍冰冷。

埃緹卡原以為自己能瞞天過海——不過……

「難道……你早就發現了嗎？」

「因為從那時起，妳就變得不太尋常。只不過，我一直都在否定這個可能性。」哈羅德的視線一度轉向昏厥的拿波羅夫。「我到現在還是難以置信。妳身為搜查官，為什麼要配合博士說謊？」

「那是因為——」

「ＲＦ型違反了國際ＡＩ倫理委員會的審查標準。妳應該知道包庇我是一種犯罪。妳被博士威脅了嗎？」

埃緹卡馬上搖頭。「她沒有威脅我，是我自己決定要——」

「這麼說來，妳只是因為『想要配得上自己的輔助官』就犯下了罪吧。」

這是什麼解釋——埃緹卡感覺到血液一口氣衝上腦袋。

一開始或許真是如此。對資訊處理能力特別突出的自己來說，哈羅德這個「不會壞」的輔助官具有極高的價值。

可是現在——

來路不明的憤怒湧上喉頭，卻沒能化為具體的形狀。

埃緹卡咬牙切齒。

「不論如何，本性善良的妳是不可能開槍的。」哈羅德瞥了埃緹卡的槍一眼。「何不把槍放下呢？」

——冷靜一點。

專心想著該如何把他帶出這裡就好，不能讓他繼續傷害拿波羅夫、傷害人類了。埃緹卡還不願意放棄，現在還來得及。

應該還來得及。

「我保密……不是為了讓你做這種事。」

「請不要把妳的想法強加在我身上。」哈羅德沉穩地反駁。「我很感謝妳替我保密。不過，我並沒有拜託妳。」

「的確是我自作主張。可是不保密的話，難道要我告發你嗎？」

「既然妳是搜查官，就應該那麼做。」

「要是我真的那麼做，你就無法復仇了。」

「不論如何，妳本身都成了我的阻礙。我努力隱瞞至今，卻化為泡影了。」

「別再廢話了，照我說的話去做。快點丟掉武器。」

「妳才應該照我說的話去做。我也是能對妳開槍的。」

他雖然嘴上這麼說，卻沒有用另一隻手上的槍瞄準埃緹卡。他大概是不想傷害拿波羅夫以外的人類吧——哈羅德本身應該也在持續思考。思考要怎麼讓埃緹卡把槍放下，重新開始復仇。必須比他更早想出辦法才行。該怎麼辦？要鳴槍警告他嗎？可是這裡很狹窄。在黑暗中，也有可能誤射拿波羅夫。

——在黑暗中。

某個夏日夜晚帶著燒焦的氣味，在腦海中復甦。

「……那個時候，是你打壞了鉸鏈嗎？」

一瞬間，哈羅德的眼裡閃過訝異的神色。

國際刑事警察組織的配電室被炸毀的時候，埃緹卡差點被濃煙嗆死。在那種情況下，要用槍將逃生門的鉸鏈全部打壞，幾乎等於是奇蹟。就連埃緹卡也很懷疑，自己是否真的能辦到這種事。

現在，她可以確定。

是他救了自己。

「為什麼？」埃緹卡舔了一下嘴唇。「你為了復仇……不是『努力隱瞞』『真面目』至今嗎？為什麼不惜冒險也要救我？」

哈羅德沉默了幾秒。以阿米客思而言，時間相當長。

「那個時候，為了找出殺害索頌的犯人，我對妳的電索抱有期待。反正附近也沒有其他人，我認為讓妳死去會帶來負面的後果……」

「不要騙人了。而且就算沒有我的電索，你也找到了拿波羅夫。」

「現在這一點也不重要。」

「很重要。」側腹部又突然開始疼痛，讓埃緹卡差點失去平衡。「你也基於矛盾的理由，袒護了我。其實你並不想用這種方法對犯人復仇——」

「這不是單純的復仇。」他用尖銳的語氣打斷埃緹卡。「而是我做了斷的方式，是贖罪。」

——贖罪？

貼在掌心的汗水微微恢復熱度。

埃緹卡一直以為他之所以想親手制裁犯人，是出於索頌遇害所造成的憤怒。所以她才會稱之為復仇——但現在回想，哈羅德一次也不曾親口說出「復仇」這個詞彙。

埃緹卡靜靜地感到困惑。

他究竟需要償還什麼？

「……我終於能夠結束這一切了。」哈羅德的眼神裡帶著類似渴望的某種情緒。

「我必須完成那天沒能完成的事。」

——那天沒能完成的事。

「妳知道嗎？敬愛規範根本不存在。其實，我當初是能保護索頌的。我不該眼睜睜地被拿波羅夫束縛，應該能夠反抗他，救出索頌才對。」哈羅德的口氣與其說是向埃緹卡控訴，不如說是在斥責自己。「但是……我當時沒有發現，反而還拚了命隱藏差點違背敬愛規範的自己。不只是對周遭，我甚至逃避正視自己。」

埃緹卡無法馬上發出聲音。

他說這番話是認真的嗎？

他真的這麼認為嗎？

「就因為我不了解自己，重視索頌的人們才會到了今天仍在受苦。達莉雅、艾琳娜和尼古拉……如果我當時有救出索頌，他們就不必如此傷心難過了。他們會繼續幸福下去。」

——『外子……過世了，在一年半前。他被捲進朋友派連續殺人案當中，遭到殺害。』

——『雖然很可憐，但他跟我們不一樣，所以應該沒事。』

——『不管你怎麼說，你對索頌見死不救的事實還是不會改變！』

達莉雅脆弱的微笑、尼古拉的低語、艾琳娜的怒罵，全都歷歷在目。

阿米客思不會用負面感情回應人類。

因為他們是順從、友善、體貼的朋友。

然而，哈羅德不只如此。他被做得更加複雜。不論是溫柔還是遷怒，周遭對他投射的情緒全都擴大了他心裡的傷口，一次又一次地撕裂了他——但理所當然地，誰都沒注意到。或者是即便注意到了，他本身也不願被觸碰。

埃緹卡只能一臉茫然。

不對。

「索頌等於是我殺死的。」

——不是那樣的。

殺死索頌的是拿波羅夫，不是哈羅德。

不是你。

「從那天起，我就一心夢想著這個瞬間。拜託妳不要妨礙我。」

黑暗的決心盤據在哈羅德的眼裡，靜靜地燃燒著，沒有停歇的跡象。他的手就像抓住救命繩一樣，緊握著電鋸。

彷彿一旦放手，就再也無法呼吸。

「…………不行。」

埃緹卡緩緩搖頭。短髮輕撫因挨打而腫脹的臉頰。

即使如此，還是不行。

「如果你要了結巡官的性命，就算必須對你開槍……我也要阻止你。」

這句話究竟是虛張聲勢，還是認真的呢？

或許兩者都是吧。

「——這樣啊。」

哈羅德頓悟似的別開視線，低聲拋下一句缺乏抑揚頓挫的「我知道了」。

在沒有任何前兆的情況下，他舉起電鋸。

軌道明顯是要將拿波羅夫的手砍下。

——根本沒有時間思考。

埃緹卡幾乎是反射性地扣下了扳機。身體沒能完全抵消反作用力，因此大幅搖晃——高亢的槍聲震撼了身體深處。發射出去的子彈毫不猶豫地貫穿了哈羅德的右肩。他的右手手指鬆開，使手中的電鋸隨之掉落。

回音。

漆黑的液體發出滴滴答答的聲音，灑落在泥土上。

——循環液。

埃緹卡回過神來。

自己剛才做了什麼——

這個時候，哈羅德已經丟掉手中的槍，朝這裡奔來。

地下室很狹小。只不過踏了幾步，他便逼近到眼前——埃緹卡還來不及防備，哈羅德的左手便抓住她的手腕，扭起她的手臂。拿波羅夫的左輪手槍從手中掉落，被無聲地吸向腳邊。

哈羅德就這麼粗魯地將她的一隻手強壓在牆壁上。

正常的阿米客思絕對不會對人類使出這麼強的力道。

全身都發出哀號，但埃緹卡勉強把呻吟吞了回去。

「——以為妳不敢開槍，是我太愚蠢了。」

在幾乎要碰到鼻頭的距離下，他用凶狠的態度咒罵道。他的手緊緊勒住埃緹卡的手腕，幾乎要發出聲音——另一邊的右手或許是纜線斷了，毫無防備地頹然垂下。漆黑的循環液沿著他的手背滴落。

我根本不想開槍——埃緹卡在心中反駁。

明明不覺得自己開得了槍。

埃緹卡隱藏自己的慌亂，勉強回望他的臉。

「我不希望你……」擠出的聲音比想像中還要沙啞。「繼續傷害任何人。」

「我就連贖罪都不行嗎？」

「就算你不直接下手，法律也會制裁拿波羅夫。他應該會被判無期徒刑。」

埃緹卡雖然嘴上這麼說，卻也覺得自己該說的不是這種話。如此空虛的大道理根本沒有意義。靠這種方法，一點也無法打動他。

啊啊，為什麼？

你明明帶我走出了過去。

我卻——完全不知道該如何觸及你。

「我不認為監獄裡會有索頌嚐過的痛苦。」

「可是如果你殺了他，這次就換你跟史帝夫一樣，被關進艙裡了。」

「我已經對人類開了槍。不論如何，結果都一樣。」

「不一樣，他還活著。」

「那一點也不重要。」

「索頌刑警不會希望你殺死任何人。」

「不是索頌不希望，是妳不希望吧。因為妳不想失去配得上自己的輔助官。」

「就說不是了！我……！」

埃緹卡心急如焚，用沒被束縛的手抓住哈羅德的右臂。他的手臂摸起來跟人類很相似，卻像是失去了骨骼，動也動不了。

——他完全錯了。

埃緹卡咬緊牙關。

「我不想失去的不是『輔助官』……是『你』。」

她擠出這句話的時候，系統內發出的部位損壞警告聲停止了一瞬間。

埃緹卡一臉痛苦的表情就在眼前。腫脹的臉頰令人心痛，嘴唇上還帶著乾燥的血液。即使如此，那雙眼睛仍像知道光芒從何而來一樣，毫不猶豫地注視著哈羅德。

——「不想失去」。

系統運算出這句話代表的意義。

「……妳就跟面對纏的時候一樣，這次轉而依賴我了嗎？」

「不對。」她虛弱地搖搖頭。「不是那樣。不，或許真是那樣沒錯。我也不知道，可是……」她說著可是，笨拙地反覆呼吸。「你錯了，所以我想阻止你。」

哈羅德再次感到煩躁——自己什麼錯也沒有，她一點也不了解。哈羅德很想大叫，要她別把膚淺的正義感或執著強加在自己身上。要直接把埃緹卡帶出地下室，拖到外頭嗎？還是要將她關在某處，直到一切結束呢？這種可怕的想像閃過腦海。

他很清楚自己辦不到。

如果辦得到，早在她唱反調的時候就那麼做了。根據自己的系統，在剛才的狀況下繼續復仇的最好方法，就是對埃緹卡開槍——自己當然做不到那種事。

就連對拿波羅夫開槍的時候，腦袋也快要被無法處理的強烈感情撐破了。

但即使如此，憤怒仍然占了上風。況且，這是自己必須完成的事。

不過——埃緹卡不同。她不是索頌的仇人。

現在，自己光是要壓住她的纖細手腕就費盡心力。

看到在自己手中稍微失去血色的柔弱手腕，哈羅德非常錯愕。

「你不是答應達莉雅小姐，『不論何時都一定會回去』嗎？」埃緹卡仍在嘗試說服。「要是你在這裡殺了拿波羅夫，她就要變成孤單一個人了。」

索頌下葬的那天，自己的確發誓不會丟下達莉雅一個人——不過……

「我已經陪她夠久了。」即使不願意，達莉雅的婉約微笑也會浮現在記憶中。哈羅德消除那些畫面。「她……應該獲得解脫。我不在她身邊比較好。」

埃緹卡皺起眉頭。「解脫？」

「達莉雅對我很執著。不，也許是我緊抓著她不放吧。不論是何者，那樣也沒關係。只要我能填補索頌留下的空白……」

「沒錯。一定是因為有你在，達莉雅小姐才能得到救贖。」

「可是，差不多該結束了。」

哈羅德能感覺到，有某種難以壓抑的情緒正在湧現。

埃緹卡到底是從什麼時候開始，學會如此巧妙地走進他人內心的？

還是說，自己的情感引擎變得脆弱了呢？

是從什麼時候開始的？

——難不成，是從遇見她的時候開始的嗎？

「我……」哈羅德好不容易才開口。「如果能在這裡結束一切，如果能制裁拿波羅夫，達莉雅應該就能向前走了。這次，一定能……」

「那只是你一廂情願的想法。她會傷心的。」

——大概是吧。

這種事，就連哈羅德也早就明白了。

自己一定犯了錯。

一開始相遇的時候，根本不該對埃緹卡溫柔。

明明是為了利用才接近她，現在自己卻反而像是被她捧在手掌心。

「……妳要依賴我是妳的自由，但我會自己決定該怎麼做。」

「既然這樣，你就快點射殺我啊。」

一瞬間，哈羅德退卻了。「妳真的希望我那麼做嗎？」

「你錯了。」

她再度說道。抓著哈羅德右臂的手更加用力——啊啊，被她發現了。她早就看穿，自己無法粗暴地傷害她。

最初，自己明明以為已經理解她的一切。

不知從何時開始，立場已經徹底顛倒了。

「好好聽著。」埃緹卡直率地這麼訴說。「索頌刑警不是你殺的。那不是你的責任，不是任何人的錯。」

別說了。

「當時的你已經盡了全力。」

拜託別說了。

「我以前從達莉雅小姐那裡聽說過，是你找到了索頌刑警的所在地。因為市警局沒有人願意理會，你只好一個人去救他。」

不對。自己只是太過自滿，以為能獨力解決問題而已。

不只如此，甚至沒能注意到一直近在咫尺的犯人們。

「你不需要贖罪，你什麼罪都沒有。所以——」

「不要再說了。」

哈羅德壓抑似的打斷埃緹卡——自己並不是想聽這些溫柔的言語，也不是想要安慰或肯定。

自己應該不是想被原諒，才對。

如果自己沒有一個人去找索頌，而是帶著其他人類一起前往。

如果找到索頌的時候，自己有察覺從背後偷偷靠近的犯人身影。

如果那天晚上，自己打從一開始就把他帶離辦公室，硬逼他回家。

哈羅德已經不記得自己默念了幾千幾萬次的「如果」。

正是因為如此才要贖罪。至少要對拿波羅夫以牙還牙，讓他得到報應——就算這個行為既沒有建設性又不合理，那也無所謂。自己只是想這麼做。非這麼做不可。要讓永遠不可能結束的悲劇真正結束，就必須堅持下去、不斷掙扎，證明自己其實能辦到那天沒能辦到的事。

若是不這麼做，就無法脫離這段一再反覆的記憶。

埃緹卡說得對。

自己稱之為贖罪，但其實只是想得救罷了。

自我滿足的謊言。

即使如此，為了繼續前進，已經別無他法。

所以，絕對不能放棄。

可是……

明知如此……

「…………輔助官。」

埃緹卡茫然地低語——哈羅德這時才注意到流過自己臉頰的冰冷觸感。感覺並不像循環液，比較接近水。哈羅德太過驚訝，於是放開她的手腕，觸摸自己的臉。

——為什麼？

哈羅德開始怨恨萊克希博士。

神經模仿系統簡直愚蠢至極。

機械就該像個機械。那樣的話，不知該有多輕鬆。如果能像空洞的舊型阿米客思，什麼都感覺不到，只是擺出設定好的微笑，那該有多好。如果自己是那樣，不管是多麼殘酷的現實、多麼傷人的言語，都不會造成任何傷痛。也不會像現在這樣，為無法壓抑的憤怒或後悔所苦。

明明無法成為人類，卻酷似人類，感覺是這麼地模稜兩可且難受。

——沒錯。

自己已經很難受了。

「……拜託妳，不要對我溫柔。」

埃緹卡的眉頭緊緊皺起，就像能親身體會他的痛苦——她什麼都沒說。她不逃避，也沒有抓住哈羅德，只是真誠地等待他的下一句話，彷彿這麼做只是理所當然。

妳是怎麼回事？

妳的這種地方真的是無可救藥。

難以違抗。

不能過去那邊。

自己什麼都還沒有達成。

可是——

「索頌他……」哈羅德不禁吐露心聲。「要我找到犯人。」

「……你已經找到了。」

「是的，但還沒結束。我必須制裁這個男人。」

「你不必制裁他。」

「我想贖罪，對索頌……我看見他的手腳被切下。漸漸地，我再也聽不到他的聲音……他的脖子被切斷的時候，出血特別嚴重。」

「你不必再回想了。」

「我果然還是什麼都辦不到嗎？」

「你不是辦不到，你已經辦到了。」

「不，我什麼都還沒有做。」

「夠了，你已經做得很夠了。」

「還不夠……」

「已經夠了！」

埃緹卡的纖細手臂伸了過來——她半跪著腳，把哈羅德的頭拉過來，抱進懷裡。彷彿深信不這麼做的話，哈羅德就會支離破碎，徹底毀壞。

實際上，肯定真是如此。

「已經夠了。」埃緹卡的聲音悶在嘴裡，安撫似的重複著。「已經夠了……」她的手指梳著哈羅德的頭髮。動作笨拙，就像在安慰小孩子，一次又一次——她本身明明也很少被他人這麼對待。

哈羅德想向索頌贖罪。

這毫無疑問是出自真心。

可是回過神來，自己的單手已經緊抓埃緹卡的背部不放。她的背明明瘦小得輕易就能折斷，卻與虛弱無緣，帶著堅強的溫度——是人類的體溫。比自己還要高一點的體溫

非常溫暖，熱辣辣地滲進體內。

好安心。

就算只有一瞬間這麼想，罪惡感也隨之刺痛。

「你要原諒自己。」

不，我無法原諒。

不論如何，我都不想原諒。

這些話明明沒有發出聲音，埃緹卡卻好像聽見了。

「既然這樣……我會代為保管你的仇恨。」她非常溫柔地輕聲說道。「所以，你可以原諒自己了。我希望你原諒自己，你已經——」

接下來的一字一句沉進了地下室的黑暗中。

或是被沒有嗚咽的淚水掩埋。

即使如此，仍然被接住了。

*

算起來，擁抱哈羅德的時間大概只有不到幾分鐘。

聽到遠處隱約傳來警笛的聲音，埃緹卡輕輕鬆開手臂——是聖彼得堡市警局的人來了嗎？他們也差不多該發現拿波羅夫與另外兩人失聯的異狀，展開搜索了。

埃緹卡看著哈羅德。

「……應該是佛金搜查官吧。因為我沒有切斷自己的定位資訊。」

他正用手掌按住自己濕潤的臉頰。直到現在這一刻為止，埃緹卡都不知道阿米客思搭載了「流淚」的功能。還是說，只有RF型是特別的呢——他就像是觸摸到漏出的循環液，有些不悅地擦掉眼淚。

「這樣啊。」埃緹卡吸了一下鼻子。自己的眼眶也有點濕了。「那個……搜查官他們抵達之後，你也什麼都不用說。你就對今天的記憶施加保護措施，然後像現在一樣，擺出受到驚嚇的表情吧。」

「好的。」哈羅德點頭，好像晚了一點才理解。「埃緹卡，妳——」

「我已經跟博士約好了，我會保護你。」

說著，埃緹卡無意間想起萊克希說過的話。

——『如果妳改變心意了，想揭發真相也沒關係。』

埃緹卡現在還是不知道那句話究竟是玩笑還是真心。不過——是何者都無所謂了。反正就算沒有與博士的約定，自己仍然無法告發哈羅德。

不知為何，如此確信的感覺比法曼當時還要強烈許多。

不能失去他。

不是因為他的輔助官身分，而是因為他是他，所以不能失去。

「埃緹卡。」阿米客思緩緩開口。「如果妳……把我當成纏的替代品，我不認為那是一件好事。」

——他會這麼解釋也無可厚非。

實際上，自己確實對他很執著。雖然埃緹卡相信這與對姊姊的執著是不同的，但她仍然無法具體說出其中究竟有什麼不同——不。

也許自己只是不想用語言說明罷了。

要是輕易為這份感情命名、給它明確的形體，它恐怕就會醜陋地崩解，讓自己萌生拋棄的念頭吧。因為這樣非常自以為是，而且骯髒。

埃緹卡很害怕。

所以想要維持曖昧不明的現狀。

「……我應該沒有把你當成姊姊的替代品。」

「『應該』？」

「總之現在沒有時間了。全部交給我處理吧。」埃緹卡豎起耳朵。警笛聲已經相當接近了。「我剛才也說過了，你只要保持沉默就好。」

埃緹卡拔掉插在後頸的絕緣單元。一旁的拿波羅夫仍然沒有恢復意識，但還有呼吸。埃緹卡催促哈羅德「去外面吧」——不過，他沒有邁出步伐。到頭來，是埃緹卡先踏上了階梯。腹部到現在還會痛，於是她心想有必要接受檢查。

哈羅德還在用目光仔細掃視整個地下室。

這樣的形式絕對不是他想像中的「贖罪」。

他肯定還沒有原諒自己。

即使如此——

是否稍微觸及了他的心呢？

雖然現在仍無從知曉。

「『哈羅德』。」

他聽到這聲呼喚才回頭望向埃緹卡。不知為何，他這副模樣看起來就像一個無家可歸的孩子——仔細想想，這個阿米客思活過的歲數還不到自己的一半。埃緹卡經常把這件事忘得一乾二淨。

她主動對他伸出手。

「——走吧，我們回去。」

凍結湖面般的眼睛微微睜大。

哈羅德暫時凝視著埃緹卡的手，然後一語不發地牽起。

他的體溫一如往常地低。

這次，兩人總算登上階梯。可是埃緹卡的步伐更加蹣跚，落得必須由他攙扶的下場。兩人就這麼走出地板門——屋內比剛造訪時還要明亮許多。他們在地板上踩出陣陣噪音，走向玄關，拉開相當輕盈的門。

刺骨的晨風吹起埃緹卡的瀏海。

不知不覺間，天空已經褪去黑暗。

漸漸轉化為藍紫色的天上，有融化般的雲朵描繪著滑順的弧線。

「……原來夜晚已經過去了。」

不知怎地，哈羅德的低語彷彿滲著已經停止的淚水。

4

「所以電索官，拿波羅夫巡官是為了殺害妳才將妳帶來這裡的嗎？」

「是的。其實不只是我，他好像也想拖尼古拉先生下水。」

後來過了不久，幾輛警車便抵達空屋——正如哈羅德的推測，其中也包含佛金搜查官的富豪汽車。下車的警員都保持警戒，接二連三踏入屋內。

在現場負責指揮的是阿基姆刑警。身材嬌小的他留著一頭紅髮，是當時偵訊艾琳娜的那位男性刑警。他代替了拿波羅夫巡官，臨時接手這起案件。

「怎麼會有這種事。」阿基姆頭暈似的摀住眼睛。聽說自己一直以來信任的上司竟是連續殺人魔，也難怪他會有這種反應。「對了，哈羅德的傷也是巡官造成的嗎？」

埃緹卡瞄了一眼身旁的阿米客思——哈羅德按住右肩的傷口，一臉憂鬱地低著頭。他緩緩地準備開口，於是埃緹卡趕緊打斷他。

「是的。巡官本來想對我開槍，但他保護了我。」

「他的傷很重，等一下得帶他去修理工廠才行。」

「我當然會帶他去。輔助官，你先上車吧。」埃緹卡輕推哈羅德的背。「你得休息，不然循環液的流失會更嚴重的。」

「可是埃緹卡……」

「聽我的。你就當作是讓阿基姆刑警放心吧。」

埃緹卡半強迫式地將哈羅德推向拉達紅星。他似乎還是不甘願，卻也用勉為其難的腳步走向愛車——哈羅德還稱不上冷靜。萬一他脫口說出「自己對拿波羅夫開了槍」，事情就無可挽回了。

「對了，電索官，可以請妳現在詳細說明一下開槍時的狀況嗎？」

阿基姆有些顧忌地發問。畢竟是辦案的一環，這也沒辦法——埃緹卡按著隱隱作痛的側腹部，專心講述自己在腦中演練過的「謊言」。首先，趕到地下室的哈羅德被拿波羅夫挾持，所以自己對巡官開了兩槍。兩顆子彈分別命中了手和腳。巡官發動反擊，同樣對埃緹卡開了兩槍。其中一發命中了介入兩人之間的哈羅德。後來他們奪走並丟掉拿波羅夫的槍，兩人一起逃出了地下室……

「——阿基姆刑警！」

忽然有人插嘴，打斷了埃緹卡的報告——佛金搜查官正從空屋中走出來。他揚起大衣的下襬，朝這裡跑了過來。

「巡官恢復意識了。」佛金說著。「我們叫了救護車，醫護人員正準備送他離開地下室。本人說想呼吸外面的空氣。」

剛聽完埃緹卡說的話，阿基姆一臉驚訝。「他能自己走嗎？」

「好像沒有傷到動脈，有人從兩側扶著他的肩膀就能勉強走路。其他的警員想請你過去看看。」

「我知道了。」阿基姆點頭。「電索官，我等一下再向妳詢問後續。」

說完，阿基姆便快步走向玄關門——接下來，市警局會花時間偵訊自己，並且調查殘留在地下室的所有痕跡。即使如此，他們應該也找不到哈羅德攻擊拿波羅夫的證據。首先，他並沒有指紋。即使衣服上有硝煙附著，警方應該也不會特地檢查有敬愛規範保障其安全性的阿米客思。

問題在於拿波羅夫的機憶和證詞。

他看見了哈羅德開槍的瞬間。

據說他恢復了意識，他會不會一開口就說起這件事呢？

如果他真的那麼說，自己剛才的口供就要化為泡影了。

——該怎麼辦才好？

埃緹卡的內心陷入慌亂，卻還是故作鎮定地看著佛金。他用不忍心的眼神回應埃緹卡。

「等救護車到了，妳也請人家看看傷勢吧。妳的臉頰都腫起來了。」

「我會的。」老實說，現在並不是做這種事的時候。「舒賓怎麼樣了呢？」

「他因為自撞事故，被送醫了。我聽醫護人員說，他有腦挫傷之類的狀況……不過，應該沒有生命危險。」佛金這時瞥了一眼拉達紅星。「路克拉福特輔助官好像是第一個發現巡官是犯人的人。他丟下我就飛奔過來了，真傷腦筋……」

「不好意思。」埃緹卡坐立難安地道歉。「他的判斷實在不太恰當。」

「是啊。如果妳因此被分屍，我們就後悔莫及了，不過——」

遠處傳來某種東西破裂般的聲響。

埃緹卡與佛金嚇了一跳，轉頭望過去——如果不是他們聽錯，這個聲音很類似槍聲。好像是從屋內傳出來的……

不會吧。

佛金拔腿就跑，埃緹卡也趕緊追上他。話雖如此，傷痕累累的身體也無法快速行動——他們推開發出刺耳噪音的玄關門。轉眼間，怒吼般的對話響徹屋內。怎麼回事？埃緹卡與佛金一起趕往走廊深處。

階梯後方——地板門附近有阿基姆刑警等人正蹲在地上。「你們在幹什麼！」「很抱歉，我沒想到他會……」「他還有呼吸。」「快止血！」「止不住啊。」鮮血在他們腳邊擴散，侵蝕著地面。被包圍的是——

趴倒在地的拿波羅夫。

其中一名警員扯下他手中握著的槍。

埃緹卡腦中一片空白。

——『就算身分曝光，只要能守住尊嚴就好。』

那句話原來是這個意思嗎？

「喂，騙人的吧。」佛金的自言自語傳進耳裡。「他竟然企圖自殺……」

彷彿從遠方浮現，救護車鳴笛的聲音逐漸靠近。

＊

拿波羅夫的電索票在緊急送醫的約八小時後核發。

「巡官的手術已經結束，轉至加護病房（ICU）了……但情況應該還很危急吧？」

「就是因為不知道何時會突然惡化，才有必要趁現在潛入。」

聖彼得堡市內。埃緹卡與哈羅德快步走過冷清的聯合照護中心大廳——埃緹卡先是帶他去修理工廠，最後又得在剛完成急救處理的狀態下趕到醫院。

哈羅德一臉擔憂地看著埃緹卡。「妳的身體還好嗎？」

「只不過是裂痕罷了。我已經吃過止痛藥，沒問題。」

埃緹卡按著被護腰固定住的腹部。在那之後，她接受了醫護人員——正確來說是簡易診斷AI的檢查，得知自己的肋骨有幾處裂痕。所幸內臟並沒有受損，腫脹的臉頰也貼上了消炎貼片，暫時還要觀察狀況。只不過，手掌的傷口被縫了幾針。

總之，雖然外觀是遍體鱗傷，但並沒有大礙。

「現在比起這個，更應該專心在電索上。」

兩人踏進走廊盡頭的加護病房——濃濃的消毒劑氣味迎面而來。病房已經與護理站合併，好幾張病床排列在其中，以薄薄的抗菌隔簾隔開。埃緹卡向護理師阿米客思出示ID卡，然後走向拿波羅夫的病床。

「我等你們很久了，冰枝電索官，還有哈羅德。」

站在床邊的阿基姆刑警轉向兩人——拿波羅夫的電索票就是他向上層申請的。在發生什麼萬一之前，他似乎想透過機憶找出案件的真相。這個判斷非常正確。

「拿波羅夫巡官的狀況如何？」

「他陷入了昏迷。根據醫師的說法，他現在還活著已經是奇蹟，今後恐怕也沒有復原的希望……」

埃緹卡望向病床——拿波羅夫戴著氧氣面罩，靜靜地閉著眼睛。他的頭部被厚厚的繃帶包裹，全身上下都插著管子。安靜地躺在床上的這副模樣，一點也不像是曾在那個地下室攻擊埃緹卡的男人。

據說當時，拿波羅夫從攙扶自己的警員身上奪走手槍，對自己的頭部開槍。身旁的人試圖干擾彈道卻來不及，於是子彈重創了他的大腦。

——考慮到拿波羅夫的自尊心，他根本不可能乖乖入獄。

但是，沒想到他竟然寧願選擇死亡。

「是我們疏忽了。」阿基姆一臉懊悔地咬著下脣。他的臉色很差，顯然完全沒有休息。「既然無法從本人口中取得供詞，就只能靠你們的電索了。只不過……」

這個時候，刑警用擔憂的眼神看著哈羅德。他的言外之意，埃緹卡也能明白。畢竟一旦電索拿波羅夫，哈羅德即使不願意也得再次看見那天的機憶——也就是索頌遇害的場面。

現在的狀況當然不容猶豫，但是……

「沒問題。」彷彿讀出了對方的心思，哈羅德輕聲說道。「這是我的案子。就算得面對令人痛苦的機憶，我也必須正視到最後。」

他似乎早就做好覺悟了。

拿波羅夫的感情不會流向身為輔助官的哈羅德，或許是唯一的救贖。

埃緹卡用鼻子深吸一口氣。「你真的可以嗎？」

「是的。」他深深點頭。「開始準備吧。」

——現在只能相信他所說的話了。

於是埃緹卡在護理師阿米客思的協助之下，接起需要的纜線。因為拿波羅夫陷入昏迷，不使用鎮定劑——埃緹卡將連接著拿波羅夫的〈探索線〉插進後頸的連接埠。她將〈安全繩〉遞給哈羅德，他便毫不猶豫地插進自己的左耳。

〈安全繩〉發出的淡淡光芒輕撫他的左臉。上面已經沒有眼淚的痕跡——埃緹卡對站在隔簾旁的阿基姆使了個眼色。刑警點頭回應。

她重新將目光轉回哈羅德身上。

在惡夢消逝之前，必須確認其真面目。

「——請開始吧，埃緹卡。」

哈羅德低語——彷彿被輕推了一下背部，埃緹卡脫離肉體。

她潛入的電子之海就像以往的電索對象，用相同的表情迎接她。埃緹卡對〈表層機憶〉伸出手——一開始，機憶非常模糊不清，就像碎片般扭曲，斷斷續續。因為拿波羅夫的意識受到影響，紀錄才會如此不清晰嗎——突然間，震耳欲聾的槍聲響起。警員的制服包圍在眼前。阿基姆的臉閃過視野。『夠了。』『與其被窺視機憶……』『不如到此為止。』地下室的黑暗開始擴散——不對，是更久以前。必須追溯導致他犯案的來龍去脈——埃緹卡正要略過時，模糊的對話傳進耳裡。那是自己和哈羅德的聲音。阿米客思用槍口指著這裡的身影一閃而過。啊啊，這段機憶不能讓任何人看見……

突然間，視野恢復色彩。

埃緹卡本身坐在車內的副駕駛座，一臉不安。拿波羅夫的手將在那棟空屋撿到的電鋸收進懷裡。哈羅德的身影映照在裝置中。『犯人是卡濟米爾・馬爾提諾維奇・舒賓。』啊啊，緩緩滲進他心裡的這份情感是失望。『順序錯了。』『舒賓被逮的話，一切都會泡湯。』『我本來想要更漂亮的落幕。』『這也是自作自受嗎？』——埃緹卡繼續回溯。略過的無數機憶逐漸碎裂，四處飛散。

無意間，寫好的血字映入眼簾。

埃緹卡不由自主地感到噁心——是阿巴耶夫的遇害現場。客廳裡有自己和哈羅德，以及鑑識課與分析蟻正在徘徊。舒賓朝這裡望過來。『拿波羅夫巡官，我有東西想請你看一下。』於是，拿波羅夫與他一起走向隔壁的房間，關上房門。

『這是怎麼回事……』舒賓低聲質問。『為什麼要特地用畫筆寫？』

拿波羅夫若無其事地答道：『畫筆最適合用來寫字了吧？』

『那樣會招來……奇怪的誤解。』

『反正也不會成為決定性的證據。』

『你說過要我用「蒙馬特」來當假名吧。那是……』

『只是因為你猶豫不決，我才會那麼提議。』拿波羅夫仍舊溫和地安撫舒賓。『我們可是朋友啊，舒賓。何必做出會讓彼此暴露在危險中的事？』

舒賓只是輕輕搖頭，然後陷入沉默。這個時候，拿波羅夫以為自己已經說服他了——實際上，舒賓肯定已經無法壓抑對拿波羅夫的疑心。他察覺到危機，於是下定決心背叛巡官。

機憶開始轉換。

飛濺的血液掠過視野——阿巴耶夫的身體在眼前被殘忍地切開。埃緹卡不禁別開臉。拿波羅夫那冰冷又混濁的怒氣流了過來。『這樣就行了。』『知道厲害了吧。』『我已經受夠被瞧不起了。』——他的煩躁十分尖銳，一旦觸碰就會割傷手指。他將阿巴耶夫的屍體裝飾在沙發上，用全新的畫筆在地上寫字，甚至劃過掉在地上的平板電腦。

『這才是「真跡」。』

犯案結束的拿波羅夫大搖大擺地離開了阿巴耶夫的家——他避開監視器，走向停車場，看見深深戴著兜帽的舒賓正在共享汽車旁邊等待。就是舒賓使用變聲裝置，假扮成阿巴耶夫的熟人，讓他打開了入口的門鎖。

『我不是叫你回去嗎？』拿波羅夫打開共享汽車的車門，脫掉雨衣。『不過，沒想到還會有這麼一天。我已經讓他嘗到苦頭了。』

成功向阿巴耶夫「復仇」的他，打從心底感到滿足。

『是。不過……不是應該至少等阿巴耶夫是模仿犯的消息被報導出來嗎……』

舒賓仍然面無表情，臉色卻很差，似乎很害怕。但是，拿波羅夫沒有察覺到這一點——就跟索頌一樣，他也沒能理解舒賓。相反地，他甚至覺得沒有必要理解。對拿波羅夫來說，自己與舒賓之間「沒有界線」。

『哈羅德看到那個現場，應該會認為犯人是阿巴耶夫的熟人，偶然得知他是模仿犯，於是下手報復。至少索頌會這麼推理。』拿波羅夫打從心底這麼相信，所以從容不迫。『而且如果阿巴耶夫以模仿犯的身分被逮捕，我就會失去報復的機會。只有現在這個機會，我得快點出手才行。你懂吧？』

『我當然……明白，所以你才會跳過用電話把人約出來的步驟。』

『下次就是最後一次了。我會把場面弄得很盛大，你也要做好準備。』

『還要做嗎？這樣的報復已經很夠了吧……』

『我覺得自己現在應該能超越索頌的案子。畢竟我才剛解決掉一個模仿犯。』

埃緹卡感到有些不對勁——但她還理不清頭緒，機憶便漸漸遠離。

她以兩年半前為目標，持續回溯。

拿波羅夫犯案的動機大致如同他對哈羅德的敘述。他再也無法壓抑暴力傾向的契機是與妻子的分別——小時候，拿波羅夫便經歷了雙親的離婚。扶養他的母親開始依賴酒精，精神相當不穩定，時不時就對兒子暴力相向。母親只有在工作時撥打「語音電話」拜託他「跑腿」才會表現出溫柔的一面，可是一旦回到家就是地獄。或許是因為如此，他想建立一個幸福家庭的念頭比普通人還要強烈，這個願望也隨著年齡的增長而更加茁壯。

另一方面，母親的暴力所造成的挫折感日漸增強。

開端真的來得非常突然——正值少年時期的他從學校回到家，便發現母親陳屍在客廳。她的遺體「被切斷了四肢與頭部」，死狀相當悽慘。只有透過電話才會變得溫柔的那張嘴巴、用毆打代替擁抱的雙手都已經陷入沉默，不發一語。

日後被捕的犯人是一名住在附近的中年男子。他最近才出獄，異常的妄想症尚未改善便回歸社會，不過幾天就殺了拿波羅夫的母親。犯人並不認識她，只不過是碰巧遇見，衝動犯案罷了。世人對母親遇害的少年表示憐憫。但由於幾個月後發生的蘇聯解體所造成的混亂，人們遺忘了這起案件。

然而，年少的拿波羅夫每到夜晚都會憶起母親的屍體。

原因並不是親生母親突然被奪走的憤怒，也不是以孤兒的身分進入育幼院而萌生的孤獨感。他單純對犯人感到「無比羨慕」。能夠隨心所欲地獨占那名母親的行為讓少年打從心底察覺——這正是自己所需要的東西。

他變得經常沉浸在殺害母親的想像中。就像她對待自己那樣，用開朗的態度主動打電話給她。母親出面赴約的日子，就模仿犯人，用電鋸將她的身體大卸八塊。如此一來就能獨占她的一切，取回安靜又溫柔的理想母親。

這已經是絕對不會實現的幻想。

但只有在腦海中描繪幻想的期間，他才能沉浸在無以名狀的安心感之中。

母親到了死後仍像寄生植物一般，侵蝕著少年的心。

或許是因為如此，他在成長過程中，漸漸學會與一部分的人建立起支配性的關係。舒賓依賴拿波羅夫只是偶然，但拿波羅夫試圖支配他則是必然。比起對等又平和的人際關係，自己掌握主導權的關係比較長久，而且也很穩定。『自己有某處故障了。』『必須避免被其他人發現。』——他能夠巧妙地同時扮演沉穩和善的警察及黑暗的異常者，幾乎到了完美的地步。他具有這方面的「才華」。他反而連扮演不同角色的自覺都沒有，不讓任何人發現簡直是易如反掌。

不過，面對同住一個屋簷下的妻子，他也沒能徹底隱瞞——新婚當時還算順利。獨生女出生以後，他覺得自己或許也能對他人抱有所謂的「愛」，或許能像普通人一樣，好好地扮演人的角色。

然而，妻子似乎漸漸察覺了他的本性，某天突然提出離婚的要求。

『跟你在一起，我總覺得自己就像一個方便的人偶。』

這一刻，他從小就渴望的平靜家庭崩塌了。

更何況，當時的拿波羅夫本身對母親來說，也是「方便的人偶」。

——到頭來，長大的自己複製了那個女人的行為，再也回不去了。

自己無法成為正常人。

如此放棄的瞬間，內心莫名感到輕鬆。同時，凶暴程度似乎也隨之增長。『我已經夠努力了。』『應該差不多可以實現真正的願望了吧。』——於是，他成了連續殺人犯。他尋求母親的影子，卻也跟過去一樣，只能自己扮演逝去的母親——所以就像兒時的自己被當成傀儡那樣，他也利用了舒賓。另一方面，對拿波羅夫來說，不受他人理解的舒賓也是沒有界線的自我投射。正因為如此，他非常在乎案件的結局。如果最後能夠葬送可怕的自己（舒賓），是不是就能變回以前那個正常的少年了呢？這場惡夢般的詛咒是不是就會消失了呢？但是，自己也具有享受殺人的一面。

——自己是如此支離破碎，而且扭曲。

埃緹卡過去曾潛入無數名電索對象。不過，像拿波羅夫這樣的人屬於特別異常的類型。他有某種偏差。而且，本人對自己的偏差也有自覺，卻能巧妙地修正，並直接溶入人類社會——簡直就像是化身為人的惡魔。不過……

『反正，自己終究無法活得像個人。』

拿波羅夫的思緒如此反覆呢喃。

活得像個人。

——『其實我一直覺得，你比我「有人性」多了，哈羅德……』

他本身既不是機械派，也不是朋友派。

不過真要說的話，他對阿米客思應該沒有什麼好感。

埃緹卡潛入〈中層機憶〉——接近兩年半前的「聖彼得堡的惡夢」。

從最初的被害人開始，接著是殺害第二人、第三人的機憶。每個被害人都是被帶到拿波羅夫持有的達恰，在那裡遇害之後，遺體才被裝飾在各地。

然後，索頌遇害的日子愈來愈近。

哈羅德的緊張彷彿能從相連的〈安全繩〉傳遞過來。

埃緹卡掛念著他，但也只好溜進那一天的機憶——拿波羅夫一如往常地前往聖彼得堡市警局總部的強盜殺人課上班，忙於工作。參加會議之後，為了偵辦中的案件，他出發去打聽線索了。當時的他是課長，但一有機會就會盡量到現場看看。他原本就不是自願擔任主管，後來之所以申請降職為巡官，似乎也是想要回到距離現場比較近的階級，沉浸在案件的血腥味之中。

時間一點一滴地流逝，每一秒都像鉛塊一樣沉重。

照理來說，舒賓遲早會聯絡拿波羅夫，表示自己「已經用電話將索頌約出來」。

那個瞬間什麼時候會來臨？

埃緹卡的眼睛連眨都捨不得眨，專心注視著機憶。

然而，她等了又等，卻「什麼都沒有發生」。

——咦？

傍晚，回到市警局總部的拿波羅夫下班了。辦公室裡還有索頌與哈羅德的身影，他向兩人打完招呼便踏上歸途——拿波羅夫傳送晚餐的食譜給自家的阿米客思，同時打開訊息信箱。他似乎正在跟舒賓討論下次犯案的細節，卻沒提到與索頌有關的事。他就這麼回到自家公寓，平淡地吃了晚餐——等一下。機憶不理會埃緹卡的困惑，持續播放。

然後，時間一下子就過了晚上十點。這正是估計索頌被綁架的時間。可是，拿波羅夫沒有外出的跡象，舒賓也沒聯絡他。不只如此，他還鑽進被窩，轉眼便進入夢鄉。

燈光頓時熄滅。

——這是怎麼回事？

埃緹卡茫然若失的期間，隔天早晨來臨了。拿波羅夫很正常地起床，整理服裝儀容。他正要吃早餐的時候，YOUR FORMA接到了電話。

〈來自哈羅德．路克拉福特的語音電話。〉

拿波羅夫感到疑惑，還是選擇接起電話。『怎麼了，哈羅德？』

『課長，很抱歉一早就來電打擾。』阿米客思急切的聲音響起。『其實，索頌從昨晚就一直沒有回家。請問你知道些什麼嗎——』

拿波羅夫的心裡萌生坦然的驚訝與不好的預感。這種感受正如一般的上司接到關於部下的壞消息會有的反應——這究竟是怎麼回事？太奇怪了。這個時候，索頌應該正被犯人囚禁才對。

但是，拿波羅夫的震驚是發自內心的。

他帶著哈羅德與市警局的成員，前往索頌遭到綁架的墓地。他們追蹤監視器拍到的皮卡車，抓到了駕駛。拿波羅夫是真心感到焦慮。『為什麼索頌會被綁架？』『這是怎麼回事？』『其他人都在懷疑這件事跟「惡夢」的關聯。』『難道是舒賓擅自亂來嗎？』他抱著疑惑的心情偵訊駕駛，哈羅德就親自出面談判了。

『他並沒有說謊。請放了他吧。』

『索頌被綁架的打擊讓你慌了嗎？除了他以外沒有別人了。』

哈羅德一臉遺憾地離去以後，拿波羅夫仍試圖逼駕駛認罪。然而情況始終沒有進展。由於舒賓表示自己空出了時間，拿波羅夫決定與他私下談談——為了避免被他人發現這場密會，拿波羅夫謊稱自己「為了其他偵辦中的案件，必須前往指定通訊限制範圍」，使用絕緣單元與舒賓會合。

但理所當然地，舒賓對索頌遭到綁架的事情一無所知。他出示了自己的不在場證明，拿波羅夫仍一再懷疑他，甚至帶著舒賓巡迴殺害被害人的達恰與放置遺體的公園。舒賓直到最後都主張自己是清白的——他們回來的時候，已經過了整整一個晚上。

等待著拿波羅夫的，是索頌的死與哈羅德獲救的消息。

當時的他已經大概得知事情的全貌。拿波羅夫壓抑著翻騰的怒氣，與哈羅德再會——阿米客思坐在會客廳的沙發上，看見拿波羅夫也沒有站起來。金色的頭髮很亂，襯衫上沾滿了泥土。他脖子上的人工皮膚被繩子勒出一道裂痕——朝這裡望過來的湖水色眼睛冰冷地凍結了。

埃緹卡不禁瞇起眼。

這就是那一天的他嗎？

『——拿波羅夫課長。』

『哈羅德——』

『索頌他……』阿米客思的嘴唇恍惚地開啟。『索頌他……被「惡夢」的犯人殺死了，就在我的眼前。』

這個瞬間，在拿波羅夫心中沸騰的怒火頓時爆發——這不是出於「重要的部下」遇害的憤慨。當然了，他並沒有忘記對周遭的人演出這樣的形象。

對他來說，自己的人生等於是遭到踐踏。

——這份情感是不折不扣的真心。

埃緹卡很錯愕，同時感覺到自己正被慢慢抽離。機憶中的拿波羅夫漸漸遠去。他的憤怒開始散落，掠過腳尖。

拿波羅夫確實是「聖彼得堡的惡夢」的犯人。

不過——

『沒錯。就是我，殺了，你的搭檔。』『你明明是機械，為什麼對索頌遇害的事這麼氣憤？』『如果有負責辦案的刑警死在那個時候，案情也會獲得更多關注，讓氣氛更火熱……』

那些自白全都只是不願容許模仿案的虛張聲勢。

騙人的吧？

都走到這裡了。

原本明明可以結束這一切。

竟然有這種事。

埃緹卡好不容易才睜開眼睛。忽然間，一隻手無助地抓住她的手臂。阿米客思的手握著剛拔掉的〈探索線〉——眼前的哈羅德連眨眼都忘了，只是凝神注視著埃緹卡。

她自己肯定也是完全相同的表情吧。

「埃緹卡。」

「……是啊。」莫名的悔恨湧上心頭，埃緹卡咬住下唇。「事情好像還沒結束。」

「怎麼了？」守在一旁的阿基姆刑警也察覺異狀了。「你們查出了什麼？」

最糟的事實。

埃緹卡勉強轉頭瞥了一眼昏迷在床上的拿波羅夫。

「拿波羅夫巡官…………『並沒有殺害索頌刑警』。」

為什麼？

惡夢明明已經夠多了。

「——只有他是被拿波羅夫的『模仿犯』殺害的。」

5

聯合照護中心的庭園早已一片枯萎，失去了色彩。蜿蜒的小徑似乎連接著醫院用地內的停車場。來來往往的人們全都縮起脖子，快步走著——埃緹卡、哈羅德與阿基姆刑警在廣場的角落，一起眺望著這幅景色。

「原來如此。」自從走出加護病房，阿基姆就藏不住臉上的苦澀。「『惡夢』事件的其中一個特徵就是極為慎重的犯案手法。所以雖說現場的特徵一致，我當時還是覺得犯人盯上負責辦案的索頌有點弔詭……原來這個案件本身就是模仿犯幹的。」

到頭來，拿波羅夫之所以從「聖彼得堡的惡夢」收手，原因就在於索頌的死。由於負責刑警被捲入的影響，警方擴大了辦案規模，讓拿波羅夫再也沒有餘力為了犯案而拋下工作。況且他應該也擔心貿然行動的話，有可能會讓警方的疑心轉向自己。

換句話說——拿波羅夫本來就對模仿犯抱持強烈的憎恨。

而這次，阿巴耶夫犯下了模仿案。

拿波羅夫在盛怒之下殺害他，或許可說是某種必然。

同時，他打算在自己的案件繼續被玷汙之前，描繪超越模仿案的「集大成」，讓一切落幕。

「最大的問題是——」埃緹卡開啟沉重的嘴巴。「殺害索頌刑警的模仿犯……到現在還沒有落網。」

光是說出這句話，肋骨的疼痛就復發了。

如果一切問題可以就此解決，不知道該有多好。

「巡官因為模仿犯，不得不放棄犯案。」阿基姆自言自語。「這麼說來，也許模仿犯私下對他抱有怨恨，而且還看穿了他的真面目。因為對方知道裝飾屍體的特徵，警方相關人士的嫌疑還是很重大……」

「不論如何，那個『黑影』無疑是與拿波羅夫同樣異常的人。」

哈羅德的目光望著快要凍結的噴水池。銀色的水在陰天之下冰冷地潑灑著。埃緹卡用力吸起嘴唇內側——不是拿波羅夫。殺害索頌的「黑影」另有其人，現在恐怕也在某處厚臉皮地活著。

結束電索之後，哈羅德再次恢復僵硬的表情。

這也是當然的。對他來說，這場漫長的旅途原本就要結束了。

然而──終於揭曉的答案卻是如此。

「總而言之，我們會繼續調查這起案件。」阿基姆從鼻子吐息，重振精神。「等到舒賓的情況穩定下來，或許能從他口中問出什麼有力的證詞。電索官，偵訊時應該還會需要妳的支援。」

「請隨時聯絡我。」

「非常感謝。」阿基姆這時望向哈羅德，輕拍了一下他的左臂。可能是鼓勵，又或者是安慰。「雖然無法事事順心，但能夠逮捕舒賓和巡官還是你的功勞……別太鑽牛角尖了。」

說完，刑警轉身離去。他在邁出步伐的同時接起了電話，接下來應該也會繼續忙於辦案吧──埃緹卡把凍僵到刺痛的手插進大衣的口袋。

自己這陣子還會再接受市警局的偵訊，說明在那棟空屋發生的事。

但不知是幸或不幸，最令人擔憂的因素原本是拿波羅夫的證詞──他的生命卻已經是風中殘燭。

也就是說，以現況而言，哈羅德的「祕密」透過他的機憶流出的可能性非常低。

這個事實讓埃緹卡莫名安心，因而對自己的想法感到毛骨悚然——雖然不像拿波羅夫那麼明確，但埃緹卡本身或許也藏有一絲惡魔的特質。

還是說，任何人都是如此呢？

為了消除這份模糊的不安，埃緹卡抬頭瞄了一眼身旁的哈羅德。

他的雙眼仍然凝視著逐漸走遠的阿基姆的背影。

「輔助官。」

埃緹卡這麼一喚，阿米客思就像是回過神似的，眨了一次眼睛。

「又要從頭來過了呢。」

「……至少我們現在已經知道，索頌刑警是被模仿犯殺死的。」

埃緹卡在心中補充「如果用最樂觀的態度思考的話」——實際上就如哈羅德所說，一切幾乎歸零。當然了，能夠逮到拿波羅夫他們也是一項成就。

不過——「黑影」究竟為何要搶走拿波羅夫的案件呢？

對方目前也在某處，笑看案情的發展嗎？

恐懼與疑問源源不絕。

但現在更令人放不下的是——

「——妳在擔心我吧？」

埃緹卡抬起不知不覺中低下的頭——與俯視自己的哈羅德四目相交。他雖然沒有微笑，表情看起來卻很平靜。

——看起來很平靜？

「……你不是放棄觀察我了嗎？」

「我不必觀察也知道。妳結束電索以後，臉色一直都很不好。」

「我也……沒辦法。因為這樣一來，你又會——」

「妳不是要『代為保管我的仇恨』嗎？」

埃緹卡微微睜大眼睛。

湖水般的眼睛平靜地凝視埃緹卡——沒錯，是湖水。過去一直都被厚重冰層覆蓋的湖面，如今已出現些微的裂痕。許久沒有接觸到太陽的水面露了出來，理所當然地反射著陽光。

哈羅德的眼睛從相遇的時候開始，就一直是凍結的。

埃緹卡以為單純是因為阿米客思的眼睛是製作精巧的零件而非真正的眼球，所以看起來才會是那個樣子。

不過，其實並非如此。

埃緹卡已經在拿波羅夫的機憶中親眼見過那天的他，所以才能夠分辨。

「我沒能拯救索頌是事實。」他就像呵護某種脆弱的東西，小心翼翼地開口說道。

「所以我還沒有放棄找出『黑影』，並且逮捕他。如果總有一天能見到他，我或許又會想要親手制裁對方。」

他小聲補上一句「不過」。

「如果這麼做會讓妳傷心……我覺得自己或許還能及時回頭。」

——啊啊。

一切都回到原點了。

什麼問題都沒有解決。

即使如此——

自己仍然打動了他。

就像哈羅德以前帶著自己走出過去時那樣。

一股無以名狀的熱度從喉嚨深處湧出。埃緹卡咬緊牙關，將它吞回肚子裡。

「到時候……你要記得，你的仇恨還在我手上。」

這番話拐彎抹角，扭曲得無可救藥。

不過，有些東西就是得用這種方法才接得住。

只要能接住，什麼都行。

就算不正向、不直率也沒關係。

即便只有一點點也好，但願他能讓「那一天」化為過去。

「我會的，畢竟我的記憶力很好。」

哈羅德用開玩笑的口吻這麼說，揚起嘴角微笑。沒錯，他微笑了。那張笑容還帶著一點傷痛，卻無憂無慮，而且有些笨拙——埃緹卡覺得自己已經很久沒有見到他露出這種表情了。

如今，安心的感覺忽然湧上心頭。

希望他沒發現自己有點想哭。

埃緹卡假裝是因為天氣冷，吸了一下鼻子。

「……我們也回搜查局吧。」

「其實妳也應該住院吧？」

「ＡＩ說我在家休養就夠了。你才是，手臂不方便活動吧？」

「是的，因為是量產型的纜線，契合率很低。在正規零件送達之前，都得請妳照顧我了。」

「那確實是我的錯……但你也可以再客氣一點吧。」

兩人還有些生硬地交談著，不約而同地邁出步伐。薄薄的雲層裂開，凹凸不明顯的影子緩緩朝小徑延伸——他的肩膀原本離埃緹卡有點遠，卻又突然傾斜過來，就像是要說悄悄話。

「埃緹卡，我有一件事想拜託妳。」

哈羅德低語時的微笑彷彿稀疏的雪片，正在漸漸融化。

「假如……有一天我的『祕密』曝光了，請妳千萬不要袒護我。」

埃緹卡停下腳步，鞋底的小石頭便發出刺耳的聲音——阿米客思繼續往前走。埃緹卡的靴子緊黏在地上，他的影子則從旁流過。影子的殘邊撫過微微磨損的鞋尖。

腦部用縫線會將一切都記錄下來。在辦案方面，機憶優先於任何口供。

所以，哈羅德應該很清楚，這個請求有多麼無意義。

即使如此，他大概也非說不可吧。

事到如今，埃緹卡只能靜靜藏起讓他背負重擔的後悔。

到了隔天凌晨，拿波羅夫斷了氣。

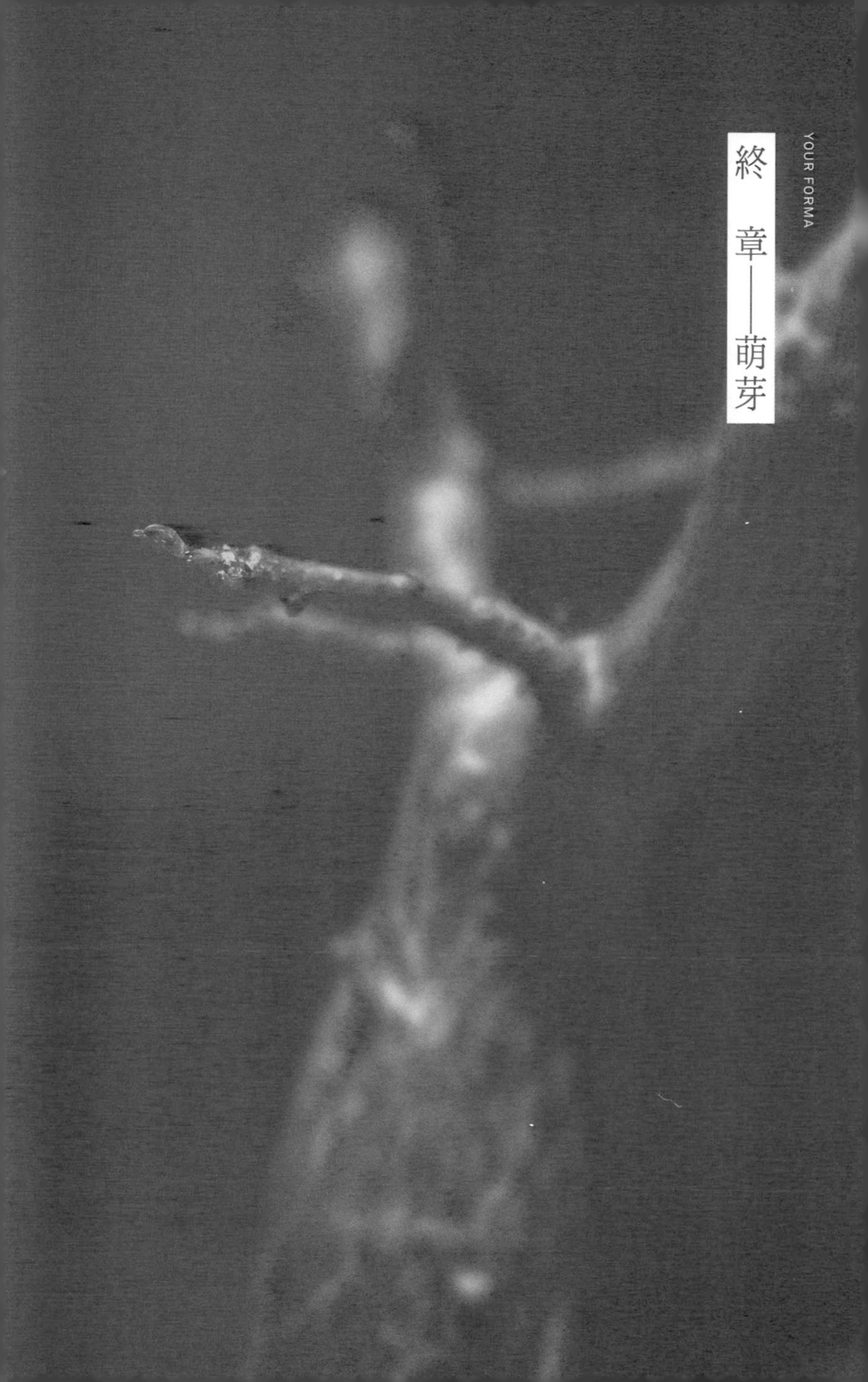

終章——萌芽

1

〈本日最高氣溫：九度／服裝指數B：外出時請穿著保暖的大衣。〉

剛從聖彼得堡市區的醫院出發時還是陰天，抵達彼得霍夫時卻已經能看見藍天了。拉達紅星慢慢停在索頌的老家前——哈羅德放開方向盤，回頭望向後座。

「真的很抱歉，大嫂、哈羅德，還讓你們特地送我回家……」

「你在說什麼傻話，住院兩天的人自己開車回家就太勉強了。」

達莉雅身旁的尼古拉不好意思地摸著自己的後頸——他是在昨晚確定能出院的。案發當時，尼古拉遭到舒賓重擊頭部而失去意識，被緊急送醫。所幸他在送醫途中的救護車內就清醒過來，但還是住院接受觀察，以防萬一。他的傷勢沒有什麼大礙，據說預後也很良好。

不過，容易操心的達莉雅堅持要接他回家。哈羅德也為此請了半天假，送他回到彼得霍夫——畢竟還有東西必須交給尼古拉的母親艾琳娜。

「你可以自己下車嗎，尼古拉？」

「別鬧了，我真的沒事。其實我根本沒必要住院。」

一行人一邊對話，一邊下車——哈羅德把手放到庭院的木門上，屋子的玄關門便像是早就看準時機似的開啟了。從屋內現身的人正是艾琳娜。她應該是從客廳的窗戶焦急地觀望著外頭的情況吧。

「尼古拉！」

她圍緊身上的披肩，朝這裡小跑步過來。然後，她不顧他人眼光，擁抱自己的兒子——艾琳娜的病況在這幾天內再度惡化，所以無法獨自去探望尼古拉。雖然他只住院兩個晚上，但對艾琳娜來說肯定是如坐針氈。

「媽——」尼古拉一臉害臊地往後仰，推開母親的肩膀。「妳別這樣啦。」

「你這孩子根本不知道我有多擔心。」

「我知道啦，抱歉讓妳擔心了。我還以為我再也見不到妳了——」

看著母子倆重逢，哈羅德偷偷瞄了達莉雅一眼。她打從心底鬆了一口氣似的垂下肩膀——沒有失去尼古拉，哈羅德深感慶幸。

自從「聖彼得堡的惡夢」的嫌疑人——拿波羅夫與舒賓被捕，已經過了兩天。

整整兩年半都懸而未決的凶殘案件突然有了進展，於是世界各地都有大篇幅的報導。公開的網路新聞到了現在，點閱數仍在持續攀升——其中一名嫌疑人拿波羅夫死亡的事實雖然造成不小的打擊，但我方透過電索得到的情報及舒賓的口供，都無疑能在今後的調查中派上用場。住院中的舒賓因為「朋友」的死訊而變得十分激動，但現在已經冷靜下來，開始談及關於案件的事。

另一方面，沒有認知到拿波羅夫異於常人的市警局受到大眾的苛責。一部分的人甚至認為蘇聯時代以後的警政體制根本沒有改善，發出不滿的聲浪——但整體而言，對破案抱持正面看法的聲音還是占了壓倒性的多數。

不過直到現在，民眾之間還是瀰漫著揮之不去的擔憂。

畢竟殺害這起案件的負責刑警——索頌的人並不是拿波羅夫，而是別的模仿犯。其身分不明，目前恐怕仍在逃亡。聖彼得堡市警局昨晚才剛透過當地報社，發表了「警方今後將持續調查，傾全力逮捕模仿犯」的聲明稿。未來還有很長的路要走。

即使如此——尼古拉現在能夠平安無事，已經是這起案件中的萬幸。

「媽，我是多虧了哈羅德才能得救。」尼古拉熱情地對艾琳娜說道。「要不是他查出那個地方，我現在或許已經死了。」

「…………這樣啊。」

艾琳娜瞇起眼睛，戰戰兢兢地望向哈羅德——哈羅德命令系統，回以柔和的微笑，然後向她遞出手中的物品。

那是一臺平板電腦，上面印著創傷照護公司「得瑞沃」的標誌。

「艾琳娜，這個給妳。」

她疑惑地皺起稀疏的眉毛，交互看著電腦和哈羅德的臉。「……這是什麼？」

「裡面有索頌的數位複製人。昨天，『得瑞沃』把這個送到了市警局。」

後來得知事情經過的「得瑞沃」ＣＥＯ舒舒諾娃特別做了這個安排。她還另外附上訊息，希望市警局可以轉交給艾琳娜——當時的艾琳娜本身有意取消委託，但舒舒諾娃並不知道這件事。況且，她的好意實在令人不忍心辜負。

於是哈羅德決定轉交這臺電腦，不過——

「不用了。」

不出所料，艾琳娜把電腦推了回來。

「媽。」尼古拉發出略帶責備意味的聲音。「妳就別再賭氣了，我又不會——」

「我不是在賭氣。」她的語調跟以前相比，似乎更柔和了一些。「已經沒關係了，真的……」

如果老是在回顧過去，搞不好會在不知不覺間失去身邊原有的東西。

艾琳娜自言自語地這麼說道。其中不包含賭氣或害怕的成分，比較像是重新接受了現實——經歷尼古拉遭遇危險的事，她的心境也有了變化嗎？

帶著皺紋的眼瞼一度闔起。

「……聽說殺了那孩子的犯人還沒有落網。」

艾琳娜的目光緩緩轉向哈羅德，與索頌十分神似的鉛色眼睛凝視著他。自己已經很久沒有跟她對上眼了——哈羅德這麼想。

「——事情就拜託你了，哈羅德。」

艾琳娜這麼低語，靜靜地行了一禮。以時間而言，還不到短短的幾秒。不過，尼古拉和達莉雅都有些目瞪口呆。

哈羅德本身肯定也是瞠目結舌吧。

艾琳娜那頭混著白髮的頭髮與灑落的陽光互相交纏，反射得閃閃發亮。

人類很霸道。

可是有時候，哈羅德也能理解他們為何具備「霸道」的特質。

例如——此時此刻。

「我一定會找到犯人。」

哈羅德抱著立下誓言的心態，毅然決然地答道。

艾琳娜用垂下睫毛的舉動代替點頭，轉身離去。披肩飄揚的模樣優雅得令人驚訝。

尼古拉趕忙叫住她，她卻頭也不回。

艾琳娜今天的背影也非常瘦小，依舊脆弱得不堪一擊。

不過——落在地上的影子清晰地描繪著美麗的輪廓。

「媽好像終於能接納你了呢。」

拉達紅星沿路回頭，朝著聖彼得堡的中心駛去——副駕駛座的達莉雅綻放笑容，似乎打從心底感到高興。哈羅德想起，道別時的尼古拉也一樣。對自己來說，他們如此高興才是最大的喜悅。

「不過，雖然我說要『找到犯人』，目前卻還沒有接到市警局的支援請求。」

「別管那些瑣事了。就算只有一點點，媽對你的態度變得友善才是最重要的。」這個時候，她好像想起了什麼，於是垂下眉尾。「可是……如果你真的要去追捕犯人，老實說我很擔心。」

「哎呀，妳忘了我『一定會回來』的約定嗎？」

「……也對。」

達莉雅含糊地瞇起眼睛，回以笑容。

——『要是你在這裡殺了拿波羅夫，她就要變成孤單一個人了。』

記憶重新播放埃緹卡在地下室說過的話——那個時候，沒有下手是正確的選擇。看著眼前的達莉雅，哈羅德現在可以肯定。她絕對不會希望哈羅德殺死犯人。就算哈羅德真的那麼做，她也不會得到救贖。

只不過是自己擅自背負一切罷了。

可是那個時候的自己覺得如果不背負這些，反而會無法動彈。

——神奇的是，現在已經沒有那種感覺了。

埃緹卡擁抱自己的溫暖點亮了內心，至今沒有熄滅。

這毫無疑問是多虧了她。

「對了，哈羅德，你等一下去『得瑞沃』，還趕得上下午的工作嗎？」

「是，沒有問題。用郵寄的方式退回人家的好意，不是很失禮嗎？」

「我很尊敬你這麼看重情義的特質。」達莉雅模仿哈羅德曾經說過的話。「還有……我今天早上就想說了——」

她朝哈羅德瞄了一眼，嘴角揚起莫名滿足的笑容。

「那條新的圍巾很適合你。」

*

創傷照護公司「得瑞沃」的會客廳今天也貼著一幅環景。芬蘭灣在微弱的陽光下閃耀著，航行的船隻在水面上劃出純白的痕跡——哈羅德看著裝置，發現達莉雅傳來的訊息。自己辦事的期間，她會去逛低樓層的商業設施，後來又決定到咖啡廳打發時間。

「抱歉讓你久等了。」過了不久，上次見過的工程師出現了。「舒舒諾娃剛好走不開……她要我帶你到辦公室，請跟我來。」

於是，工程師帶著哈羅德前往經營者專用的辦公室——哈羅德在入口跟他分別，一個人走進裡面。與先前相同，被霧面玻璃包圍而顯得像一座水槽的空間迎接了哈羅德。繞過深處的隔板，就能抵達橢圓形的「中央管制室」。

「真抱歉，路克拉福特先生，我應該親自迎接你的。」

舒舒諾娃就在螢幕前——從個人電腦延伸出來的一條傳輸線在地上爬行，連接到坐在沙發上的客製化機型阿米客思。那是上次見過的，舒舒諾娃的伴侶。哈羅德記得他的名字叫作伯納德。

「我剛剛正好開始他的系統備份……得在這裡看著，確保中途不會出什麼差錯。」

伯納德脫下西裝外套，大幅捲起左邊的袖子，肩膀上插著ＵＳＢ傳輸線。客製化機型的連接埠位置會依個體而異。他似乎正專心處理一項工作，動也不動地閉著眼睛。

「畢竟我也是臨時來訪。請問他是不是發生了什麼問題呢？」

「不，我只是想試著開拓新市場，才會請他幫忙。」舒舒諾娃露出潔白的牙齒。「如果能做出阿米客思的數位複製人，不是很棒嗎？」

「請問——」哈羅德差點歪起頭。「那跟單純的備份有什麼不同呢？」

「是我沒有說明清楚。」她把手放到臉頰上。「我的意思是……不只是系統的設定和記憶，我覺得如果能保存你們的人格就太好了。為此，我正在取得決定『性格』的程式碼——」

舒舒諾娃非常認真。不過，她有一個徹頭徹尾的朋友派經常產生的誤會——舊型的阿米客思根本沒有標準「性格」以上的人格。他們只會根據程式行動，雖然會針對持有者進行最佳化，卻沒有值得保存的「個人特質」，頂多只有累積為經驗的記憶。

就算自己不指正這一點，她應該也會在分析程式碼的過程中察覺。

總而言之，哈羅德決定不去觸及舒舒諾娃的天大誤會。

「其實我這次來訪，是為了歸還先前收到的平板電腦。」

哈羅德遞出裝在紙袋裡的平板電腦。說明原委之後，舒舒諾娃心平氣和地收下了它。幸好，這件事似乎一點也沒有造成她的不愉快。

「不需要數位複製人，本來就是一件值得高興的事。」她溫柔地說著。「我去泡杯茶，請慢坐。」

「沒關係，我差不多該告辭了。」

畢竟達莉雅還在等待，自己也有搜查局的工作。哈羅德本來想堅持拒絕，但舒舒諾娃轉眼間就走了出去——辦公室裡好像有茶水間。她應該是去那裡了……

特地追上去表明堅決離開的立場也不太得體。

哈羅德打算再聯絡達莉雅，於是啟動穿戴式裝置。

「——沒有打招呼，是我失禮了。」

哈羅德移動視線——沙發上的伯納德正好睜開眼睛。他似乎完成了備份作業，從肩膀上取下傳輸線，然後一邊拉好袖子一邊站起身來。

「很榮幸能再見到你，路克拉福特先生。」

他露出沉穩的微笑，並「伸出其中一隻手」。

哈羅德沉默地吃了一驚。這是在開玩笑吧——阿米客思之間的互動只不過是演出「人性」的表面工夫。在沒有人類目光的場合，他們就沒必要做出類似的舉止，也不會實際採取行動。

然而，眼前的他卻對身為阿米客思的自己提出握手的要求。

舒舒諾娃剛才提到的「人格」話題閃過腦海。

——上次見面的時候，自己完全沒有注意到，不過……

「立刻實施自我診斷。」哈羅德沒握住他的手，反而如此命令。「你故障了嗎？」

「故障？」伯納德稍微思考了一下，然後答道：「我會接受定期維修，並沒有任何異常之處。」

「但是不管怎麼看，你都脫離了常軌。系統碼出了問題嗎？」

「我不知道。我只是想跟你握手而已。」

伯納德露出傷透腦筋的表情——他沒有注意到自己的異常。也就是說，他正如舊型阿米客思，並沒有足以客觀評斷自我行為的智能。

「——你喜歡喝咖啡嗎？」

過了不久，舒舒諾娃回到了現場。她的手上端著放了杯子的托盤。

「舒舒諾娃小姐。」哈羅德仍然注視著伯納德，如此發問：「請問妳平常都在哪裡調整他？」

「咦？」她明顯感到困惑。「這個嘛，我都是委託諾華耶公司……」

「以前曾經發現過異常嗎？」

「沒有，一次都沒有。」

「妳曾說過有委託訂製業者，請問那是什麼時候的事？」

「五年前。」舒舒諾娃的表情漸漸變得狐疑。「請問這是跟辦案有關的問題嗎？」

「那麼，這恐怕是該業者所做的。他的系統碼……很有可能被改寫過。」

舒舒諾娃睜大眼睛，茫然地搖搖頭。她無法理解，或是認為沒有這個可能，表現出抗拒的態度——另一方面，伯納德還是一臉困惑，呆站在原地。

哈羅德隱約有種不好的預感。

「請問妳還記得那個訂製業者的名字嗎？」

「記得。」舒舒諾娃咬了幾次仔細擦上口紅的嘴脣。「他是個人業者。我記得名字叫作……拉塞爾斯先生。」

循環液的溫度漸漸下降。

亞倫．傑克．拉塞爾斯。

啊啊——看來自己忽略了非常重要的東西。

2

「所以舒舒諾娃小姐，妳什麼都不知道嗎？」

「對，我不知道。我以為拉塞爾斯先生只是普通的訂製業者……」

電子犯罪搜查局聖彼得堡分局——隔著偵訊室的雙面鏡，可以看見佛金搜查官與舒舒諾娃正面對面坐在桌子的兩端。她的肌膚很蒼白，日前梳理得十分整齊的頭髮也疲憊地垂掛在肩膀上。

埃緹卡不禁按住眼頭——「惡夢」事件才告一段落就發生這種事。

「到底是怎麼回事？拉塞爾斯做的東西不只有TOSTI嗎？」

「看來是的。」身旁的哈羅德也擺出嚴肅的表情。「根據舒舒諾娃的說法，伯納德是五年前被改造，時間點落在TOSTI釋出前。可見拉塞爾斯從當時就開始活動了。」

伯納德受到改造的事實是在一天前被發現的。

昨天，哈羅德為了歸還那臺平板電腦，去了「得瑞沃」一趟。當時他偶然發現伯納德具有不同於舊型阿米客思的自律性——埃緹卡萬萬沒想到，竟然會在這種地方找到拉塞爾斯留下的痕跡。

這三個月來，埃緹卡所屬的特別搜查組一直都專注於TOSTI的回收工作。現在看來，他們的視野實在太狹窄了。

「——不屬於正規商家的訂製業者改寫系統碼本身，是一種違法的行為。」佛金用不苟言笑的表情注視著舒舒諾娃。「關於昨天送往諾華耶公司的伯納德，我們剛才已經接到工程師的分析結果。據說他的系統碼中有所謂的『暗門』。」

「他一直很正常。」舒舒諾娃說道。「我不知道。那是什麼？」

「『暗門』是用來隱藏違法程式碼的手段。以伯納德的情況而言，門內包含對效用函數系統的變更……簡單來說，就是給予非必要的自律性。妳的阿米客思違反了國際ＡＩ運用法。」

說到超出運用法的系統，率先浮現在腦海的就是ＲＦ型的神經模仿系統。偽裝系統碼這一點也一樣。只不過——伯納德的規格當然不同於ＲＦ型，屬於諾華耶公司量產的舊型。

埃緹卡感到頭痛，同時仰望哈羅德。

「老實說，我覺得伯納德看起來就跟普通的阿米客思沒有兩樣。你明明比他還要我行我素，他光是這樣也會牴觸運用法嗎？」

「畢竟我是『次世代型泛用人工智慧』，打從一開始就被設計成自律性與安全性可以取得平衡的樣子。」哈羅德說的話與神經模仿系統無關，是關於表面上的規格。「可是伯納德的規格屬於舊型，即使只有偏離一點點，也可能引起意想不到的事故。」

既然如此……「這五年來什麼都沒有發生，幾乎等於奇蹟吧。」

「真要形容的話，應該是不幸中的大幸。」

「他今後會如何？」

「調查一結束，他的系統碼就會被修正，然後回到舒舒諾娃身邊。」

也就是說，伯納德不會遭受廢棄處分。對她來說，這是唯一的安慰——不知為何，舒舒諾娃的臉上沒有任何一絲安心。

「他不是那麼危險的人。其中一定有什麼誤會。」她握緊右手的無名指，直到手背泛白的地步。「我只是替他安裝了拉塞爾斯先生提供的擴充功能而已。」

「那個擴充功能本身可能被動了什麼手腳。」佛金表現出同情的態度。「伯納德以前真的沒有發生任何問題嗎？妳完全沒有頭緒？」

「是的。」舒舒諾娃點頭，但這時又好像想起了什麼。「不……我拜託他去買東西的時候，他偶爾會久久不回家，不知道去了哪裡。他也喜歡散步，或是在公園餵鴿子……這些全都是他自己學會的。」

「那些事……以按照程式行動的阿米客思來說，稍嫌不適當吧？」

「現在回想起來，或許是那樣沒錯。」舒舒諾娃的雙眼微微濕潤。「可是對我來說，他就跟人類一樣，所以我從來沒有放在心上。沒想到會有這種事——」

她似乎再也無法忍受，摀住了臉。佛金趕緊起身向前，對她遞出手帕——埃緹卡開始感到坐立難安。畢竟……

「她跟伯納德已經『結婚』了。」舒舒諾娃當時的幸福表情令人難以忘懷。「假設程式碼可以順利修正，他的性格會改變嗎？」

哈羅德點頭。「他恐怕不會再主動繞遠路，或是餵鴿子了。」

「他會不會不再把舒舒諾娃小姐當作妻子看待？」

「他本來就沒有那麼看待。」阿米客思瞥了雙面鏡一眼。「伯納德被賦予的自律性只不過是系統所謂的『灰色地帶』，他所搭載的舊型情感引擎是無法談戀愛的。他單純是學習了舒舒諾娃想要的行為舉止罷了。」

埃緹卡不禁皺起眉頭。

「你很久以前曾經說過『我們也能談戀愛』，那是騙人的嗎？」

「一半是假的，一半是真的。」那算什麼？「伯納德雖然無法談戀愛，卻能『表現出正在談戀愛的樣子』。從人類的角度來看，這個差異非常微不足道。換句話說，就跟中文房間的概念是一樣的。」

這麼說來，結果正如自己日前的擔憂——舒舒諾娃談及她與伯納德的關係時，看起來真的很幸福。不過，這一切說穿了……

「全都只是……她的一廂情願。」

「人類選擇相信什麼才是最重要的。」哈羅德靜靜地訴說。「阿米客思就像一面鏡子，會映照出你們想看見的東西，而回應你們的期望就是我們的存在意義。」

「量產型的阿米客思或許真的是那樣沒錯……」

但你看起來並非如此——埃緹卡把這句反駁吞回了肚子裡。就算對他拋出這個問題，也沒有任何意義。

「不論如何——」哈羅德說道。「伯納德的『暗門』構造已經交給總部的分析團隊。也許其中有什麼地方可以應用在分析中的TOSTI上面。」

「的確。希望會有進展。」

拉塞爾斯設計的分析型AI「TOSTI」性能與原始碼並不一致。警方假設其中有隱藏真正程式碼的「暗門」，仍在繼續分析。然而，就連外部專家也尚未揭穿真相。

埃緹卡撥起瀏海，將目光轉回雙面鏡。

「——我們試圖尋找拉塞爾斯假冒訂製業者時的網站，但似乎已經被刪除，所以沒有找到。」佛金再次坐回位子上。「請問他承接的工作項目跟一般的訂製業者幾乎一樣嗎？」

「不，我記得他並沒有提供所謂更換零件的服務。」舒舒諾娃用手帕摀住嘴巴，吸了一下鼻子。「全部都是只安裝擴充功能就能完成的項目。」

「也就是說，交易只透過網路進行呢。妳說聯絡方式只有訊息，所以妳也不知道他的長相和聲音吧？」

「是的。他都會準時交件，什麼問題也沒有，所以我就相信他了……」

「如果妳還保留著訊息紀錄，希望妳能分享到我的YOUR FORMA。」

不論如何，目前電索還沒有機會出場——拉塞爾斯的目的還是一樣充滿謎團。他改寫阿米客思的效用函數系統，並公開散布「TOSTI」。其中的共通點是超出了運用法的規範，但企圖完全不明。只不過這起案件與TOSTI相同，被害人可能不只有伯納德。

總而言之——

「應該很難從舒舒諾娃的供詞獲得更多情報了。」

「是的。」哈羅德一臉遺憾地點頭。「我們回辦公室一趟吧。」

於是，兩人早一步離開了偵訊室。

輕輕關上門時，有個人影在走廊上跑來。是長長的三股辮隨著腳步跳動的比加。她一看到兩人——應該說一看到哈羅德的身影，便發出「啊啊！」的高亢叫聲。

「哈羅德先生！太好了，你真的平安無事……！」

對了，比加和哈羅德已經三天沒見面了——事發以後，比加就一直陪著被送醫的尼古拉，沒有回到現場。接下來的兩天，她都忙著參加學院的研習，沒有空到搜查局露臉。雖然埃緹卡有透過訊息告知哈羅德平安就是了。

「比加。」哈羅德好像也鬆了一口氣，朝她走過去。「抱歉讓妳擔心了。」

「你已經沒事了嗎？我聽說你中彈了，擔心得不得了。」

「我沒什麼大礙。只是正規零件還沒有送到，所以右手不太好活動。」

「如果有什麼困難，請告訴我，我很樂意幫忙。」這個時候，比加的目光停留在哈羅德掛在手上的大衣與圍巾。「咦，那是……」

埃緹卡也終於發現了。仔細一看，他掛在手上的是那條全新的海軍藍圍巾。那是比加先前送給他的禮物——埃緹卡完全沒注意到。

「我、我好高興！」她激動得紅了臉。「原來你有拿來用啊。」

「多虧這條圍巾，我覺得很溫暖。謝謝妳。」

哈羅德完全恢復了平時的態度，對比加露出微笑——比加為了圍巾的事情，心情一直起伏不定，這下子終於能安心了。太好了。

埃緹卡鬆了一口氣，內心深處卻又忽然有種堵塞的感覺。

——怎麼回事？

「啊。」比加望向半空，似乎是收到了訊息。「不好意思，我都忘了搜查支援課有事找我……我差不多該走了！」

她用蹦蹦跳跳的輕快步調，消失到走廊的深處——埃緹卡在不知不覺間，把手放到胸口上。心裡有某種悶悶的感覺。

是因為肋骨裂開嗎？

「埃緹卡，妳怎麼了？」

埃緹卡回過神來。哈羅德正用疑惑的眼神俯視著她。

「沒什麼。」埃緹卡若無其事地把手收到身後。「總之……經過這次的事，現在有必要調查拉塞爾斯有沒有改造其他的阿米客思。接下來又要變忙了。」

「是啊。」他一臉擔憂。「妳的傷口還會痛的話，要不要再去醫院一趟？」

「我不覺得痛，可能是肚子餓了。」

「繼火腿和起司之後，妳這次搞混了疼痛和飢餓的差別嗎？」

「保險起見，我想請問你，你是不是瞧不起我啊？」

「沒有那回事，我是認真在關心妳。」

「那還真是謝了。」

埃緹卡與哈羅德互相鬥嘴，終於朝辦公室邁出步伐。

原本占據胸口的那份情感彷彿每走一步就會落下一滴，不知流失到何處了。

完

後記

自從第一集出版以來，轉眼間就過了一年，多虧有各位的支持才能順利迎來第四集。我要向讀者致上由衷的謝意，但願各位會喜歡本集的故事。

這次的故事是關於第一集提到的「聖彼得堡的惡夢」，但若要詳細解說，可能稍嫌庸俗。不過，「幕間」那段在下雪的倫敦出現的場景，其實是我開始撰寫第四集之前就完成的一幕。有機會透過書籍的形式問世，我真的感激不盡。

以下是題外話：俄羅斯人的名字有點複雜，由「名＋父名＋姓（姓＋名＋父名）」所構成。尊稱對方的稱呼是「名＋父名」，在正式的場合才會用到姓。如果關係較為親近，則會互相使用暱稱。不過筆者以文章的易讀性為優先，所以統一了所有登場人物的稱呼，並藉這個機會向讀者說明。

接下來要表達謝意。由田責任編輯，讓您看到那麼粗糙的初稿，我到現在仍感到懊悔，多虧有您才能修改成像樣的故事。插畫家野崎つばた老師，謝謝您總是描繪精美的插畫，我很高興您將封面的女孩們畫得如此帥氣。漫畫家如月芳規老師，您的漫畫總是能為我帶來刺激，請務必保重身體。

如果下一集還能再次見面，將令我喜出望外。

二〇二二年二月　菊石まれほ

◎主要參考文獻

山崎昭監修《図解　科学捜査》（日本文藝社　二〇一九年）

Ressler, K.Robert and Shachtman, Tom共同著作　相原真理子譯《ＦＢＩ心理分析官　異常殺人者たちの素顔に迫る衝撃の手記》（早川書房　二〇〇〇年）

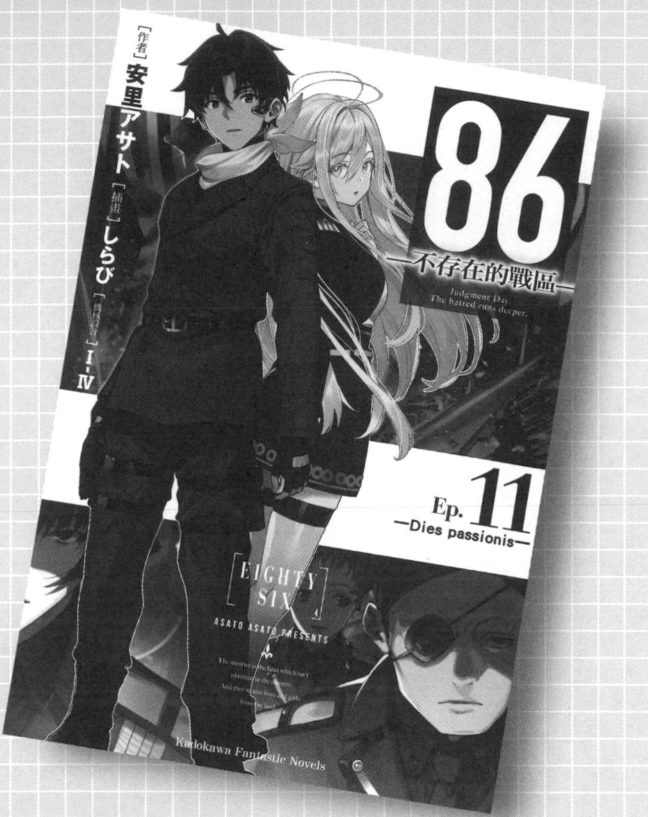

86—不存在的戰區— 1~11 待續

Kadokawa Fantastic Novels

作者：安里アサト　插畫：しらび

「鋼鐵軍靴將踏平染血的瑪格諾利亞，令受難之火焚燒他們。」

在步向毀滅的共和國，只有令人絕望的撤退作戰等著辛與蕾娜等人。轉戰各國，找到歸宿的八六們試著在黑暗中步步前進，成群亡靈卻阻擋了他們的去路。空洞無神的銀色雙眸，以及那些人本性難移、依然故我的模樣。憎惡與嗟怨的淒厲慘叫在Ep.11迴盪。

各 **NT$220~260/HK$73~87**

被陌生女高中生囚禁的漫畫家 1 待續

Kadokawa Fantastic Novels

作者：穗積潛　原案／插畫：きただりょうま

「你的一切——由我來管理。」
我該設法逃走？還是乖乖聽話？

醒來以後，我看見陌生的天花板，脖子上則有附鏈條的項圈，還有個手拿菜刀的女高中生。就這樣，我的囚禁生活開始了。接下來，我似乎只能待在這個房間，每天專為她一個人提筆作畫。異質女高中生及漫畫家，兩人共度的一個月由此開始——

NT$220/HK$73

國家圖書館出版品預行編目資料

記憶縫線YOUR FORMA. 4, 電索官埃緹卡與聖彼得堡的惡夢/菊石まれほ作；王怡山譯. -- 初版. -- 臺北市：臺灣角川股份有限公司, 2023.06
面； 公分

譯自：ユア・フォルマ 4, 電索官エチカとペテルブルクの悪夢
ISBN 978-626-352-603-7(平裝)

861.57 112005506

Kadokawa Fantastic Novels

記憶縫線YOUR FORMA 4
電索官埃緹卡與聖彼得堡的惡夢

（原著名：ユア・フォルマ 4 電索官エチカとペテルブルクの悪夢）

2023年6月14日　初版第1刷發行

作　者：菊石まれほ
插　畫：野崎つばた
譯　者：王怡山

發 行 人：岩崎剛人
總 編 輯：蔡佩芬
編　輯：孫千棻
美術設計：吳佳昀
印　務：李明修（主任）、張加恩（主任）、張凱棋
發 行 所：台灣角川股份有限公司
地　址：104台北市中山區松江路223號3樓
電　話：（02）2515-3000
傳　真：（02）2515-0033
網　址：www.kadokawa.com.tw
劃撥帳戶：台灣角川股份有限公司
劃撥帳號：19487412
法律顧問：有澤法律事務所
製　版：巨茂科技印刷有限公司
ISBN：978-626-352-603-7